バチカン奇跡調査官
独房の探偵

藤木 稟

角川ホラー文庫
19239

目次

V A T I C A N
M I R A C L E
E X A M I N E R

バチカン奇跡調査官シリーズ

主要登場人物

平賀・ヨゼフ・庚

バチカンの奇跡調査官。天才科学者にして、真理究明の申し子。
生活能力は皆無で、かなりの天然。

ロベルト・ニコラス

バチカンの奇跡調査官。古文書と暗号解読のエキスパート。
平賀とは強い信頼関係で結ばれている。

ジュリア

美貌の青年司祭として平賀らと出会うが、その正体は、
秘密結社・ガルドウネの一員。

サウロ

伝説の悪魔祓い師《エクソシスト》としても尊敬を集める、英雄的大司教。
平賀とロベルトの良き上司。

ローレン

バチカン情報局内で、平賀の調査をサポートする人物。
その実像は謎に包まれている。

V A T I C A N
M I R A C L E
E X A M I N E R

シンフォニア 天使の囁き

1

崩れそうな雑誌の山と、床一面に散らばった書きかけのメモ。

少し傾いだ天球儀。

騎士の甲冑《かっちゅう》や、大きな角笛。それから、ダウジング棒やドリームキャッチャーといった不可思議なものが雑然と置かれた自室で、平賀《ひらが》は机に向かっていた。

その真剣な瞳《ひとみ》が見詰めているのは、天使と悪魔のゲーム盤である。

平賀は盤上にローレンとの対戦を再現すると、その駒の配列、盤に作られていく形などをじっくりと観察した。

そこに隠されているかもしれない、大切な友人からのメッセージを読み解くために――。

ローレンの失踪《しっそう》から数ヵ月が経ち、季節は静かに移ろい始めていた。

表向きにはバチカン情報部員の退職という形で扱われたこの一件は、今も水面下で大きな波紋を巻き起こしている。

例えば、コンピュータネットワークのセキュリティ対策だ。

バチカンのシステムに侵入できるあらゆるコードを知り尽くした彼がサイバー攻撃を仕掛けてくることを警戒し、当局はシステムの整備点検に日々、苦心している。

先日は上司のサウロ司祭に呼び出され、自分とロベルトの奇跡調査の補佐役にと、アジメール・チャンドラ・シンという、インド人数学者を紹介された。

彼は情報部に入った新人で、つまりはローレンの代役ということだ。

ロベルトは如才ない笑みを浮かべて彼に挨拶《あいさつ》をしていたが、平賀は無愛想に会釈するのが精一杯であった。

ローレンの居場所が少しずつ無くなっていく。

それを思うと、平賀の喉元《のどもと》にぐっと焦燥感が込み上げてくる。

一体、ローレンは何処に行ってしまったのか？

懸命に手がかりを捜してはいるが、ヒントらしき物は未《いま》だ見つけられていなかった。

他に思いつくことといえば、調査の最中にローレンが送ってきた、不思議なゲームの手である。

メールを介して「天使と悪魔のゲーム」をする時、二人は打つ駒を数字で表している。

あの時、ローレンが打ってきた手は明らかに奇妙で、何かの暗号ではないかと思えたのだ。

だが、その意味するものが分からない。

平賀は頭を抱え、目の前のゲーム盤を凝視した。

何かを見落としてはいないだろうか？

しかし、己の思考は独楽《こま》のように同じ場所をぐるぐると回るばかりだ。

ローマ警察の聴取から解放され、ようやく日常生活を取り戻したものの、平賀の胸にはぽっかりと穴が空いたままだった。

その時、近くで雷鳴が轟《とどろ》き、大気を真っ二つに裂くような激しい振動が、平賀の頭蓋骨《ずがいこつ》を揺さぶった。

突然の嵐かと立ち上がり、窓の方へ歩いて行ってカーテンを開く。

だが不思議なことに、そこに雷が鳴るような天候の変化を認めることは出来なかった。

空は静かで、青い月が翳《かす》みを纏《まと》って天の高みに浮かんでいる。

窓を開いて招き入れた風は、微《かす》かな湿り気を帯びていた。

季節が移ろっていく時の危うげな空気が辺りに満ちている。

木々のざわめく音が、どこか不穏に感じられた。

奇妙な胸騒ぎを抱えて佇《たたず》んでいると、滅多に鳴らない家の電話機が、背後でけたたましい音を立てた。

慌てて電話台に駆け寄り、受話器を取る。

『こんばんは。平賀庚《こう》さんですか？』

聞こえてきたのはドイツ語だ。思わず背筋が強張《こわば》る。

「ええ、そうです」

『こちらはバーデン病院のベッヘムです』

それは他でもない、骨肉腫《こつにくしゅ》で弟が入院する病院の関係者であった。

「良太《りょうた》に何かあったのですか？」

半月前に届いた良太からの手紙には、彼の治療がうまく進んでいるという内容が書かれていた筈《はず》だ。

来月には一時帰宅できそうだから、日取りが決まれば連絡するね、とも書かれていた。

なのに、どうして――？

『良太君は数日前から体調不良を訴え、再検査の結果、気管支周囲リンパ節への転移が見つかりました』

「そんな……」

平賀は絶句した。

リンパ節への転移。しかも、腫瘍《しゅよう》が大きくなれば、ただちに気管を圧迫する部位だ。事態はかなり深刻であった。

「今の良太の具合はどうなのでしょうか？」

思わず声が震えてしまう。

『残念ながら、余り良い状態ではありません。念のため、本日、彼を個室に移しました』

個室に移る。それは病状が重篤になったという意味だ。

「父は？　父は側についているのですか？」

『お父様は海外出張中で、連絡が取れなかったため、代わりに貴方《あなた》に連絡しました』

「わかりました。私がすぐに向かいます」

言いながら、時計を確認する。

午後十時十三分。

平賀は慌てて電話を切ると、パソコンに向かって、ミュンヘン郊外のバーデン病院へ向から航空便を手配し始めた。

2

電話を切ったベッヘムは、深い溜息《ためいき》を吐いた。

半円形のアーチ窓を、風に煽《あお》られた小枝がしきりに叩《たた》いている。

嵐が近づく気配がする。もうじき雨も降り出すだろう。

彼の眼下には、タールを撒《ま》いたような黒い森が広がっている。そのトウヒやモミの密集する合間から、時折、獣の咆哮《ほうこう》とも女の悲鳴とも知れぬ異音が、大気を劈《つんざ》き響いてきた。

バーデン病院は、ミュンヘン郊外の小高い丘の上に——雲海のごとく広がる黒い森の上へとせり出した、細い岬の突端に建っている。

ここはかつて、名君主と讃《たた》えられたアルベルト・フォン・バーデン伯爵の別荘《ヴィラ》であった。

広い敷地内には、芝生の美しい中庭と、その周囲を囲む石造りの四棟の建物と回廊がある。ファサードには巨大な二つの鐘塔が聳《そび》え、また無数の小尖塔《ピナクル》がさながら針葉樹の森のような外観を形作っていた。

司牧（病院付き司祭）として初めてこの地に赴任したベッヘムは、こうした建築の豪華さに驚くと同時に、奇妙に暗い胸騒ぎを覚えたものだった。

それがただの錯覚でないことは、間もなくわかった。

古参のシスターがこの病院に纏《まつ》わる因縁話を聞かせてくれたからである。

アルベルト・フォン・バーデン伯爵は極めて優秀な君主であったが、梅毒に脳をおかされてから、村の娘を買っては惨殺するという蛮行をはたらいていた。そして晩年、この別荘に八年軟禁された後、猟銃で自殺した。

その後は彼の親族がこの地に移り住んだが、夜な夜な伯爵の幽霊が現れたり、あるいは大きな銃声が響いたりという怪異が相次ぎ、不吉だということで、一族からカソリック教会へ寄進されたのである。

この時、バーデン伯爵の魂を慰めるために、枢機卿《すうききょう》による盛大なミサが執り行われ、それきり幽霊は姿を消したという。

それ以降、二百年間は療養所として使われ、今では長期入院を必要とする子ども達のための小児癌病棟となっている。

ベッヘムは最初、この地にまつわる陰惨な物語や、エントランスに飾られた伯爵の肖像画といった忌まわしい物品が、病気という過酷な境遇にある子ども達の心に悪影響を及ぼすのではと随分心配したものだ。

だが、子どもとは存外たくましいものであった。

ほとんどの子どもはバーデン伯爵のことを知っており、怖がってはいるものの、時には誇らしげに「幽霊を見たよ」と自慢話のネタにしたり、仲間同士で目を輝かせ、「どうしたら伯爵に会えるかな?」などと話し合う場面も見受けられた。

そのような姿を見るにつけベッヘムは、子どもとは好奇心と生命力の塊だと驚嘆する。

たとえそれが癌、白血病、骨肉腫といった重病を抱える子どもでもだ。

ここバーデン病院では、五歳以上の患児本人に対して、必ず「癌」という言葉を用いて病名を告知することになっている。病気の説明の為に、絵本やビデオが使われることもある。

病気や死について隠したがる家族も中にはいるが、中途半端な隠し事は却《かえ》って子ども達に不信感や不安を与えてしまう。重い病気を抱えた子ども達は、病気について、死について、誰よりも知りたがっているのだ。

だからこそ、真実を伝える。

その代わり、心理的なサポートは出来る限り行う。

その為に、ベッヘムのような司牧やシスター達、カウンセラーが配置されていた。

五年間。ベッヘムは医師達と連携しながら、死と隣り合わせの大勢の子ども達と接し、見守ってきた。

中には、到底助からないと思われていた病態から回復して退院していく者もいた。

一方、直前まで元気そのものだった者が、突然、旅立つこともある。子どもの癌は残酷なほどに進行が早いのだ。

そんな時も、ベッヘムは最後まで彼らのために祈り続けてきた。

それらをただの職務だと思ったことは一度もない。

病棟に入院している子の一人一人が、実の子と思えるほどに大切な存在であった。

だからこそ、患者の誰もが平等であり、そこにえこひいきや好き嫌いなどはあってはならないことだった。

——その筈なのだが……。

実は彼には、いつも気になって仕方がない患者が一人いた。

その子の名を、平賀良太という。

今日の検査で転移が見つかり、個室に移した少年だ。

彼がここに来てから、もう二年が経つだろうか……。

＊　＊　＊

良太の父が息子の身体の異変に気づいたのは、良太がギムナジウムに入学した最初の夏休みだったという。

特に躓《つまず》くような物など無い場所でよく転倒し、やや足をひきずるようにして歩く息子を心配して問い詰めたところ、実は最近膝《ひざ》が痛いと告げられ、受診に至った。

初診時には既に、良太の膝はかなり腫《は》れていたそうだ。

レントゲンとMRIの結果、直ちに検査入院を勧められた良太は、生体組織検査を受けた。そして悪性骨肉腫《こつにくしゅ》だと診断確定された。

と同時に、できるだけ早く、腫瘍より中枢部で患肢を切断する必要があること。加えて、手術が成功したとしても余命は二年程度だろうということ。また、彼に適合する抗癌剤が存在しないことを告げられたという。

良太の家族は嘆き悲しみ、何とか他の治療法はないかと懸命に探し求めた。

そして、小児癌の治療に高い実績のあるバーデン病院を知ったということだ。

そもそも骨肉腫とは、骨原性肉腫で、骨に腫瘍細胞と骨組織が異常に増殖するものをいう。そのうち、他の臓器や組織に転移するタイプのものが悪性骨肉腫、いわゆる「骨の癌」である。

発生原因は不明だが、骨の成長の活発な子どもや思春期によく見られ、部位では特に大《だい》腿骨《たいこつ》下端、脛骨《けいこつ》上端、上腕骨上端、股関節《こかんせつ》に発生することが多い。

近年まで極めて予後の悪い病気といわれており、五年生存率は十%前後という厳しい現実があった。

そんな中、バーデン病院はいち早く、外科手術と化学治療の組み合わせや、放射線療法との併用といった、新たな治療法を模索してきた。

医師主導による新薬治験への取り組みも積極的だ。患児に対して有効な抗癌剤が見つかれば、かなりの割合で腫瘍の増殖を防ぎ、転移を抑えることができるからだ。

外科手術時においても、腫瘍《しゅよう》の状態や条件によるものの、温存手術——すなわち、骨を含めて患部を切除した後、切除した部分を、骨移植、人工関節、人工骨を用いて再建する方法を率先して行ってきた実績がある。

その結果、今の五年生存率は五割前後まで上昇していた。

無論、脳や脊髄《せきずい》など手術ができない位置に腫瘍があったり、薬がうまく効かなかったり、転移や再発が生じるなど、不測の事態は日々起こる。

たとえ治療がスムーズに進んでも、患児達はその小さな身体で、抗癌剤の副作用、手術、そしてリハビリの辛《つら》さに耐えなければならない。しかも、再発に怯《おび》え、友人の死を見送りながらだ。

自分の時間はどれぐらい残されているのだろう？

いつ動けなくなるのだろう？　次は誰の番だろう？

そんな不安を誰もが抱えている。

特に不安が高まるのは、入院してから最初の一ヵ月だ。

なぜなら、バーデン病院は完全看護で、一番近い村からも五キロ以上離れている。だから、家族もあまり頻繁に訪ねては来られない。ミュンヘンの町に行けば「難病児の家族の会」が用意した宿泊所があるが、親にも仕事や事情があるので、なかなか子どもにかかりきりにはなれないのだ。

それだから、ほとんどの子どもは、最初の一ヵ月を泣きながら過ごす。なぜ自分だけがこんな病気になったのかと叫ぶ。その後、次第に自分の立場を受け入れ、病気に立ち向かえるようになっていくのだ。

だが、平賀良太の場合は他の子と少し違った。

初めて彼を見た日のことは、今でもよく覚えている。

私が日課の祈りを捧《ささ》げていたチャペルに、彼は静かに入ってきた。

ふわふわした栗色の髪に、漆黒の、こぼれそうに大きな瞳《ひとみ》が印象的な少年だった。体つきはほっそりと華奢《きゃしゃ》で、首が長く、バレエダンサーのようである。

「隣で祈っても構いませんか？　家族の為に祈りたいのです」

澄んだソプラノの声がそう言った。

だから、私はてっきり彼を患児の家族だと思い込んだのだ。

長い真摯《しんし》な祈りの後、私は彼に「どこから来たの？　何年生？」と、話しかけた。

彼の顔つきは幼く、てっきりグルントシューレ（小学校）の三年生ぐらいかな、と思っていたら、「ギムナジウムの二年です」と言われて驚いた。

「僕、日系なんです。だから、幼く見えるみたいですね」

彼ははにかむように笑った。そして、「今日からこちらでお世話になります。平賀良太です」と名乗ったのだ。

正直言って、私はかつて、入院初日からこれほど冷静な様子の患児を見たことがなかった。そこで、きっと彼自身がまだ病気のことを実感していないのだろうと考えた。

ところが、その日のうちに、彼の膝を見る機会があった。患部はかなり大きく腫れ、熱感を持っていた。

相当な痛みがある筈《はず》だ。大の大人でも、歩く毎に悲鳴をあげるに違いない。

しかし、少年はこれまで家族にも気づかれないようにしていたという。

「なぜそんなに我慢をしたんだい？」

私が不審に思って問うと、良太は、母が乳癌で死亡しているという打ち明け話をしてくれた。

それが彼の家族にかなりの精神的、経済的な負担をかけたのを知っていたから、自分の病はなるべく隠していたらしい。

しかも自分で医学書を調べ、おそらく骨肉腫であろうと思っていたともいう。

良太は運命を達観しているかのように、淡々と話し続けた。

その横顔があまりに怜悧《れいり》で、浮世離れをしているので、私は今にも彼が召されてしまうのではないかという恐怖を覚えた。良太は神に愛されるが故に、早くに召されやすい子どもなのかもしれない、と。

だが、私はまだ良太を死なせたくはなかった。

「いけないよ。そういう時は、むしろすぐに言うべきだったんだ。早く治療すれば、治る可能性が高いのだからね。ご家族だって、君が我慢する事より、君が元気になる事の方がずっと嬉《うれ》しいはずだ」

私が咎《とが》めると、良太は唇をきゅっと結び、瞳に涙を浮かべて、「申し訳ありません」と一言だけ答えたのだった。

その表情を見て、私は直観した。

良太は冷静な子などではない。むしろ感受性が強く、愛情深い子どもだと。ただ、人一倍我慢強く、慎み深い性格をしているのだと。

その予感は当たっていた。

入院生活を始めた彼はとても静かで、いつも微笑んでいた。誰にでも親切で、新しく入院してきた小さな患者をさりげなく手助けすることも忘れない。

だがそんな優しい性格とはまた別に、彼ほど我慢強く意志の強い患者はいなかった。

そんな彼のけなげさや純粋さは、瞬く間に院内の人々の心を掴《つか》み、皆から愛された。

だからといって、私が彼を特別視することを正当化できるとは思わないが。

毎週の礼拝で、美しいソプラノで聖歌を歌う様子が、この上なく天使のようであったとしてもだ。

それでもやはり、良太は私にとって特別だった。

私が良太が特別だと気づいたのは、アデルの死がきっかけだった。

ある日、私が病室を巡回していると、良太は珍しく、アデルという少女の病室にいた。

それは良いのだが、夕方の見回りの時間になってもなお、良太がアデルの傍らで過ごしているのを見て、私は少し不思議に感じた。何故、突然、良太が彼女にかかりきりになっているのだろうかと。

良太が泣いている子を慰めていたり、困っている子に手を貸している姿はよく見かけたが、アデルは容態も安定して、とても元気そうに過ごしていたし、特に悩んでいるような様子なども見られなかったからだ。

アデルの笑顔と良太の背中を遠目で見ながら、私は案外、良太はアデルが好みのタイプなのだろうかと思ったりした。

ところがその夜、アデルの身に異変が起こった。

深夜、トイレの中からナースコールを押した彼女は、看護師が駆けつけるまでの僅《わず》かな間に、あまりにもあっけなく息を引き取った。白血病とは全く無関係な、特発性くも膜下出血を起こしたのである。

私は連絡を受けて急遽《きゅうきょ》、病院の霊安室に向かった。

アデルの為に祈りを捧げ、そして身体を香油で清め、家族が来るのを待ったためだ。それから納棺し、ミサを行い、墓地へ移動して埋葬という順序になる。

死にまつわる一連の儀式は、この病院では特に気を配って行われる。

それでなくとも死の影に怯える子ども達を刺激しないよう、静かに。そして最大の敬意を込めて、厳粛に。

消音措置がほどこされた霊安室のベッドに、アデルの身体が横たえられる。それに付き添っていた私は、ふと今日一日中、彼女と一緒にいた良太の後姿を思い出していた。

そして夜明け前、まだ仲間の誰もがアデルの死に気づかずに眠っている頃、私は奇妙な予感を胸に、そっと良太の病室を窺《うかが》い見た。

すると、良太は一人ベッドの上に身体を起こし、十字架を握りしめて祈っているではないか。

私には、良太がアデルの死を予知していたようにしか思えなかった。

それ以降、私は良太が特定の誰かと一日中過ごしているような時は、さりげなく注意して見るようにした。

するとどうだろう。その子ども達は、皆、間もなく容態が急変し、そして良太は、まるで全てを悟っているかの如く、十字架に祈りを捧げていたのである。

私の疑問は揺るぎない確信に変わった。そう、良太には予言の力が存在するのだと。

なにしろ良太の兄は、バチカンで法王猊下《げいか》のお膝元《ひざもと》におられる方でもある。

そこからして、特別な加護の持ち主に違いない。

やはり、良太は聖なる力を宿した少年なのだ。

そのことに思い至った時、私は主の息吹《いぶき》を間近に感じて、身震いした。

私は矢も楯《たて》もたまらず、良太のベッドに向かっていった。

いつものように静かに本を読んで過ごしている彼に向かい、私は深呼吸して興奮を鎮めながら、呼びかけた。

「良太」

「はい。なんでしょうか、神父様」

良太は本から顔を上げ、大きな漆黒の瞳を瞬《しばたた》いた。

「もしかして貴方《あなた》には、未来が見えているといったことはないのかね？　例えば、ここの病院にいる子がいつ亡くなるというようなことも、わかるのではないか？　君は、予言者なのではないかい？　違うかい？」

私は他の子ども達に聞こえないよう、良太の耳元に囁《ささや》いた。

良太は暫《しばら》く何も答えなかった。

ここではない、遠い彼方《かなた》を見るような目をして、神の声を聞いているような様子で黙っていた。

そして、「いいえ、神父様、僕にはそのような立派な力はありません」と、神秘的な笑みを浮かべて頭《かぶり》を振った。

私はその静けさの中に、幼きキリストの姿をだぶらせた。

3

ベッヘム司牧様にそう訊《たず》ねられた時、僕の息は止まりそうになった。

彼は一体、何を思って、僕に未来が見えているのかなどと言われたのだろう。

予言者……。

僕にそんな尊い名前は相応《ふさわ》しくない。

むしろ僕は、死神と呼ばれることが似つかわしい。

僕には昔から、人に言えない秘密があった。

最初の秘密は、僕の家族のことだ。

僕の家族は皆、一風変わっている。

父は音楽家で、余りお金にならない仕事のために、あちらこちらを飛びまわっている人だ。

母は霊長類学の研究者だったが、父と結婚し、兄が生まれたのをきっかけに、教師に転身して家計を支えていた。

母曰《いわ》く、「理論派から実践派に転じてみたの」ということらしく、母の基本的教育方針は、霊長類学を応用したものだったそうだ。

言われてみれば、僕は幼い時から、積み木や入れ子のカップを操る動作を文字列で表記し、それを見て、積み木をするという遊びを繰り返していたことを覚えている。

それから母はチンパンジーの表情コミュニケーション学を元に、怒りや喜び、悲しみといった表情が心とどう結びついているか、脳のどの部位で心の情報処理が行われているかという研究を家庭で実践していたらしい。道理で、いつも大袈裟《おおげさ》で滑稽《こっけい》な表情を作りなががら、絵本を読み聞かせてくれた訳である。

そうした母の教育の成果なのかどうかは知らないけれど、僕の兄は神童と呼ばれる天才少年に育っていた。三度の飛び級の後、父の仕事の都合で一家がドイツに引っ越すことが決まると、あっさりとドイツの名門大学に合格してしまった。

なのに何一つ偉そうなところがなく、謙虚な人だと言うことを僕は誰より知っている。

僕が家族のポートレートを描くとしたら、父の陽気な鼻歌と、絵本の向こうから覗《のぞ》く母の変な顔。それから、兄のとびきり優しい笑顔を描くことだろう。

年の離れた兄は、僕の尊敬する先生でもあった。

「どうして僕が走ると、お空のお星様も付いてくるの？」

だとか、

「太陽が沈む場所は何処？」

といった厄介な質問に対して、いつだって辞書や百科事典を持ち出してきては、ひとつひとつ丁寧に教えてくれた。

僕には兄の話す言葉の意味が分かる時も、分からない時もあった。

どちらにしても、僕に向けられていた兄の優しい眼差《まなざ》しが、僕は大好きだった。

僕は、家族の中でも一番よく兄に懐いていたが、実はそれには理由があった。

僕には兄に関して、前世の記憶らしきものがあったのだ。

――おかしな作り話だと思われるだろうから、これは誰にも秘密にしていることだ。

僕と兄は狭い羊小屋の中で、薪を焚《た》いて暖を取っている。

二人の容姿は今と随分違っていて、兄は今の兄ではなく、僕は今の僕ではない。

けれども、僕には何故か、それが僕達だと分かるのだ。

兄は長い木の杖《つえ》を持っていて、それで地面に文字のようなものを書いている。

おそらく僕に文字を教えてくれているのだ。

だが、その時の僕は眠くて眠くて、こくりこくりと舟をこいでいる。

そのうち僕が寝込んでしまうと、兄は微笑んで、薄い布を僕の身体にかけてくれる。

単なる夢と片付けるには、あまりにリアルな体感を伴う、強い記憶であった。

その為だろうか、兄は僕にとって誰より身近な家族であり、いつも僕を守ってくれているると感じられる存在であった。

けれど、どんなに平和そうに見える家にも、不安材料が存在すると僕は思う。

それが、僕にとってはベールの男達だった。

僕は時折、家の中で迷子になる事があった。

家で迷子というのも妙な話に聞こえるだろうが、本当なのだ。

兄の見解によれば、「良太は三半規管が弱いから」らしいのだが、時折、ぐっと重力の偏りのようなものを身体に感じたかと思うと、自分の立っている場所がぐらぐらと揺れたり、上下左右が分からなくなることがある。

そしてふと気づくと、家の中で迷子になってしまっているのだ。

例えば、自室からリビングに向かおうとして、ドアを開けた瞬間に眩暈《めまい》を覚えたかと思うと、いつもの廊下に見覚えのない横穴が開いていたり、曲がり角の場所が普段と違っていたりする。

僕はずっとそれを、家に作りつけられている、隠し通路なのだと思っていた。

実際、ドイツの古い民家には、隠し部屋や地下壕《ちかごう》が存在することがある。それらの多くは、かつてユダヤ人がナチスから逃れるために、工夫して造ったものだそうだ。僕はそんな知識を聞き覚えで知っていた。

だから、ドイツの僕らの家にもヒトラー時代の名残があって、偶然、僕がからくり仕掛けのスイッチを押してしまった時に、横穴や隠し通路が現れるのだと信じていた。

そして、僕が不思議なその迷路に迷い込んだ時は、必ず一つの見慣れない部屋に行き着いた。

狭く、暗い部屋だ。窓もなく、家具一つすらない。

その部屋の突き当たりには、どういうわけか立派な暖炉だけがあって、夏でも冬でも、火が赤々と燃えさかっている。

なのに少しも暑いとか、寒いという感じがしない。

暖炉の前の床には、ベールを被《かぶ》った男達が三人、半円を描くように座っている。

一人は白いベールを、そして一人は赤いベールを、そして一人は黒いベールを被り、顔を隠すようにしている。見えるのは口元だけである。

三人はいつも、ひそひそ声で話をしていた。

なにやら聞き取りにくい異国の言葉で……。

とても恐い感じがして、僕はその男達に近づいたことはなかった。

ただ、いつも同じ男達を見るからには、彼らはそこに住んでいるのだろうと思っていた。

僕らの一家と男達の関係は、よく分からなかった。

僕達がドイツに越してきた頃からいた人達なのだから、恐らくは親戚《しんせき》筋の人達だろうと、僕は勝手に推理していた。

その三人が隠し部屋から出てくることもなく、両親や兄の会話にさえ出てこないことは不可解だったが、家族の誰もが彼らの存在を僕に知らせずに無視するということは、裏に余程の事情があるのだとも感じた。

例えば、両親がある事情から難民を匿《かくま》っているとか、彼らが政治的な亡命者であるといった理由だ。彼らのことは、触れてはいけない家族のタブーに違いなかった。

けれど、一人で秘密を抱えるには幼すぎた僕は、ある日とうとう、家の中で迷子になるのは怖いと、兄にひっそり訴えた。

兄は僕の体調についてあれこれと質問した後、こう答えた。

「良太は少し三半規管が弱いのかも知れませんね。では、こうしましょう。迷子になりそうだと思ったら、私を呼べばいいですよ。私と手を繋《つな》いで歩けば、迷いませんものね」

兄の言葉が嬉《うれ》しくて、それ以来、僕は不安な感覚に襲われる度に、兄の名を呼んだ。

兄は家に居る時はすぐに飛んできて、僕の手を取ってくれた。

そうして兄と手を繋ぐと、僕はもう家の中で迷うことはなくなったのだ。

あの薄気味の悪い部屋に迷い込むことなく過ごせるようになると、怖い記憶も薄れていった。

時折、あの男達の姿を思い出しては、いつかとんでもない不幸が自分達を襲うのではないかと、言いようのない不安が足元から込み上げてくることもあった。けれど、僕のテリトリーが家の外にも広がり、新しい友人が出来るようになると、あの男達について考えることは滅多になくなった。

次第に僕は彼らのことを、僕の心細さが生んだ、悪夢の中の出来事に違いないと思うようになっていた。

——嗚呼《ああ》、あれがただの悪夢であれば、どれほど良かっただろうか。

忘れもしない。あれは僕がグルントシューレ（小学校）に入った年。

学業に忙しくなった兄から、家に帰って来られないと連絡があった、冬休みのことだ。

近所に越してきたばかりの家族が、新年の挨拶《あいさつ》にやって来た。

僕の両親が玄関ドアを開くと、優しそうな両親に手を引かれて、僕と同じ年頃の少年が立っていた。

互いの両親が挨拶を交わすと、夫人はクッキーの入った籠《かご》を僕に差し出し、こう言った。

「これからよろしくね、良太君。良かったら、息子のダニーとお友達になってくれないかしら。ダニーは心臓が弱くて学校には行けないから、同じ年頃の友達がいなくて、寂しがっているの。時々、家に訪ねてきてくれて遊んでくれると、嬉しいのだけれど」

ダニーと呼ばれた子は、おずおずと僕を見て「よろしく」と言った。青白く、少しむくんだ顔をしていて、大人しそうな子であった。

僕が「こちらこそ」と答えようとした、その瞬間だ。

突然、僕の背後から、三つの黒い影がぬっと現れたので、僕の心臓は飛び出しそうになった。

白いベールと、赤いベール、そして黒いベールを被った三人の男達――てっきり僕の夢の中の人物だと思っていた彼らが、とうとう隠し部屋を抜け出し、白昼堂々、玄関先にその姿を現したのである。

彼らはダニーの目の前に立ちはだかると、ダニーの顔を不躾《ぶしつけ》なぐらいにじろじろと眺め回した。

僕は気まずさから、全く身動きができない状態になっていた。

どうにか目だけを動かして、両親の顔を窺《うかが》い見た僕は、そこで奇妙な事実に気がついた。

にこやかに会話している僕の両親と、ダニーの両親。

その誰もがベールの男達の存在に、少しも気づいていないのである。

三人の男達は、ダニーを取り囲み、腰を屈《かが》め、その顔を覗き込んでいる。

それなのに、ダニー自身にも彼らの姿は見えていないらしい。

男達はベールを目深に被っているために、昼の光の下でもその顔は見えなかった。ただ、ニヤニヤと笑っている口元だけがやけにくっきりと見えていた。

「この子はもうすぐ……死ぬ……」

「ああ、そのようだ」

「神の許しと祝福を……」

聞き慣れない異国の言葉であるのに、何故だか彼らの言っている意味がそこだけハッキリと分かって、僕の息は止まりそうになった。

こめかみが熱く脈打ち、頭痛がする。

その時、赤いベールの男が僕を振り返り、ほくそ笑んだ気がした。

くらり、と足元が揺れた。

「良太君、どうしたの、大丈夫？」

気がつくと、ダニーが僕に手を差し出していた。

僕はその手を取り、無言で頷《うなず》くだけで精一杯であった。

「僕と仲良くしてくれるかい？」

「もちろんだよ」

僕はカラカラに渇いた喉《のど》から、どうにか言葉を搾り出した。

僕と彼が握手したのを見ると、男達はどこかに去っていった。

彼らが一体何者なのか、実在している人物なのかさえ、僕にはまるで分からなくなっていた。

もしかすると、兄なら正しい答えを教えてくれるだろうか、とも思った。だが、自分の眼で確かに見たものであっても、どう話せばいいのかが分からなかった。

それに、もしもあの男達のことを話せば、愛する兄にまで災いが降りかかるのではないかという漠然とした不安が、どうしても拭《ぬぐ》えずにいた。

結局その日は一日中、頭の中でぐるぐると、男達のことばかり考えていた。


それから僕は、毎日のようにダニーの家へ遊びに行くようになった。

男達の不吉な言葉も気がかりであったし、一人ぼっちのダニーを気の毒に思ったからだ。

ダニーは性格の穏やかな優しい子であったので、僕はすぐにダニーが好きになり、僕達はとても仲良くなった。

ある日、僕達が床にボードゲームを広げて遊んでいた時だ。

ダニーがいつになく顔を強張《こわば》らせ、心細げに言った。

「もし良太と会えなくなったら、嫌だな」

僕は内心、ドキリとし、その動揺を隠すように笑った。

「何を馬鹿なことを言ってるのさ、急に」

「ごめんよ。ただ、なんとなくさ、また入院するのは厭《いや》だなって思ったんだ。だって、良太に会えなくなるし、病院って夜になると暗くて怖いんだ」

「大丈夫だよ。ダニーは入院なんてしないよ」

「そうかな？　そうだといいけど……」

ダニーは遠くを見るような目をして呟《つぶや》いた。

ダニーの目には、彼を迎えに来た死神が見えているのじゃないだろうか。僕は不意にそんなことを思った。

どうか嫌な事が起こりませんようにと念じながら家に帰った僕は、夕食後、異様なださと眠気に襲われた。

「風邪かしら？　今日は早く眠りなさいね」

母に勧められて、僕は自室のベッドに潜り込んだ。

そしてその夜、長い悪夢を見た。

「この子はもうすぐ死ぬ……」

「ダニーは死ぬ……」

真っ暗な景色の中、遠く、近くから、暗鬱《あんうつ》な声が響いてくる。

それがある時、突然、

「ダニーは死んだ！」

という叫び声に変わった。

キーンと耳を劈《つんざ》く金属音がしたかと思うと、目の前に、真っ赤な巨大蜘蛛《ぐも》が躍り出てきて、赤い糸を吹いた。

視界一杯に、赤い網が張り巡らされていく。

僕の身体はピクリとも動かない。

このまま血の海に搦め捕られてしまいそうだ。

そう思った時だ。


「起きなさい。詣《もう》でなければ」


低い声が僕の鼓膜を震わせた。

瞼《まぶた》を開くと、僕の枕元にベールの男達が立っている。

壁の時計は午前二時五分を指し、押しつぶされそうに重い空気が部屋を満たしていた。

「詣でる……とは、どこにです？」

僕は初めての男達との会話に、声が震えるのを感じた。

「ダニーの墓に……」

「火を灯《とも》して……」

「暗闇に祈りを……」

「なっ、何を言ってるんです？　ダニーのお墓なんてあるわけないのに……」

三人の男達は顔を見合わせると、静かに部屋を出て行った。

言葉はなくても、僕に付いて来いと言っているのが分かった。

僕は訳も分からず、パジャマのまま、夢中で三人の後を追った。

どうしてあんな怪しい奴らに付いて行こうと思ったのか、よく分からない。

その時は、そうしなければならないと感じたのだ。

男達の背中を追って、暗闇の中をどんどん歩いていく。

闇に目が慣れるにつれて見えてきた景色は、僕の全く知らない街のようだった。

知らない路《みち》、知らない家々の間を僕は戸惑いながらも、男達の後を追って進んだ。

やがて、道の先に浮かび上がるようにして、真っ白に光り輝く大聖堂が現れた。

三人の男達は臆《おく》することなく聖堂の中へと入っていく。

僕もおずおずと三人に続いた。

驚いたことに、聖堂の中はきらめくような黄金色に満たされ、とても美しかった。

一段高い祭壇には、何者かの佇《たたず》む姿があった。

目をこらしてよく見ようとするが、その姿はベールのようなものに隔てられ、靄《もや》のようにかすんで見えない。

会衆席にはかなり大勢の人々が座り、その人物に向かって、厳かに頭を垂れていた。

何者かはわからないが、とても偉い人なのだろうということが分かる。

息を呑《の》むような雰囲気に圧倒されながら、僕も三人の男とともに会衆席に座り、じっと下を向いた。

祭壇の人物は、時折、誰かの名前らしきものを呼んでいた。

すると会場の誰かが立ち上がり、祭壇の前へ進んでいって、跪《ひざまず》くのだ。

そして、祭壇上の人物は、前にいる人に何かを告げている様子だった。

それらの全ては異国の言葉で、何を話しているかはまるで分からない。

異教の怪しい儀式に迷い込んだのだろうかと訝《いぶか》りながら、僕は息を潜めていた。

すると不意に、僕の名前が呼ばれたのである。

間違いなく、「平賀良太」と……。

僕は驚いたが、男達に促されるまま、前へと進み出た。

すると、やはりベールの向こう側の人が、異国の言葉で語り始めた。

自分に関係する、大事なことを言われているようだ。

とても重要なことを……。

それなのに、肝心の意味が僕には少しも分からない。

もどかしい思いで席に戻ると、三人の男達は満足そうに頷いていた。

「事はなれり……」

そんな言葉を聞いたような気がする。

男達に囲まれ、促されるままに聖堂を出ると、僕らは聖堂を回りこむようにして、その裏手へと向かった。

沿道の両脇には、松明《たいまつ》を手にした人々が立っている。

僕は目の前に差し出された松明を手に取った。

その道の先に現れたのは、広い墓地であった。

一際暗い墓地の遠近に、赤い松明の火が、ゆらゆらと移動しているのが見える。

どうやらこの墓地を訪れているのは、僕達だけではないらしい。

僕を取り囲みながら歩いていた男達は、やがて一つの墓の前で立ち止まった。

松明の灯《あか》りで照らしてみると、墓石に刻まれた名前が読み取れた。

『ダニー・グラッセン』

それは間違いなくダニーの墓だった。

墓のすぐ脇に、松明を差し込むための筒が設けられている。

僕はそこに持ってきた松明を差し、跪いて祈った。

そうしなければ、ダニーの魂が迷ってしまうと思ったからだ。

僕は勿論《もちろん》、神父ではない。

祈りの言葉も、つたないものしか知らない。

しかし、何故だかその時、僕のしなければならないことが何かを確信していた。

「主よ、貴方《あなた》の御光で、ダニーの行く路を照らして下さい。

この松明の火を、死の谷間を行くダニーのランプへとお移し下さい。

ダニーが決して路に迷い、地獄へと行かないように……」

僕が呟いたのと同じような祈りが、暗闇の中のあちこちで囁《ささや》かれているのが分かる。


「主はお答えになられた」


赤いベールの男が僕に耳打ちをした。

その瞬間、真っ暗であった空に、忽然《こつぜん》と光の球体が現れた。

それは巨大な車輪のように回転しながら、周囲に眩《まばゆ》い光を撒《ま》き散らし、その表面に見たこともないような文字を浮かび上がらせながら、ものすごい勢いで僕のいる方へと向かってきた。

稲妻のような一筋の閃光《せんこう》が、球体から放たれた。

それが僕の額を射貫《いぬ》いた。

ビリビリと体中が痺《しび》れた。

僕の記憶はそこで途切れた。

翌朝、ベッドで目覚めた僕は、ダニーが昨夜息を引き取ったことを知った。

深夜、容態が急変して、病院に運ばれたが助からなかったそうだ。

死亡時刻は午前二時五分丁度であったという。

4

それから何度あの聖堂に行き、見知らぬ墓碑銘を前に祈ったことだろう。そしてまた、僕はニュースや新聞記事の中に碑銘と同じ名を見つけては、その人物が確かにこの世に実在していたことと、その死を同時に知ったのだ。

ある夜、いつものように聖堂へ向かう道を歩いていたはずの僕は、気づくと海辺に立っていた。

僕の目の前には、巨大な木造の船が停泊していた。

聖書の図解書で見たノアの箱舟のような、本当に巨大な船だ。

辺りには深い霧が立ち込め、視界は悪かった。

けれど、背後から大勢の人のざわめきと気配が迫ってくるのが感じられた。

振り返ってみると、神父らしき白髪の男を先頭に、一群の人々が船の方へと吸い込まれるように進んでいく。

神妙な顔をしたもの。

祈りを呟《つぶや》いているもの。

嬉々《きき》とした表情を浮かべているもの。

老若男女さまざまにいるのだが、どの顔も奇妙に青白く、不気味なほど生気がない。

薄ら寒い思いがして立ち尽くしていると、人々を船の中へと案内していた神父が僕の方を見た。二人の視線が絡み合い、彼がこちらへやって来る。

痩《や》せて背が高く、どこか強張《こわば》ったような笑みを浮かべたその神父は、僕の傍らに立つと、

「君は乗らないのかね？　救済の船に」

と言った。

ぞっとするような低い声だ。

僕は怯《おび》えて声も出せず、首を横に振るのが精一杯だった。

拒絶の態度を取る僕を、神父は険しい顔で睨《にら》みつけた。

「乗らぬものが、何故ここにいる」

するとどこからかベールの男達が現れ、神父の視界から僕を遮るように僕の前に立った。

そして四人は耳慣れない異国の言葉で話し始めた。

その中でほんのわずかな単語だけが意味を持ち、僕の耳に届いてくる。

初めに、「死神」という単語が聞こえた。

それから、「……によって、かのものはまだ死ぬことはない」という言葉。

やがて神父は不快げに、いかにも渋々といった表情で僕を見下ろした。

「ならば代わりのものを」

神父は確かにそう言った。

代わりのもの――それは僕の代わりに誰かがあの船に乗せられるということなのだろうか。

すると、「エイダ」という、母の名前が囁かれた。

厭《いや》な予感。

まさか？

「代わりに誰かを立てないで下さい。僕が船に乗りますから」

僕は掠《かす》れた声を振り絞ったが、神父はくるりと背を向け、すっかり人々が乗り込んでしまった様子の船に向かっていく。

船はゆっくり港を離れ、暫《しばら》く海上を進んだかと思うと、ふわりと空へ浮かび上がった。

そうして驚くべき速さで上昇していく。

見上げていると、空の中央に、ぽっかりと穴が開いているのが見えた。

船はその中へと吸いこまれて消えた。

僕は怖くて泣きながら目を覚ました。

そしてその朝の食卓で突然、母が乳癌であることを、両親から告げられたのだった。狂ったように泣きじゃくる僕を見て、父はおろおろと慌てた。

「すまない、良太。突然こんなことを言って、怯えさせてしまったね。だけど、母さんは大丈夫さ」

いつもは冷静な母も、困り顔をしていた。

「良太、泣いては駄目。私は死ぬと決まったわけじゃないのよ。入院して病気を治療するだけのこと」

両親は僕を抱きしめて、「大丈夫」と何度も繰り返した。

けれども、母の容態はみるみる悪化していった。

母は僕の代わりに「船に乗せられる」のだ。それは一番考えたくない、けれども僕には真実に違いないと思われる答えであった。

誰より僕が、母のために何かをしなければならなかった。なのに、僕には何もできなかった。

母が入院して間もなく、休学した兄が家へ戻ってきた。それから僕は、父と兄が治療費の金策について話し合っている姿を何度か見た。

「母を連れて行かないで下さい。どうか、代わりに僕を船に乗せて」

夜、枕元にやってくるベールの男達にどれほど懇願しても、彼らは黙って首をふるだけであった。

そうして母が亡くなる前の夜、僕は母の墓に松明を差し込んで、母の為に祈ったのである。

痛みと戦い、苦しみながら死んだ母の姿は、僕を打ちのめした。

母にしても、ダニーにしても、僕が見送ったほかの人々にしても、その誰かに特別な過失があったわけではなく、まして悪事を行ったわけでもない。

人は良いことをしていても不幸になり、良いことをしていても死ぬのだ。

何故、人は死ぬのだろう。

生まれてきて、死ぬことが定めなら、初めから生まれてくる意味があるのだろうか。

僕の頭の中には不条理な死に対する怒りが、嵐のように渦巻いた。

母の死後も変わらず僕を訪ねてくるベールの男達に対しても、僕は憤りを覚えていた。

だから、僕の枕元に立つ男に向かって「もう聖堂には行かない」と告げたのだ。

赤いベールの男は、咎《とが》めるように僕の手を強く摑《つか》んだ。その手から、体温のようなものは感じられなかった。男の指には不思議な文字が書かれた銀細工の指輪が嵌《はま》っていた。

「どうせ死ぬのなら、何故、人は生きていくの？　どうして僕に、こんなことをさせるの！」

そう叫んで男の手を振り払った拍子に、男の被《かぶ》っていたベールがはらりと床に落ちた。

瞬間、僕は戦慄《せんりつ》した。

ベールの奥に隠されていた男の素顔は異様であった。

口と鼻は人間と同じなのだが、その上に光っている目は一つしかない。しかも、人間の何倍も大きな目玉だ。それが額の中央にカッと開かれ、らんらんと輝いていたのだ。

（ば、化け物だ！）

僕は恐怖に息を呑《の》んだ。

彼は地を震わせるような低い声で笑った。

それから「ただの経験だ」という一言が、どこからともなく響いてきた気がする。

気づくと窓の外は明るくて、冷や汗まみれの僕はベッドの上に倒れていた。

ぞくりと身震いをしながら体を起こし、僕は考えた。あの男の告げた言葉の意味を。

彼は、『人生に意味などは存在しない。生きることとは、ただの経験だ』と言いたかったのだろうか？

人生がただの経験に過ぎないなら、何故、神は我々に善い経験ばかりをお与えにならないのだろう？

人は幸福な経験より、むしろ不幸で痛ましい経験の方を多く与えられている気がする。

母の人生もそうだったし、聖書を読んでもそのように感じられる。

どうせ死によって命を奪うのならば、せめて幸せな経験を与えて下さればよいのに……。

僕は不謹慎にもそんなことを考え、神というものの存在について、一抹の不信感を覚え始めていた。

兄や父はとても信心深い人間であるし、母も最期の時まで神を信じていた。

けれど、本当に皆が思うほど、神は素晴らしいものなのだろうか？

それとも僕が神を疑ってしまうのは、僕が悪い人間という証拠であって、あの不気味なベールの化け物達に付きまとわれているのも、元はと言えばそのせいかもしれなかった。

僕は悪魔だか死神だかに取り憑《つ》かれているのだ……。

茫然《ぼうぜん》とそう考えていた頃、兄がバチカンの聖徒の座へと赴くことが決まった。

兄が僕から遠く手の届かない所に行ってしまうことは、恐ろしかった。兄という道しるべがいなくなったら、僕は一体どうなってしまうのだろうかと不安で堪《たま》らなかった。

けれど、僕のような災いから遠ざかることの方が、兄の為かもしれなかった。

僕は、どうか災いが兄に降りかからないようにと祈り、優しい兄にだけは、神が慈悲を与えてくださることを願って、小さな十字架を買い、兄へのプレゼントにした。

そうして数年が過ぎ、僕は骨肉腫《こつにくしゅ》と宣言されてここにいる。

神はおそらく、僕に相応《ふさわ》しい場所を与えたのだろう。

死者の為に祈り続ける僕と、死に近い仲間達が集う場所。

まさに、ぴったりの組み合わせだ……。

＊　＊　＊

ベッヘム司牧が僕の正体に気づいてしまう前に、僕は「図書室へ行く用があるから」と言い、やんわりと話を切り上げた。

ここの図書室は広く、ボランティアから寄付された様々な本が並べられている。体を動かせなくなった子供達が、少しでも楽しい時間を過ごせるようにとの配慮から、気持ちが明るくなるような楽しい物語が数多く揃っているので、気分転換にはもってこいだ。

それに僕は、もうすぐ五つになる男の子に死の影が迫っていることを知り、彼にささやかな喜びを提供したいと思っていた。

星を見るのが好きだと言っていた彼に合いそうな本を物色していた時だ。本と本の間に、薄い本が挟まっているのが目に留まった。

それは本当に薄い冊子で、黒い背表紙にはタイトルさえついていないので、これまで全く気付かなかったのだ。

何気なくそれを引き抜き、手に取ると、途端に頁の間から、はらりと何かが床に落ちた。

それは一枚の金色の栞《しおり》であった。

拾い上げると、表面に四桁《けた》の数字群と、GBというアルファベットが手書きされている。日付と名前の頭文字だろうか。

栞を拾い上げ、次に冊子を開いてみる。

するとどうだろう。その中の文字が柔らかくも目映《まばゆ》い金色に輝いているではないか。

僕は驚き、我が目を疑った。

一体、これはどういう仕掛けなのだろう？

ごしごしと目をこすり、もう一度じっくりと眺めてみる。

今度はもう、中の文字は光ってなどいなかった。

普通の黒いインクの文字であった。

仕掛けなどどこにもない。それどころか、文字は印刷ですらなく、手書きのものであった。

どうやら冊子というより、黒レザーのブックカバーに入った、誰かのノートか日記らしい。

見てよいものかと、少し良心の呵責《かしやく》を覚えたが、それより好奇心の方が圧倒的に勝った。

目で文字を追う。

それらは几帳面《きちようめん》で、優しい線によって書かれていたが、僕はそれを読み下すことができなかった。

なぜなら、ドイツ語でも、英語でもなかったからだ。

どうやらイタリア語のようだ。いくつかのフレーズは、かろうじて読み取ることができた。

例えばこんな言葉である。

La frase di morte（死の宣告）
La diffidenza di Dio（神への不信）

僕は無性にこのノートを読み通したくなった。

このノートの持ち主は僕と同じ病気で、僕と同じ悩みを抱えているのではないかと直観したからだ。

恐らく、もうこの世にはいない誰かの……。

僕はイタリア語の辞書を探して来て、早速、ノートの一行目を訳してみた。

『親愛なる君。君は今、どのような気持ちで過ごしていますか？』

ノートはまるで僕に語りかけるようにして始まっていた。

僕は借りた辞書を片手に病室へ戻ると、夢中になってその続きを読んだ。

＊　＊　＊

『親愛なる君。君は今、どのような気持ちで過ごしていますか？

もう一人の僕。未来の君。君が今、幸せなら良いのですが。

神は人に幸せな経験ばかりを与えて下さるわけではありません。

孤独。悲しみ。絶望。痛み。

生きている時間のうちには、世の中や他人に対して、恨みを感じる時もあるでしょう。

自分自身の存在を呪うことも。

神への不信を覚える時も……。

僕にもまた、そのような時がありました。

けれど僕はあるものを得て、変わることができました。

僕が得たものは何だったのか？

それをお話ししたいので、どうか聞いてくれませんか。

僕は幸福な家に生まれた子どもでした。

貿易会社の役員をしている、真面目で誠実な父と、優しい母に恵まれ、可愛い双子の妹が僕を慕っていてもくれました。

とても条件のよい生を与えられた分、その境遇に甘えることのないように、僕はできるだけの誠実さをもって物事に取り組むことを自らの戒めとしてきました。

そんな風に言うと、とても偉そうで、堅苦しい話に聞こえるかもしれませんね。

しかも、実際の僕にそのような行動ができていたかといえば、到底、そうではありませんでした。

結局のところ、僕はどこにでもいる、平凡な子どもでした。

ですから、確固たる覚悟を持って生きていたというよりは、ただなんとなくそうしなければならない気がしていた、とか、さもなければ世間に申し訳がない気がするという程度の、軽い気持ちであったのだと思います。

僕の生まれた港町には、貧しい漁師の家庭が沢山あって、満足に学校に行けない子や、医者にかかれず亡くなった赤ん坊なども いました。彼らに比べて、僕は何故だか恵まれていました。そのように不平等な現実をどのように理解すればいいのか、僕は戸惑っていたのだと思います。

父も母も熱心なカソリックであったために、僕もまた幼い頃から聖書を読み、つねに正しく、善なるものであろうとしました。その気持ちに嘘はないと信じていました。

ですが、僕が人よりも恵まれていると思うこと自体、優越感から出た驕《おご》りではなかったかと、今となっては思うのです。

要するに、僕は永らく、心の深い所で自分自身を疑っていました。

そんな僕に「死の宣告」が突きつけられたのは、突然のことでした。

ある日、酷《ひど》い頭痛と眩暈《めまい》を訴えて倒れた僕を、両親は病院へ連れて行ってくれました。

そこで出た診断は、脳腫瘍《のうしゅよう》。医師が言うには、腫瘍は何年も前からあったか、もしくは僕が生まれた時から持っていたそうです。

さらに医師は、腫瘍が悪性であることと、手術の出来ない視床下部のすぐ近くにあり、数年後に僕は死を迎えるであろうと宣告したのです。

その時、僕は十二歳でした。

嘆き悲しむ両親を前に、不思議に気持ちは冷めていました。

おそらく恐怖や絶望を感じることがあまりに怖いがために、僕は感情そのものにパタンと蓋《ふた》をしてしまったのです。

表面上は、今までの自分と変わらぬように振る舞いながらも、僕は内心において絶望し、明るく生きている他の人々の姿を、まるで映画のスクリーンを見るような無関心さで眺めていたように思います。

そうして心を閉ざし、自分だけの孤独に浸っていたのです』

＊　＊　＊

日記は尚《なお》も続いていた。

僕は、この日記が、救いの手を差し伸べてくれているような予感がして、辞書を引きながら、最後まで読むことを決意した。

ベールの男達は、僕の周りを囲み、不思議な異国の言葉を囁《ささや》き合った。

「運命の書」

「扉は開かれた」

「その方が開けると、誰も閉じることはない」

不可解な単語だけが、断片的に聞こえていた。

部屋に戻った僕は、手書きのノートを読み進めた。

＊　＊　＊

『すべては逃避なのでした。

理不尽な死の宣告に対して込みあげる悲しみや怒りや恐怖を口にすれば、最後には運命を呪う言葉となり、神への憎しみを覚えてしまいそうになる。そうなるよりは、この苦しみから目を背け続けるほうが、簡単だったのです。

僕の心が企《たくら》んだこの姑《こ》息《そく》な取引のことは、誰も知りません。

ふと気づくと、僕は学校で「聖ヨゼフ」と呼ばれるようになっていました。

自分とも他人とも向き合うことが恐ろしく、曖昧《あいまい》な笑顔で過ごしている僕にとって、それは皮肉なニックネームでした。

逃避の代償は、他にもありました。胸の底にもやもやとした滓《かす》のようなものが蟠《わだかま》って、時折、息ができなくなるのです。

そんな頃、僕はひとりの「仲間」と出会いました。

僕と同じ孤独な少年でした。

僕は、彼の孤独と僕の孤独を重ね合わせ、お互いに慰めあい、傷をなめあえる気がしていました。

けれど、愚かな錯覚を抱いて近づいていった僕に、彼は全く予想に反する大きなプレゼントをしてくれました。

いいえ、彼自身が僕へのプレゼントであったのかもしれません。


当時、僕は図書委員でした。

主治医から運動を制限されていた僕は、体育や雑用を免除してもらう代わりに、図書館で本を読んだり、本の整理をすることになっていたのです。

図書館の大きな窓からは、校庭を走り回る学友達の元気な姿が見え、心がざわついてしまう事もしばしばでした。

そこで僕は、裏庭に面した静かな受付デスクに陣取って、図書カードの整理をしたり、読書をするのが常でした。デスクの側の広い窓からは、大きなニレの木と、入り組んだ木立しか見えませんでしたから。

ところがある時から、人影のないはずのそこに、一人の少年がやって来るようになりました。

とても物静かな少年でした。

いつも一人きりで、明るい茶色の巻き毛を風に靡《なび》かせ、眩《まぶ》しそうに空を見上げていました。

何者だろうかと気になって聞いた彼の噂は、芳しくないものでした。

施設から来た「問題のある子」。変わり者で、無愛想。しかも、誰も彼の声を聞いたことがない、というのです。

彼が一人の時に見せる純真であどけない表情からは想像もできないような噂ばかりでした。

おそらく彼は周囲に馴染《なじ》めず、心を閉ざしているのでしょう。

僕は彼のそんな所に強く惹《ひ》き付けられました。

彼に近づきたいと願いました。

それは、彼の力になりたいとか、癒《いや》してあげたいなどという立派な目的からではなかったと思います。

僕は、僕と同じように傷ついた「お仲間」がほしかったのです。

彼にどう近づけばいいか、何と話しかけていいかと迷った末に、僕は自分の好きな本を持って彼の側に行き、隣で本を朗読するという行動に出ました。

彼は僕の朗読に興味を持ったようでした。

僕もまた、彼が見せる僅《わず》かな表情の変化や反応を、楽しみにするようになりました。

一冊、また一冊と、彼の側で本を朗読していくうち、季節は移ろい、夏がやって来ました。

　その頃になると、僕の身体は頻繁に不調をきたすようになっていました。一週間ほど起き上がれない日が続くと、死が喉元《のどもと》まで迫りつつあるのだという実感を覚えて、恐怖したものです。

　残された時間ですべきことを整理しようと思っても、真っ暗な闇しか見えません。

　僕はベッドの上で、（あの少年に読んでいた本が、まだ話の途中なのだから、続きを読んであげなくてはいけないなぁ）と、そんな小さなことばかりを考えていました。

　ベッドから降りられるようになると、僕は裏庭の少年の許《もと》へ行きました。が、彼の姿は見つからず、がっかりして図書館に戻ってきたときです。

　見慣れたマホガニーの本棚の間を、あの少年が心許無《こころもとな》げに歩いているのを見つけたのです。

　きっと僕が朗読していた話の続きを知りたくてここへ来たのだと、直感しました。

　僕は彼に話しかけ、彼が探している本を手渡しました。彼は黙ったまま、少し嬉《うれ》しそうな顔で、それを受け取りました。

　それから彼は図書館に通って来るようになりました。

　初めて聞いた彼の言葉は、僕が高いところの本を取ってあげた時に彼が言った「ありがとう」でした。それは、僕が想像していたよりもまろやかで、とても温かな声色でした。

　僕達はようやく自己紹介をしあい、読書仲間になりました。

そこで僕があらためて感じたのは、彼は噂と違って、とても頭が良く、感受性の高い、倫理観のある少年だということです。それは彼が読んだ本の感想を聞けば、自《おの》ずと分かることでした。

ある日、僕は校長先生から呼び出しを受けました。

何事かと校長室へ行くと、いきなり「ロベルト君と、親しいのかね？」と訊《たず》ねられました。あの少年の名前でした。

「時々、話をする程度です」

「彼は、君から見てどんな子かな？」

「頭がよく、性格は穏やかで、問題があるようには見えません」

僕は感じたままのことを正直に言いました。

「実は、君に彼の良き理解者になってあげて欲しいんだよ」

校長先生の申し出に、僕は驚きました。

理解者になれと言われても、僕はもうすぐ死ぬのです。校長先生もそれはよくご存じのはず。

そんな人間に何故、他人と心を分かち合えと言うのでしょうか？

僕にとっても彼にとっても、残酷過ぎるのではないでしょうか？

(何故、よりによって僕が……？)

呆然《ぼうぜん》とする僕に、校長先生は彼の身に起こった悲劇を教えてくれました。それは僕が受けた「死の宣告」より、遥《はる》かに過酷な出来事でした。彼はある痛ましい事件によって、親を失《な》くしていたのです。

もし僕が彼の立場であったなら、神を憎むどころか、世の中の全ての人間を憎んだことでしょう。

衝撃を受けた僕が図書館へ戻ると、いつになく困った顔をした彼が座っていました。

彼は僕に、「読んでいる本の家族関係や、その心情が理解しにくい」、「お父さんが死んで、悲しむ家族のことがよくわからない」と、訴えました。

それはそうでしょう。彼にとって、平凡な家族の間にある交流や共感など、望むべくもないことだったでしょうから……。

「もし自分だったらと思ってみたら……?」

僕は彼に、敢《あ》えて残酷な質問を試みました。そして、彼からどんな答えが返ってくるかと身構えました。

おそらく彼の心の中には、理不尽な運命に対する憎しみと怒りが渦巻いているに違いありません。それらが堰《せき》を切ったように噴出してくるかも知れません。

ですが、彼の返答は予想外のものでした。

「……覚えていないから」

僕は大層驚きました。

「お父さんや、お母さんのことを？」

「……記憶喪失っていうのらしいんだ」

静かに答えた彼。僕は絶句しました。

校長室を出てからずっと、僕は、もし僕が彼なら……と、考えていました。

もし僕が彼ならば、神を恨むだろう。

もし僕が彼ならば、全世界の人を憎むだろう。

もし僕が彼ならば、両親を赦《ゆる》しはしないだろう。

もし僕が彼ならば、平和そうに笑っている周りの人間を全て傷つけたいと願ってしまうだろう。

しかし、彼は、全くそんなことを願わなかったのです。

願っていたのは僕なのです。

彼は、その代わりに、全てを忘れたのです。

憎しみも、怒りも、恐れも、恨みも、全てを忘れたのです。

それほど深い赦しが、この世にあるでしょうか？

その瞬間、僕には、僕より年下の、目の前にいるあどけない少年が、キリストに見えました。

ああ、なんと彼の心は美しいのでしょう。

本当の苦しみというものは、残酷な運命を、過酷な死を、受け入れられないことなのだと。そして、人を、神を、愛せなくなることなのだと。僕は彼に、改めて教えられました。残酷な運命や過酷な死は、この世に山とあるでしょう。それに巡り合うことは、特別な不幸とまではいえないでしょう。

ですが、神と人を決して恨まず愛することは、この世において果たし難いことであり、そして、もしもそれが叶《かな》うとするならば、それほど幸福なことはないのです。

彼は、今、その道の途中にいながら、醜い心を跳ね返す道へと進んでいるのです。

彼は泣いていました。

僕は彼の頰に伝う涙をハンカチで拭《ふ》きました。

いえ、本当は泣いていたのは僕だったのかもしれません。

それから、僕は、彼が僕にとって何者であるかを暗示するような一冊の本に巡り合いました。

その本は「神の愛の顕現」という題名で、著者はダニエル・サクラメント・オードランという中世の宣教師です。

彼に与えられたサクラメントという洗礼名は、キリスト教において神の見えない恩寵《おんちょう》を具体的に見える形で表すことを意味しています。

今から少し、その話をしたいと思います。

宣教師ダニエルは、自分の幼かった時のことをこう語ります。


私はまるで、飢えて、傷ついた野良犬のような幼少期をおくった。

私を躾《しつ》ける者もなく、また構う者もなかった。

腹が空《す》いたら、ゴミ箱からパンの切れ端をあさり、それがなければ万引きをした。

世界は、私に対して悪意に満ちていた。

人々はすぐに私を殴り、そして石を投げつけ、ののしった。

そしてまた、私も、彼らを憎んでいた。——神の愛の顕現より引用

ダニエル宣教師の家庭は地獄のようであったといいます。

父は所謂《いわゆる》ゴロツキで、ろくに仕事もせず、賭博《とばく》を繰り返し、人と喧嘩《けんか》をしては警察に世話になるような人であったそうです。

母もまた、ろくな仕事をせず、幼いダニエル少年に食事をつくることすらしませんでした。

彼は玩具《おもちゃ》や本一つ与えてもらえず育ち、当然のように、不良少年になったといいます。

いいえ、不良少年どころか、小さな窃盗団の一味となって、盗みと闘争を繰り返していたのです。

そんな一家のことを、近所の人々は当然、よく思ってはいませんでした。

ある日、ついに酔った父親が、街の名士に喧嘩をふっかけ、大けがを負わせたことによって、周囲の人々の怒りは爆発します。

そう。街の人達は彼らを、悪魔つきとして教会に告発したのです。

当時は、宗教裁判の存在する時代でした。

時折、錯乱して妄言を吐く父の様子や、母のみだらな生活が明るみに出ると、教会は街の人々の訴えを認め、父と母を拘留して、死刑を言い渡しました。

そして、その夜、ダニエル宣教師の家は、人々に火を投じられ、炎に包まれました。

私は父と母が死刑になると聞いても、少しも悲しくはなかった。

それどころかせいせいしていたと言っていいだろう。

しかし、自分が捕まることは怖かった。

なんとか人目を忍び、悪友達の家を渡り歩いていた私であるが、次第に連れの間でも、私を匿《かくま》うと災いが降りかかるのでは、という雰囲気が流れ始めた。

そしていよいよ私には、彼らから離れなければならない事情ができた。

何故なら、教会が私の居所を知らせた者に僅《わず》かばかりの礼金を支払う、と告知したからである。

連れの誰かが教会に私の居所を密通し、小銭を稼ぐつもりではないかと、私は怯《おび》えた。

実際のところ、私達の繋《つな》がりなど、一フランで崩れるようなものでしかなかったのだ。

私は、街から逃げ出すことを心に決め、ある夜、わずかな金目のものや衣服を目当てに、住んでいた家へ忍んで行った。

勿論《もちろん》、私はその家に対して、少しもいい思い出などなかった。

だが、どうしても困った時に、寝起きができる場所だと思っていた。

自分がこの世に存在することを許された、唯一の場所であると感じていたのだ。

ところがあの日、家のある場所にたどり着いた時、真っ暗闇の中に見えたのは、べろべろと蛇の舌のように恐ろしく赤く揺らめく炎であった。

私の家が、燃えていた。

たいして良い思い出がなかったとはいえ、私はそのことに絶句した。

街の人々は手に手に松明《たいまつ》を持ち、燃えさかる私の家を取り囲み、これでもかというように、炎の中へと松明を投げ込んでいた。

彼らの顔は炎に照らされて、血のように赤く見えた。

異様な興奮状態と鬼気迫る表情に、私の肝は凍える思いがした。

彼らが私達に向ける憎しみが、それほど強いものだということを、初めて生身で感じたからである。

私は恐れおののいた。早く逃げなければ、この場で殺されるのではないかと慌てふためき、夜道を走った。

そのとき、私は僅か十三歳であった。

——神の愛の顕現より引用

そしてダニエル宣教師は、逃げようとした道すがら、教会の人々に見つかってしまったといいます。

ところが、彼を待っていたのは宗教裁判や、死刑ではなく、保護だったのです。

実は、この時、街を訪れていた一人の司祭が、ダニエル宣教師の身を案じ、彼を探すために礼金を出すことを告知していたのでした。

ダニエル少年は、訳が分からないままに、司祭と街を離れ、修道院で暮らすようになります。

そして、修道院で読み書きを教えられ、主について学ぶようになるのです。

私は父と母を死刑にした教会に対し、恐怖を持っていました。

そんな私に与えられたのは、それまでとは全く別の、あり得ない暮らしなのでした。

修道院は、私の家とは違い、清潔で美しく、様々な芸術であふれていました。

私は、言葉ではいいあらわせないそれらの持つ気高さに心を打たれました。

それに、たとえ質素な食事といえど、毎日食事をすることができます。

人目を恐れながら、盗みをする必要もありません。

神父達は柔和で、戒律さえ守っていれば、とても私に親切でした。

誰も私をののしることもなく、また意味なく殴る者もいません。

それどころか、読み書きを教えられ、数を数えることを教えられ、聖書を通じて、この世には「愛」というものがあることを知ったのです。

私はまるで真綿が水を吸い込むように、聖書と、神学に関する本をむさぼり読み、学問に身を投じました。

それは少しも苦痛ではなく、楽しくて仕方がないものでした。

聖書や本は、今まで私が思いもつかなかったことを私に知らせてくれる、おとぎ話のように感じられるほどでした。

日々、祈り、そして主の愛について学ぶ。

修道院生活とは、とても苦しいものだと思われる方もいるでしょうが、私にとっては、まるで極楽のような生活だったのです。

人間には、愛や、尊敬や、許しという心があると、そこで私は学びました。

自分は道ばたの野良犬ではなく、主に愛される人間であることを教えてもらったのです。

私はキリストによって、生まれ変わることを許され、人生は、そうして一変していきました。

――神の愛の顕現より引用

やがてダニエル宣教師は、その優秀さと真面目さを認められ、正式な神父として布教活動を行うことを許されます。

彼はその時、生まれて初めて自分を誇らしく感じ、神の使徒としての生き甲斐《がい》を感じたと言います。

ダニエル宣教師はあちこちの教会を渡り歩き、やがて一つの教会の司祭となることが決まりました。

不思議な縁というのでしょうか、その教会こそ、彼が生まれた街の教会だったのです。

私はその知らせを受けたとき、驚くとともに、かつて不浄な人間であったこの私が、神の愛によって生まれ変わったことを知らせる機会に恵まれたことを喜びました。

俗な言葉でいえば、故郷に錦《にしき》を飾れる、といった気持ちであったのかもしれません。

かつては悪意に満ちていた生まれ故郷で、愛の伝道者となる。

それこそが、私の人生を完成に近づけ、私に必要なことだと感じられました。

一人の人間がキリストによって、いかに変われるかを街の人にも知ってもらえる。私自身がその手本になれるだろうと考えたのです。

——神の愛の顕現より引用

ダニエル宣教師——いえ、この時の彼はダニエル司祭です。ダニエル司祭は、意気揚々と生まれた街に帰りました。

そこで、思わぬ試練が司祭を待ち構えていたのです。

ダニエル司祭自身がどれほど変わろうと、またどれほど立派に聖書を読み、そしてほほ笑みをもって人と語ろうとしても、故郷の人々は決して、そんな彼を信じることはなかったのです。

あのゴロツキの息子のダニエルが、あの盗人《ぬすびと》のダニエルが、説法をするような教会に行けるはずがないと、街の人々は言いました。

ダニエル司祭が変わったことを認める者は誰もなく、それどころか、教会をボイコットする人が大勢出てきたのです。

教会を訪れる人は日に日にいなくなり、街の人々は、わざわざ隣町の教会に通うようになってしまいました。

そしてダニエル司祭は、失望に打ちのめされたのです。

私が変わったと思ったのは、錯覚であったのだろうか？

やはり私は、価値のない人間なのであろうか？

なぜ神はこのような試練を再び私にお与えになったのか？

私に神から愛される資格など、端《はな》からなかったのではないだろうか？

不安と不信の中に、私は沈んでいきました。

神の愛を疑問に思うことは罪だ、そう感じていながら、そう思ってしまう自分自身に、さらなる不信感がわいてきます。

私はどうにもならない泥沼に、足を突っ込んでいたのです。

信者を一人残らず無くしたことで、私は司祭の階位を剝奪《はくだつ》されました。

あらためて私に言い渡されたのは、異国の僻地《へきち》での布教活動でした。

――神の愛の顕現より引用

ダニエル司祭は、いち宣教師として異国の教会に渡り、失意の日々を送ります。

そんなある時、ダニエル宣教師は、地元の人がサクラメントと呼んでいる花があることを知りました。

自分の名前と同じ名であるから、耳についたという感じです。

けれどその花は、小粒な白い花が咲く小さな低木で、取り立てて美しくもなく、匂いが香しいわけでもありませんでした。

私は、自分の身の上と、分相応な名をつけられたその花のことを重ね合わせて見ていました。

その花は美しくもなく、食べられるような実をつけるわけでもありません。

何故だか、現地の人々がその花を手折ることを厳しく禁じ、神聖視している様子が、奇妙に映るだけでした。

そして、私が生まれ変わった気持ちになって、神父として過ごしていた日々、私に洗礼を求め、信頼を寄せてきた人達と、その花を神聖視する現地の人々が、再び重なって見えるのでした。

ある日、私は船着き場に届く教会の物資を運ぶ役目をうけ、馬車に乗って遠い港へと出かけました。

ですが、船が着くのが遅れたために、全ての荷物を馬車に積んで引き返した時、すでに夕方になっていました。

そして、日が翳《かげ》り、道に迷うことを恐れながら馬車を走らせていた道中、私は夜盗に襲われたのです。

彼らは、大きなナタを手にした、十数名の盗賊でした。

ゆっくりと走らせていた馬車に飛び乗ってきたかと思うと、私をナタで脅して、引きずり下ろし、馬車ごと荷物を奪って行ってしまったのです。

夕暮れの森の中に、私は一人、取り残されました。

薄暗い森の中、ランプもありません。

教会からそう遠くないことは分かっていましたが、私はすっかり道を見失いました。

そして夜がとっぷりと暮れてくると、闇の支配者は、私の心を不安へ不安へと駆り立てたのです。

森の中で、がさがさと葉が揺れる音がします。

かと思うと、おそろしげな獣の鳴き声や、狼の遠吠《とおぼ》えのようなものが聞こえてきます。

私は結局、異国のこの森の中で、獣に食われて死ぬ運命であったのかと絶望しました。

ああ、もういい。

それならそれでいいだろう。

どうせ私は、価値のない人間なのだから。

そう思い、道を歩くのも諦《あきら》めて、呆然《ぼうぜん》と座り込んでいた時でした。

私の耳に、どこからか「助けて……」という、微《かす》かな幼子の声が聞こえたのです。

私は、ハッとしました。

どこかで年端もいかない幼子が、自分と同じように道に迷っているのかもしれません。

思わず目を凝らし、辺りを見回しました。

すると、暗闇に目が慣れてきたせいでしょうか、薄墨を流したような闇の中、微かに見える森の木々の間に、ちらりと子供の影がよぎったのが見えたのです。

そう。確かに見えたのです。

「誰かいるのかい？　迷子になっているのかい？　怪我はしていないかね？」

私はそう呼びかけながら、人影が行ったほうへと走りました。

そうして進んで行った夜の闇の中で、幻のように美しい、やわらかな銀色の光が、まるで私を導くかのように空へと続いていくのを見たのです。

信じられない光景に、私は息をのんで、光のほうへと向かいました。

——神の愛の顕現より引用

この時、ダニエル司祭が見た光、その光の元こそは、サクラメントの花だったのです。闇の中、ダニエル司祭を導いた光。それは彼が無事に教会へ辿《たど》り着き、振り返った時にはかき消えていたといいます。

ダニエル司祭はこの神秘的な出来事に胸打たれ、光の正体を見極めようとしました。翌日、辺りをよくよく調べてみると、教会の周りにはあの小粒な白い花――サクラメントが咲いています。

彼は教会の歴史を紐解《ひもと》き、その花が植えられた背景を知りました。

その昔、宣教師達が教会を建てた頃、森に囲まれたその場所には道らしき道もなく、また街明かりもありませんでした。そんな時、宣教師達はサクラメントの花を発見したのです。

サクラメントという花には、暗闇でごく僅《わず》かに蛍光を発する性質があるようでした。

誰かが深い森で真夜中に迷っても、教会にたどり着ける道しるべとなるように。そんな思いを込めて、宣教師達はサクラメントの花を、森から教会に向かって続くように植えたといいます。

けれど、花の持つ光は非常に弱く、肉眼で見るには余りに儚《はかな》いものしかないそうです。

当然、ダニエル司祭が見たような、「幻のように美しい、やわらかな銀色の光」と表現できるようなものではありません。彼が後ろを振り返った時、「光はかき消えていた」という程度に、サクラメントの放つ光は淡いものでした。

それでも実際に、多くの旅人や、森で迷った怪我人などが、光に導かれて教会へと辿り着き、保護されたという記載が、教会の歴史資料には残されていました。

こうした経緯から、「サクラメントの光は、暗闇で神を思う人にだけ、見えるものだ」という言い伝えが、現地の人々の間に広まっていたのでした。

ダニエル司祭は、やはり奇跡によって我が身が救われたのだと感じざるを得ませんでした。

そこで彼は教会の長老に全てをお話しし、抱えていた疑問をぶつけたのでした。

彼をサクラメントの光の下へ導いたものは、どこからか聞こえた「助けて……」という幼子の声だったのですが、それは一体誰の声だったのかと。その子供は自分自身の「救われたい」という願望の現われだったのか、神に助けを乞《こ》う幼い自分自身の姿が幻のように見えたのだろうか、と。

すると長老は首を振り、こう答えられたのです。

「それは幻でも、貴方《あなた》の記憶する過去の自分でもありません。

その幼子は、主イエス・キリストに間違いありません」

ダニエル司祭は驚き、「何故そのように思われるのです?」と、問い返しました。

すると長老は答えました。

「『助けて』という言葉は、主が発せられたと私には思われるからです。

主は、自分の愛と慈しみから離れていこうとする貴方を思い、そのことを嘆き悲しまれ、自分の身が刻まれるほどの苦しみを、お感じになられたのだと思います。

ですから、貴方に『私を助けて下さい』と言われたのです。

それほど、主は貴方の身を案じておられるのです。

主は貴方の悲しみを我が悲しみと、苦しみを我が苦しみとしてお感じになるからです。

ですから主は、『貴方を助けてあげよう』などとは言われなかったのです。

貴方の求める救済を、自分が求める救済としてお感じになる。

主の愛はそれほどに大きなものです。

貴方は『放蕩《ほうとう》者の息子』の話をよく知らなければなりません」

長老の言う『放蕩者の息子』とは、こんなお話です。聖書の中で、イエス様が語られます。

——ある人に息子が二人いました。弟の方が父親に、「お父さん、わたしが頂くことになっている財産の分け前をください」と言いました。そこで父親は、財産を兄弟二人に分けてやりました。

何日もたたないうちに、下の息子は全部を金に換えて、遠い国に旅立ち、そこで放蕩の限りを尽くして、財産を無駄遣いしてしまいました。何もかも使い果たしたとき、その地方にひどい飢饉《ききん》が起こって、彼は食べるにも困り始めました。

彼がその地方の人の許《もと》に身を寄せると、その人は彼を畑にやって、豚の世話をさせました。彼は豚の食べるいなご豆で腹を満たしたいほど飢えていましたが、食べ物をくれる人は誰もいませんでした。

そこで、彼は我に返って言いました。

「父のところでは、あんなに大勢の雇い人に、有り余るほどパンがあるのに、わたしはここで飢え死にしそうだ。ここをたち、父のところに行って言おう。『お父さん、わたしは天に対しても、またお父さんに対しても罪を犯しました。もう息子と呼ばれる資格はありません。雇い人の一人にしてください』と」

こうして彼は、父の許に行きました。

ところが、まだ家から遠く離れていたのに、父親は息子を見つけて、憐《あわ》れに思い、走り寄って彼を抱き、接吻《せっぷん》しました。

息子は言いました。「お父さん、わたしは天に対しても、またお父さんに対しても罪を犯しました。もう息子と呼ばれる資格はありません」と。

しかし、父親は周りの者達にこう命じました。「急いで一番良い服を持って来て、この子に着せ、手に指輪をはめてやり、足に履物を履かせなさい。それから、肥えた子牛を連れて来て屠《ほふ》りなさい。食べて祝おう。この息子は、死んでいたのに生き返り、いなくなっていたのに見つかったのだから」と。

そして彼らは祝宴を始めました。

ところで、兄の方は畑にいましたが、家の近くに来ると、音楽や踊りのざわめきが聞こえてきました。そこで、下僕の一人を呼んで、これはいったい何事かと尋ねました。

下僕は言いました。「弟さんが帰って来られました。無事な姿で迎えられたというので、お父上が肥えた子牛を屠られたのです」と。

兄は怒って家に入ろうとはせず、父親が出て来てなだめました。

しかし、兄は父親に言いました。「このとおり、わたしは何年もお父さんに仕えています。言いつけに背いたことは一度もありません。それなのに、わたしが友達と宴会をするために、子山羊《こやぎ》一匹くれなかったではありませんか。ところが、あなたのあの息子が、娼《しょう》婦《ふ》どもと一緒にあなたの身上を食いつぶして帰って来ると、肥えた子牛を屠っておやりになる」

すると、父親は言いました。「子よ、お前はいつもわたしと一緒にいる。わたしのものは全部お前のものだ。だが、お前のあの弟は死んでいたのに生き返った。いなくなっていたのに見つかったのだ。祝宴を開いて楽しみ喜ぶのは当たり前ではないか」

お話はこれだけです。

イエス様はこのたとえ話によって、何を語られたのでしょうか。

僕が思うに、この兄弟の父親は「まことの神」のお姿を示しています。

父親から財産の分け前をもらって、家を出た放蕩息子は、神から離れて罪の中に生活している僕達人間の姿です。

物語の弟は、父親の家で愛情を受け、幸福に暮らしていました。

同じように、僕達は、たとえそれを感じることができなくても、神によって愛され、その恩恵を受けている存在です。

ですが、弟は親から自由になりたいと思い、勝手に家を飛び出し、遠い異国で財産を浪費し、毎日遊び暮らして罪深い生活をしてしまいます。

それはまことの神の愛から離れ、神に背を向け、自分勝手に生活している人の不幸で危険な姿です。

しかし、父親からもらった大切な財産をすべて使い果たし、飢えと孤独を経験し、惨めな人生のどん底まで落ちて、やっと彼は自分の犯した罪と間違いに目覚め、本心に立ち返って、豚小屋の中で、悔い改めて家に帰る決心をします。

そんな風に、僕達も、神の御前において、神の愛を無視した生活がどんなに危険なものであるかを悟って、悔い改めることを主は待っておられるのです。

弟は、父の家から離れたために多くのものを失いました。

お金、健康、暖かい家庭、健康、友人、信用。

彼は全てを失った故に、悔い改めることができました。

けれど、好きなだけ放蕩をし尽くしてから、回心し、その果てにのこのこ帰ってきて、叱責《しっせき》も受けず、大歓待を受けて許されるという彼の姿に、疑問を感じはしないでしょうか。

そんな勝手が許されるのなら、誠実な生き方をする人間などいなくなるだろうし、それに対して、実直な兄が怒るのは当然だとは思わないでしょうか。

僕は最初、そう思いました。

理不尽だなと感じました。

けれど、よく考えてみて下さい。

弟は、父からもらった金の力で虚《むな》しい人間関係を作り、お金がなくなれば誰一人自分の友ではなかったことに気づきます。

そして、困窮しても孤独だけがあり、最後には豚の餌さえ食べようとする飢えに苛《さいな》まれるのです。

こんな人生を望む人がいるでしょうか。

放蕩息子は父の財産を浪費し、贅沢《ぜいたく》をして楽しんだだけではなかったのです。その結果得たものは、虚無と孤独と飢えと寒さであり、死の淵《ふち》までをも垣間《かいま》見たのです。

主は、その苦しみのことをよくご存じでした。

ですから、「だが、お前のあの弟は死んでいたのに生き返った」という言葉で表現なさるのです。

さらに、「ところが、あなたのあの息子が」と、もはや弟だとも思っていない様子で憎悪をむき出しにする兄に向かって、父は「子よ」と語りかけます。

「子よ、お前はいつもわたしと一緒にいる。わたしのものは全部お前のものだ」と……。

そうです。兄には本来、弟に嫉妬《しっと》すべきことは何一つないのです。

兄は父から全てを得ている幸福な存在でした。けれど、そのことを忘れてしまっているのです。自分こそが正当だと言い張り、愛を見失っているのです。

父は、そんな兄も弟もともに、愛する我が子として受け入れています。

それですから、父は兄弟の和解のために、帰ってきた放蕩息子にではなく、兄の方に語りかけたのです。

今悔い改めるのは、本当は兄のほうなのです。

聖書が語る悔い改めとは、弟のように主である父の家へ帰ることだけではありません。

絶望と死の淵から、愛と真実に目覚めるのが弟の悔い改めであったとすれば、兄が必要としている改心は、ねたみと憎悪の心を取り去ることです。

そして、父とともにあることの豊かさをよく知ることなのです。

この二つのことこそが、僕達のなすべき回心のわざに他なりません。

人は、父の心に気づけば、自分が幸福であることを実感できるのです。

ダニエル司祭は長老の言葉を聞き、涙を流したといいます。

自分を迫害した全ての人々、あざ笑ったもの、そして神の愛を見失いそうになった自分のことも、神は常に気遣われ、愛されていたことを実感したからです。

暗闇の中で光り、私に道を示したサクラメントの花は、やはり神が私に示した愛であり、そして奇跡なのだと、私は確信しました。

そして、聖イザヤの言葉の本当の意味を知ったのです。

「主に帰れ。そうすれば、主はあわれんでくださる。私たちの神に帰れ。豊かに赦《ゆる》してくださるから」

という言葉の意味を……。

貴方《あなた》がたの近くにも、サクラメントの花は存在します。

それは闇の中でこそ灯火《ともしび》となり、貴方を導いてくれるでしょう。

もし、貴方が不幸のもとにありながらも、そんな存在に気づいたとすれば、それは神が貴方にお示しになった「愛」であり、「奇跡」に他なりません。

――神の愛の顕現より引用

僕が読めたのはここまでで、その続きの物語を僕は知りません。

ですが今、僕は満ち足りています。

神の愛と奇跡が自分の間近にあることを感じることができましたから。

僕のノートを手に取ってくれている君にも、きっと分かるはずです。

神の愛と奇跡が君の直ぐ側にあることが。

何故なら、世界の全てはそれによって出来ているのだから。

信じて、そして見つめて下さい。

君の側のサクラメントの花を。

そうすれば、きっとどのような瞬間も、人生は豊かであり続けるに違いありません』

5

手書きのノートを読み終えた僕は、とても不思議な気持ちだった。

「彼」のメッセージは、誰にも言えず抱えてきた僕の孤独にぴったりと吸い付くようにして染み込んできた。

同じ病を抱え、死を間近に見据えた「彼」の透明で研ぎ澄まされた眼差《まなざ》しに射貫《いぬ》かれたような気持ちだった。

そして僕は思った。

僕にとって、サクラメントの花は何なのだろうと――。

すぐに思い浮かんだのは兄の顔だ。

僕をいつも気遣い、導いてくれた兄。

けれど、兄はここにはいない。

もしかすると僕は兄に会えずに死ぬかもしれない。

最近、そんな予感がするのだ。

検査の数値は僕の病状がさほど悪化していないことを示しているが、自分の体調の変化については、自分が一番よくわかっている。

(神様は、こんな僕にもサクラメントの花を見せてくれるのだろうか……?)

ふとそう思った時、僕は、遠い遠い神の国・バチカンにいる兄のことが無性に懐かしくなった。

仕事で多忙な兄は、滅多にこの病院へは来ない。

元気になるまで来て欲しくないと、僕からもお願いしていた。

それでも兄は、まとまった休暇が取れた時や、治験薬での抗がん剤治療が始まった時、外科手術の日には駆けつけて、僕の側にいてくれた。

僕が車椅子生活になっても、ベッドで身動きひとつできなくても、薬の副作用で髪が抜け落ちてしまっても、「必ず良くなりますからね」と言い、僕の手を握ってくれた。すると、なんだか僕の身体は楽になって、いつか元気になれそうな気がしてくるのだった。

心細くなったとき、僕は兄に手紙を書く。

けれど、一番言いたい「会いたい」という言葉は、いつも書けなかった。

心配をかけたくない、兄の人生の邪魔をしたくないという気持ちも勿論《もちろん》あるが、僕の心の弱さや、心の奥にある信仰への揺らぎを知られるのが怖かったせいもある。

手紙で弱音を吐く代わりに、僕はGBという人の手記を何度も読み返した。

そして、どこかにあるサクラメントの花を探し続けたのだった。

僕の目に映るのは、病み衰えていく友人達と、絶望の表情を隠して治療を続ける医師達の姿。

ここでは誰もが日々を懸命に生きていた。

ベッヘム司牧様や看護師達は熱意を持って、僕らの面倒をよく看《み》てくれた。

晴れた日の中庭には小鳥達が戯れ、ウサギの食事やリスの木登りを見ることもできた。

それなのに、僕には未《いま》だにサクラメントの花が見えなかった。神の愛がどのようなものか、やはり理解しがたいままだった。

それは僕の魂が神様から余りに遠い所にあるせいだろうか、とか、僕に取り憑《つ》いているあの不吉なベールの男達のせいだろうか、などと考える度、僕は酷《ひど》く悲しい気分になるのだった。

ベールの男達は相変わらず、誰よりも、僕の側近くにいた。

声も出せない激痛に見舞われている時も、発熱や吐き気に襲われ、意識が朦朧《もうろう》としている間でさえ、彼らは僕の周囲を無遠慮に彷徨《さまよ》っていた。そして僕は、男達に言われるまま、死に行く人々の為に松明《たいまつ》を持ち、墓に参り、祈るのだった。

僕の病状は一進一退を繰り返しながら、やがて小康状態といえる落ち着きを見せ始めた。

医師の口からも、「一時帰宅」という言葉が出た。

嬉《うれ》しくなった僕は、急いで兄に手紙を書いた。

妙な咳《せき》が出始めたのは、その直後からだ。

少し動くと息切れがし、ろくにベッドから出られない日も増えた。けれど、暫《しばら》く安静にしていれば、再び調子が戻ったりもする。

下がらない微熱と体調不良から、いくつかの検査を受けてはみたが、数値はさほど悪化していない。

それなのに、僕の身体は日増しに重くなってきた。

密《ひそ》かな異変が僕を蝕《むしば》んでいるようだった。

そしてとうとう先週の日曜日。チャペルでの礼拝中に、僕はとんでもなく気分が悪くなり、床へ倒れ込んでしまったのだ。

すぐさま精密検査が行われた。そして、僕の病室を訪れた医師達の顔色がみるみる変わっていくのを、僕は呼吸器マスク越しに見た。


今日、僕は個室に移った。

個室に移るということは、患児の体調に格別な注意を払うべき事態を意味している。

生きて個室から出られないケースもしばしばだ。

点滴の他に、呼吸器と心電計をつけてベッドに横たわる僕に、ベッヘム司牧様は優しくお訊《たず》ねになった。

「良太、何か願い事はないかね？」と。

「家族に……会いたいです。とても」

僕が発した声は、自分でも驚くほどに弱々しかった。

司牧様は頷《うなず》き、病室を出て行った。

僕は暗い天井を見詰め、漠然と思った。

僕が死んだら、誰が僕の墓に松明を立てるのだろう？

それとも僕の魂は、何処にも行けずに迷ってしまうのだろうか？

僕はベッドの側に立っているベールの男達に訊《き》いてみたいと念じたが、彼らは僕の問いには答えてくれなかった。

男達は僕を見下ろしたまま、低い海鳴りのような声で、異国の言葉を囁《ささや》き合うばかりだ。

意味の分からない彼らの言葉を聞いているうち、僕の意識は薄れていった。

遠くで電子音が鳴っている……ような気がした。

＊　＊　＊

平賀良太の兄に無事、連絡が取れたことに、私は一安心していた。

何故なら、普段は滅多に感情を表に出さない良太が、兄の話になると、酷く嬉しそうな、はにかんだ微笑みを浮かべることを知っていたからだ。

良太は、両親がいない子どもや親と疎遠な子達を気遣って、病室に家族写真を飾ることを嫌がっていた。だが、机の引き出しには家族四人で撮った写真と、兄と二人で写ったものとが、大切に仕舞ってある。一度、頼んで見せて貰《もら》ったその写真には、仲睦《なかむつ》まじい兄弟の輝くような笑顔があり、大層微笑ましく思ったものだ。

私は病室に戻る前に、チャペルに立ち寄り、良太の無事を神に祈ることにした。十字架に向かって跪《ひざまず》き、彼の治療がうまくいきますように、あの無垢《むく》で穢《けが》れ無き魂がこの世から消えてしまわぬようにと、祈り始めた。まさにその時だった。

ポケットに入っている医療用携帯が鳴った。

『平賀良太君の容態が急変しました！』

非情な宣告に、ぞっと背筋が凍る。

「なんだって？　医師はそこに居るのか？」

『フリッツ先生が、たった今』

「分かった。私もすぐに行く」

私はチャペルを飛び出し、病室へと走った。

にわかに大粒の雨が、叩《たた》き付けるように降り始めた。轟々《ごうごう》と風が鳴り、稲妻が光る。

駆けつけた病室には酸素テントが張られ、その中で、フリッツ医師と数名の看護師が慌ただしく動き回っていた。

生体モニタが不規則な電子音を発している。心拍が著しく弱い。

良太の顔は蒼白《そうはく》で、瞳《ひとみ》は固く閉じられていた。

「ベッヘム、彼の家族に連絡は取れたのか？」

輸血の指示をしながら、フリッツ医師が険しい顔で私に訊ねる。

「バチカンにいる兄が、すぐにこちらに向かうと」

「……そうか。それまで何としても保《も》たせねばな」

フリッツ医師は小さく呟《つぶや》いた。

「そんなに……そんなに良太は悪いのですか？」

私の声は震えた。

「骨髄抑制に伴う感染症から合併症を起こしている。予断を許さない状況だ。体力の低下も深刻であるしな……」

看護師達も青ざめた顔で良太を見守っている。死に慣れきった彼女らにとっても、良太は特別な存在であった。

私は取り乱しそうになるのを、ぐっとこらえ、彼の側で十字架を握りしめて一心不乱に祈った。

どれほどそうしていただろうか……。

誰かの手が強く肩を揺する感触に、ハッと我に返って振り向くと、そこには光輝く衣を纏《まと》った天使が立っているではないか。

私は思わず我が目を疑い、後ずさった。

天使は鮮やかなエメラルドグリーンの瞳を細め、神秘的な微笑を浮かべている。

(何だ？　私は夢を見ているのか……？)

眩暈《めまい》を覚えつつ辺りを見回すと、フリッツ医師も、看護師達の姿も室内にはない。

その代わり、病棟には滅多に顔を見せないバーデン病院の老院長が、扉の脇に立っていた。

「この御方はバチカンから緊急で駆けつけて下さった、ボルジェ医師だ」

老院長が威厳のある声で言った。

「ご紹介に与《あずか》りました、ボルジェです」

薔薇色《ばらいろ》の唇から、絹の声が零《こぼ》れる。

そこでようやく私は、彼が天使ではなく、先程輝く衣に見えたものは医師の白衣に過ぎないことに気がついたのだった。

実際、ボルジェ医師は驚くべき美貌《びぼう》の持ち主であった。

プラチナブロンドの髪に柔らかく包まれた、作り物めいた中性的な顔立ち。滑らかな白い肌。しなやかで均斉の取れた肢体。長い睫毛《まつげ》に彩られた瞳には、気高さと知性の輝きがあった。

ボルジェ医師は良太のベッドに近づくと、優雅な手つきでカルテをめくり、生体モニタを一瞥《いちべつ》した。

「死に瀕《ひん》したこの少年を救う手立ては、たった一つしかありません」

その言葉に、私はボルジェ医師に跪いて祈った。

「良太を、この子を助ける方法があるのですか？」

「無論です。そうでなければ、わざわざバチカンからジェット機で駆けつけたりはしませんよ」

ボルジェ医師は慈愛に満ちた微笑みを浮かべ、答えた。

すると老院長が言葉を継いだ。

「ボルジェ医師は新薬を用意して来られたのだ。まだ実験的にしか使うことを許されていない特別な薬だが、重篤患者への投与は認められている。そうでしたね？」

院長の言葉に、ボルジェ医師はゆっくりと頷いた。

「ええ。本来であれば、使用にあたって本人ないしは家族の承認が必要です。ですが、この患者の場合はベッヘム司牧、貴方《あなた》が緊急時の代理人であられるとか」

ボルジェ医師は射貫《いぬ》くような強い瞳で、じっと私を見据えた。

「画期的な新薬です。私にお任せ下さいませんか？」

もう私には、そのバチカンから来た大天使のようなボルジェ医師に縋《すが》るしか方法がなかった。

「ええ、ええ。どうかお願いします」

するとボルジェ医師はスーツケースの中から数種類の薬瓶を取り出し、注射器で少量を抜き取ると、良太に施している点滴の中に注入したのであった。

最初の薬が投与されたあと、驚いたことに、あれほど不安定であった良太の容態に変化が起きた。

心拍数が正常になり、顔には少しずつ生気が戻って来る。

（おお、神よ、感謝します！）

私は目の前で起きたこの奇跡に打ち震えた。

バチカンから遣わされたボルジェ医師は、まさしく神の使いに違いなかった。

＊　＊　＊

僕は真っ白な空間の中を漂っていた。

音も無く、身体の感覚もない。

恐らく僕は死んだのだ――。

そう思っていた時、どこからか賛美歌が聞こえてきた。

そして僕の前に、ブロンドの長い髪を靡《なび》かせた大天使ミカエルが現われたのだ。

「良太君、目を覚ましなさい。君は危篤状態を脱したのですよ」

天使様は微笑み、僕に語りかけてきた。それは音楽の調べのように軽やかで甘い声だった。

僕は言われるまま、静かに目を開いた。
すると白く霞《かす》む視界の中に、見慣れぬ顔があった。
聖堂の天使画によく似た、美しい人の顔だ。
けれど僕は同時に気付いてしまった。
見知らぬその人物を、あのベールの男達が取り囲んでいるのを——。
ベールの男達の声が、僕の頭の中に響いてくる。

神に逆らう者に罪が語りかけるのが
私達の心の奥に聞こえる
彼らの前に、神への恐れは無い
自分の目に自分を偽っているから
自分の悪を認めることも
それを憎むこともできない
彼の口が語ることは悪事
決して目覚めようとも、善を行うこともしない
床の上でも悪事を謀り
常にその身を不正な道に置き
悪を退けようともしない

それは聖書の詩篇の言葉だった。

酷《ひど》く混乱している僕に、天使のような顔をした見知らぬ人はそっと顔を近づけ、耳打ちをしてきた。

「容態が悪くなったら、いつでも私に連絡を寄越すのですよ。私の名はジュリア・ミカエル・ボルジェです」

その言葉を聞いた途端、僕の意識は再び遠のいた。

6

平賀が良太の許《もと》に駆けつけたのは、翌朝のことだった。

病室にいたベッヘム司牧から昨夜の良太の容態を聞くと、平賀は弟の青白い頰を撫《な》で、はらはらと涙を零した。

「よく頑張りましたね、良太」

平賀は、まだ意識の戻らない良太の側に跪《ひざまず》き、神に感謝の祈りを捧《ささ》げた。

「昨夜のことはまさに奇跡のようでした。良太の頑張りも勿論《もちろん》ですが、あのタイミングでバチカンからの新薬が届かなければ、どうなっていたことでしょう」

興奮気味に言ったベッヘムの言葉に、平賀は首を傾げた。

「新薬……？」

以前、平賀は骨肉腫《こつにくしゅ》の新薬を研究中という、アメリカ人医師にコンタクトを取り、良太にもその治療を受けさせてやりたいと、バチカンの医局経由で訴えたことがある。だが、先方からの返答は、まずは良太を直接診察する必要があり、初診の予約は早くても一年先になるとの話だった筈《はず》だ。

それが突然、特例措置でも適用されたというのだろうか。

「昨夜、バチカンから新薬が届いたのですか？」

平賀は不思議そうに、ベッヘムを振り返った。

ベッヘムも驚いた顔で平賀を見た。

「連絡の行き違いか何かですか？　昨夜、そちらのボルジェ医師がお見えになったのですよ。エメラルドの瞳《ひとみ》の、大天使のようにお美しいあの御方が現われて、良太を見事に治療して下さったのです。

ボルジェ医師は、貴方から依頼されて此処《ここ》へ来たのだと、仰《おつしや》っておられました」

ベッヘムはうっとりと夢見るように言った。

彼の正体をジュリアと確信した平賀は、青ざめた。

「ベッヘム司牧、良太に使われた新薬とはどのような物だったのです？　カルテを見せて貰《もら》えませんか？」

「いえいえ、何分緊急事態でしたし、記録のような物はないと思います。それより直接、貴方がバチカンの医局にお訊《たず》ねになられては？」

「そう……ですね。あの……確かに、ボルジェ医師が良太を助けて下さったのですよね？」

念を押すように言った平賀に、ベッヘムは「何を今更」といった顔で、大きく頷《うなず》いた。

「そうですとも。まさしく神の御使いのようにね。そして、自分が此処に来たことは、貴方と私以外には当面内密にするようにと告げられ、去って行かれたのです」

「そう……ですか。よく、わかりました」

脱力したようにベッドの脇の椅子に腰を下ろした平賀を残し、ベッヘムは病室を出て行った。

平賀は内心動揺しながら、良太の冷えた手をそっと握りしめた。

あのジュリアが良太を助けてくれた……

何故？　何の為に？

良太を助けたことと引き替えに、私に何かをさせたいから？

何を？　何の為に？

いくら考えても、ジュリアの意図は分かりそうになかった。

今、確かなことは、良太が生きているという事実。

そして平賀の脳裏を過《よ》ぎるのは、かつて貧しいアフリカの村の教会で、怪我や病気で訪ねてくる村人達に無料で治療を施していた、良き司祭たるジュリアの姿であった。

＊　＊　＊

何も無い白い世界を、僕は漂うように彷徨《さまよ》っていた。

天も地も無く、始まりも果ても無い。

恐ろしいほどに何も無い世界だ。

感覚も無く、寒さも感じない筈なのに、心は凍えてしまいそうだ。

虚空とは、こういう世界をいうのだろうか……。

自分が何者かもすっかり忘れてしまいそうになった頃、遠くから僕の名を呼ぶ微《かす》かな声が響いてきた。

とても温かく、懐かしい声だ。

僕は懸命に手足を動かして、声のする方へ近づいていった。

視界の先に、やがて兄の姿が見えてきた。

その側に近づくにつれ、僕の心は温度を取り戻していく。

誰より大切な人。

誰より誠実な人。

僕にとって兄はやはり、かけがえのない道標《サクラメント》なのだ。

兄はベッドの側に座り、僕の手を握っている。そして僕自身の身体は、点滴とチューブに繋《つな》がれてベッドに横たわっている。

僕の意識はそれらを、天井から見下ろすようにして眺めていた。

久しぶりに見る兄の姿に喜んだのも束の間、兄の様子がおかしいことに僕は気付いた。

睫毛《まつげ》を伏せ、憂いと苦悩の表情で、細い溜息《ためいき》を吐いている。

それは何度か見たことのある、兄の顔だった。

いつもは気丈な兄をこうして苦しませているのが、他ならぬ僕自身の存在だという事実に、僕の胸は張り裂けそうに軋《きし》んだ。

兄は心から僕を愛してくれている。

けれど、僕は彼の為に何かをしてあげられるのだろうか。

これまでも、この先もずっと……。

僕のような災いから遠ざかることの方が兄にとって、余程幸せではないのだろうか……。

すぐに兄の胸に飛び込みたい気持ちと、兄の足枷《あしかせ》になりたくないという気持ちとの狭間《はざま》で、僕は長い間、身動きができなかった。

そのままどれほど時が経ったかわからない。

突然のノックの音と共に、見知らぬ長身の人影が病室に入ってきた。

ダークブラウンの巻き毛と、空色の瞳をした、若い神父だ。

一度も会ったことがない、なのに、どこかで知っているような人……。

僕の胸は不思議な予感にさざめいた。

その人が兄の肩に手を載せて何事かを囁《ささや》くと、兄は驚いた顔で振り返った。

「ロベルト神父？　どうして此処に？」

兄が言った。

その瞬間だった。

サイドテーブルの上に積まれた僕の手荷物の中から、GBの手記の栞《しおり》が、風もないのにひらりと飛んで、その人の足元に引き寄せられるように落ちていった。

古びた栞が、発するはずのない淡い光に包まれたその時、僕は全てを理解した。

この人。

この人こそが、手記の中で、サクラメントの花に喩《たと》えられた、ロベルト少年だということを――。

予期もしなかった出会いに、僕の胸は痛いほどに高鳴った。

「急を聞いて駆けつけてきたんだ。何か手伝えることがあるかも知れないと思ってね。良太君、峠は越したと、医師から聞いたのだけれど、まだ意識は戻らないようだね」

ロベルト神父が言った。

「ええ。いつ意識が戻ってもおかしくないそうなのですが……。やはり体力が落ちているのが原因でしょうか……」

「僕にも、良太君の為に祈らせて貰えるだろうか」

「はい、是非。私も一緒に」

二人は並んで跪き、僕の為に祈り始めた。

澄み通って硬質な兄の声と唱和するロベルト神父の声は、低く優しい響きを持っていた。

僕は喜びに満たされていた。

あの手記に纏《まつ》わる全ての出来事は、僕にとって奇跡以外のなにものでもなかった。

到底、僕とは遠く離れたところで起こった奇跡……

しかし、今、その奇跡の源が、僕の前に現れたのだ。

ああ、どうか神様……
僕は生きて、元の身体に戻りたいのです
そしてあの人に、どうしても伝えなければいけない事があるのです

そう思った時、僕は凄《すご》い力で何処かに引き寄せられていくのを感じた。

視界が暗転し、僕はまた暗闇に落ちていった。

やはり僕は死ぬのだろうか……。

闇の中を漂っていた。身体は重く、ずるずると底なしの下へと沈んでいく。

そんな時だった。優しい声が聞こえてきた。

「大丈夫。戻りなさい、君は生きなければ」

見ると、光の中に黒髪の優しげな少年がいて、僕に微笑んでいる。

その差し出された手をとると、僕の身体は突然軽くなったように感じた。

そうして僕の意識は再び覚醒《かくせい》したのだ。

重い瞼《まぶた》を持ち上げると、霞《かす》んだ視界の中に最初に映ったのは、やはり兄の顔だった。

「よかった、良太。気分はどうですか？　貴方《あなた》は二日間、眠っていたのですよ」

僕と瞳《ひとみ》が合った兄は、泣き腫《は》らした顔で微笑んだ。

僕はなんとも言えぬ気持ちになり、溢《あふ》れる涙を止めることができなかった。

兄の後ろに立っていたロベルト神父は、深い安堵《あんど》の溜息を吐いている。

僕と視線が合うと、彼は柔和な笑みを浮かべた。

「良太君、初めまして、僕はロベルト・ニコラス。君のお兄さんの友人なんだ。もう君は大丈夫だよ。またいつか、君の容態が落ち着いたら、改めて会いに来させてもらうよ」

彼は僕の手を取り、囁くようにそう言うと、そっと身体を引いて立ち去ろうとした。

(駄目です。待って！)

叫ぼうとした声は掠《かす》れて出ず、僕は思わず彼の手を強く握った。

「どうかしたのかい？」

穏やかに訊《たず》ねる彼に、僕は部屋の隅に落ちた栞を視線で示した。

彼は不思議そうに背後を振り向いた。

そして、ハッとした顔で栞を拾い上げると、空色の瞳を僕に向けた。

「良太君、これを何処で見つけたのか、教えてくれないか？　これは僕の友人の使っていたものだ」

「……本……黒い本……見て……貴方……のもの……です」

僕の言葉で、ロベルト神父は黒い冊子を手にすると、暫《しばら》く無言で立ち尽くした。

そして「失礼、少し席を外させて貰《もら》うね」と言い残し、病室を出て行った。

残された兄は驚きに目を丸くして、僕を見た。

「あの冊子は何だったのです？　私は、ロベルトのあんな顔を見たのは初めてです」

「……叶《かな》った……んだ、僕の願いは……。想像していなかった願いまで……」

あの手記は恐らく、僕がロベルト神父に手渡すために用意されたものだった。

その配達人は僕ではなく、きっと神様なのだ。

僕は命を失う前に兄に会えたらとは願ったけれど、主は、僕の命を救ったばかりか、もう一つのサクラメントの花までをも、僕に指し示したのだ。

神のまなざしは僕にも注がれ、そうして全ての人々を導いて下さるのだ。

そう感じた時、僕の中に一つの決意が生まれていた。

それは、僕も神に仕えたいという、強い思いだった。

7

思いがけず手にした、古い友人の手記を前に、ロベルトは驚きを隠せなかった。
ひと気のない庭のベンチを探して腰掛け、ゆっくりと本を開く。
そこには懐かしい、几帳面《きちょうめん》な文字が綴《つづ》られていた。
間違いない、ヨゼフのものだ。
そこに記された思いも、紛れもなくヨゼフのものだった。
ロベルトの知らないヨゼフの顔も含めて、そこには確かにヨゼフそのものがいた。
少年の日の思い出が走馬燈《そうまとう》のように蘇《よみがえ》ってくる。
最後まで読み終えたロベルトは、改めて栞を見た。
そこには、昔、ヨゼフと暗号ごっこをして遊んだ時の、稚拙な暗号文が書かれていた。
勿論《もちろん》、解き方は今でも覚えている。

『ロベルト、君は僕のサクラメントの花。
君が幸福であり、人々を幸福にしますように。
誰もが君を手折ることのないよう、僕は天国から見守っています』

頬を伝う涙を流せるに任せ、ロベルトは夕暮れの空を見上げた。

＊　＊　＊

平賀もまた、良太からロベルトに渡った冊子の経緯を聞き、運命的な力がそこに働いていることを感じていた。

そして言葉少なにそれらを語った良太の姿は、今までより随分と大人びて見えたのだった。

疲れたからと眠りに就いた良太を残し、平賀は病室を出た。

大きな喜びと安堵が通り過ぎた後、胸に残されたのは大きな蟠《わだかま》り。すなわち、ジュリアのことだった。

この先どうすべきかと思いを巡らせながら辺りを散策していた平賀は、木立の間にロベルトの姿を見つけて近づいていった。

「隣、座ってもいいですか？」

平賀の声にロベルトは振り返った。

その頬には涙の跡がついている。ロベルトはそれを隠そうともせず、「勿論さ」と答えた。

そうした行動はどこかロベルトらしくないように思われ、平賀は少し驚いた。

「お亡くなりになったご友人のことを思い出して、お辛《つら》いのですね」

平賀がかけた言葉に、ロベルトは首を振った。

「いいや……違うんだ、平賀。こんなことを言うと、こんな場では非常に不謹慎であるけれど、これは嬉《うれ》し泣きというやつだよ」

「嬉し泣き、ですか？」

「そうだよ。僕はね、自分のことを余り恵まれた人間だと思っていなかった。家のこともあったから、普通の家に生まれていれば、もっと幸せだったのかななどと考えていたこともあった。

でも、今となると、僕はずっと、どんな時も幸せだったんだろうと思う。色々な人に出会えて、昔も、今も……」

友の爽《さわ》やかな笑顔は、平賀の心まで明るくするものだった。

幸せそうなロベルトの横顔を見ながら、平賀は一つの決心をした。

ジュリアのことは、この心配性の友人には黙っていようと――。

（いつも彼に余計な心配をかける訳にはいきません。

それに元々、これは私自身と良太の問題なのですから……）

＊　＊　＊

起こった現実は一つ。

一人の男が、一人の少年の命を救った。

池に投じられた石は一つだが、波紋は様々に広がる。

求めている神に巡り会ったと実感する少年。

弟の病が癒《い》えたことを喜びながらも、不吉な気配を感じ、友を巻き込みたくないと案じる者。

失われた愛を、再び自覚し、自らの幸せをしみじみと感じる者。

そして、彼らを見ながら、企《たくら》みごとを張り巡らせる邪悪な者が一人。

運命は、こうして転がっていく。

V A T I C A N
M I R A C L E
E X A M I N E R

ペテロの椅子、天国の鍵

1

午前七時。

サウロがエクソシズム講義のための原稿を書いていると、玄関でガタリと音が響いた。ポストに新聞が届けられたようだ。サウロはゆっくりと立ち上がった。

彼はバチカン発行の新聞とイタリアの一般紙を愛読している。

椅子に戻ったサウロは、一般紙の一面の記事に顔を曇らせた。

『法王は操作されている？

バチカンに蔓延《はびこ》る邪悪と腐敗を阻止したい、と語る

内部告発者マウロ・ガブリエーレ被告の裁判開始』

見出しの大文字が躍っている。

同紙の発表は次のようなものだった。

昨年来の法王庁スキャンダル――すなわち、バチカンにおける汚職根絶の陣頭指揮を執っていたビガーノ大司教の失脚、バチカン銀行ゴティテデスキ総裁の解任劇――に続き、機密文書漏洩《ろうえい》の罪に問われていた法王執事、マウロ・ガブリエーレ補佐官の裁判が遂に始

まった。

マウロ被告が流出させた文書は、ビガーノ大司教が法王へ宛てた、バチカン銀行のマネーロンダリングの存在を示唆する内容の私信、また、「利権や浪費や不正を一掃しようとしたことを理由に、私を解任しないで欲しい」と、法王庁に訴えた記録など。いずれも法王のデスク上から直接持ち出しコピーしたものと被告は主張しており、真相の全容解明が望まれている。

現在の法王庁は内部告発者の一掃に乗り出しているが、告発者は二十人余りいるとされるうえ、これまでに受けたダメージを法王庁が回復できるかどうかは定かでない。噴出するリーク行為は、法王庁内の確執とバチカンの劣悪な統治と腐敗に悩まされる人々の存在を浮き彫りにしたといえよう。

バチカン専門記者によると「今回流出した文書は、すべて何らかの形でレンティーニ国務長官に関する物」といい、今回の流出は彼に打撃を与え、新しい国務長官に替えさせようとする動きだとみている。レンティーニ枢機卿《すうききよう》が権力を乱用し、ビガーノ大司教を失脚させ、カソリック教会にとって不利益な行動を取っていると批判する声が、バチカン内部では日増しに高まっている。

恐れていたことが遂にやって来たか……

サウロは眉間《みけん》の皺《しわ》を深くした。

近年のバチカンは、国内外からの激しい批判にさらされている。

アイルランド、ドイツ、アメリカ合衆国において、カソリック聖職者による児童性的虐待事件が相次いで報道され、教会への不信は戦後最悪の状態に陥っている。事件のもみ消しを図ったとされるショーン・ブレイディー枢機卿を処罰しなかったかどで、法王も激しい非難の的となった。

イタリア財務警察は二度にわたってバチカン銀行（宗教事業協会）の預金合計三三〇〇万ドルを一時差し押さえ、不正会計の疑いで捜査を行った。

これに慌てたバチカン側は不透明な金の流れをなくすための財務情報監視局を設置したが、その陣頭指揮を執っていた法王庁のナンバー2、ビガーノ大司教は昨年解任され、結果的に、アメリカ合衆国「国際麻薬統制戦略報告書」の「マネーロンダリングに利用される懸念がある国のリスト」にバチカンが載せられる事態にまで発展してしまった。

そしてバチカン通のジャーナリストがバチカンの汚職や腐敗、陰謀も明かす私信や文書を基に暴露本を出版。法王暗殺を企てるグループが高位聖職者の中にいるという、ショッキングな書簡が一部メディアで報じられたりもした。

さらに、法王の側近中の側近である、マウロ・ガブリエーレ補佐官が機密文書漏洩の罪で逮捕。バチカン銀行の総裁は、理事会の不信任決議により解任されたのだ。

既にイタリア銀行はバチカン銀行との取引を見直すことを表明しており、近く国際警察も動き出すことであろう。

こうした状況下で行われるマウロ被告の裁判がバチカン内部に与える影響は甚大だろう。

おそらく法王側近の国務長官、レンティーニ枢機卿の失脚は避けられない。

否、それだけでは済まされまい。側近に対する統制力が欠如していたとして、世間の批判は必ずや法王へも向けられるに違いない。

法王に対する引きずり下ろしが始まったのだ。

確かにバチカン内の権力闘争は近年激化している。

だが、今回のこれは、ただの権力闘争の結果ではない。

巧みに仕掛けられたものだ。

サウロは鋭い勘でそう察した。

偉大な業績を残した前法王ヨハネ・パウロ二世と比較され、スキャンダル塗《まみ》れと攻撃される現法王だが、メディアが吹聴するような悪人でないことをサウロはよく知っている。

前法王の在位中、サウロと現法王を信頼していた前法王が二人を部屋に呼び出し、内密に語り合うことが幾度もあった為である。

そうしてサウロが知ったことは、現法王が熱意とバイタリティーと公正さを持つ、信仰深い人物であるということ。そして、優れた学者ということだった。

現法王は小さい頃から司祭になることが夢だったという。青年期は戦禍に巻き込まれたが、戦後は神学校で学び、司祭に叙階され、聖書解釈の論文で神学博士号を取得した。さらに次々と論文を発表して大学の神学教授の職に就き、ボン大学、ミュンヘン大学、テュービンゲン大学で教鞭《きょうべん》をとっていた。

そんな現法王を、前法王は教理省の長官に任命し、側近として永らく傍らに置いたのだ。教理省はかつて検邪聖省といわれていた所で、古くは異端審問（魔女裁判）を担当した組織である。「正しいキリスト教の理念を受け継ぎ、守ることを目的としている。

そうした出自から、「現法王は厳格な教理主義者」「保守派の権化」といったレッテルを貼られることもあるが、それは事実と異なる。

例えば、法王は精力的にいくつもの異宗教間サミットに出席し、イスラム教・ユダヤ教・正教会をはじめとする様々な宗教指導者との会合をなしとげている。

そして異宗教の信者とも誠実な対話を続ける大切さを訴え、

「われわれバチカンの使命は、それぞれの宗教の相違点を尊重しつつ、世界平和と人類の和解のために尽力することであり、争いによって引き裂かれ、神の名の下に暴力が正当化されることもあるこの世界において、宗教は憎しみの道具になり得ないと繰り返し表明することが重要だ」

と、人類の和解を呼びかけた。

法王がまだ枢機卿であったとき、夜、こっそりと顔を隠し、私服でホームレス達に物資を配っていたことも、サウロは知っている。

「自分が神から見捨てられていないということを、誰もが感じるべきなのです」

当時の彼は、熱い眼差《まなざ》しでそう語っていた。

やがて法王に即位すると、彼はサウロにも要職を勧めてきた。だが、サウロはそれを丁重に辞退した。

名誉や地位を求めず、一神父であり続けたいという気持ちとともに、もう一つの強い思いがあったからだ。

上層部に入っていけばいくほど、バチカンの暗部へと取り込まれ、身動きがとれなくなっていく——。そういう人間を、サウロはさんざん見てきたのである。

バチカンの今後を憂い、サウロが思わず呻吟《しんぎん》した時、電話のベルが鳴った。

法王の側近である枢機卿長官からの電話であった。

『サウロ大司教、至急、猊下《げいか》のもとを訪ねてくれたまえ』

「猊下がどうかなさいましたか？」

『体調不良を理由に、今日の枢機卿会議への出席を拒まれているのだ。君としか話をしたくないと言っておられる』

「分かりました。すぐにお伺いします」

サウロは電話を切って、身支度をした。

月に一度、定例で行われる枢機卿会議。

それにすら顔を出さず、人払いをして籠《こ》もりきりになる法王の慰め役をするのが、最近のサウロの務めであった。

サン・ピエトロ広場の入り口あたりから、右前方、広場の外に建物が見える。その建物の最上階の右から二番目と三番目の部屋が法王の部屋である。法王はこの部屋の窓から週に一度、広場に向かって手を振る決まりだ。

今、その部屋の前には困り顔をした枢機卿が五名ばかり集まっている。彼らはサウロの姿を見るや彼を取り囲み、口々に話し始めた。

「猊下にどうか元気を出されるようにとお伝えください」

「この間の、バルコニーからの民衆への祝福は三分しかなされなかったのです」

「どうか責務を果たされますようにと」

「今のような時こそ猊下の存在感を示し、皆の不安を取り除いて頂かねば」

人の良さそうな枢機卿もいれば、どこかきな臭い企《たくら》みを持っていそうな者もいる。

サウロは硬い表情で頷《うなず》いた。

「分かりました。そのようにお伝え致します。どうか皆様は会議の部屋でお待ち下さい」

枢機卿達は顔を見合わせ、頷きながら去って行く。

サウロは彼らの後ろ姿を見届けると、そっと扉をノックした。

「法王猊下、サウロです。入ってもよろしいでしょうか？」

暫《しばら》くすると、カチリと鍵《かぎ》が開いた音がしてドアが開いた。

目の前に法王が立っていた。頬はこけ、顔色は悪く、酷《ひど》く窶《やつ》れた様子だ。

無理もあるまい。

機密文書の告発者であるマウロ・ガブリエーレ被告は、法王の朝の目覚めから夜の着替えまで、すべての身の回りの世話をし、謁見や個人的ミサ、朝夕の食事にも同席していた人物だ。誰より信頼していたこの執事の裏切りは、想像以上に辛《つら》いものだったろう。加えてその執事が「法王を操っている敵」として告発したのが、やはり法王自身が頼りにしてきた腹心の部下、レンティーニ国務長官なのである。

法王は、黙って歩いて行くと椅子に腰掛け、サウロに向かいの椅子を指し示した。

サウロは指示に従って座り、沈黙のまま法王を見た。

法王は、両手で顔を覆うようにすると、短く呟《つぶや》いた。

「疲れたのだ……」

ラテン語であった。

「どうなさいましたか」

サウロは努めて穏やかに尋ねた。

「おお、サウロよ。私には告白をする人間がもはや貴方《あなた》しか思い浮かばない。枢機卿《すうききよう》の座を辞退し続け、権力を拒む貴方だけが、信じられる気がするからです……」

サウロの目から見て、法王は明らかな抑鬱《よくうつ》状態に陥っていた。

バチカンにおいて精神的な病は認められていないので、誰もそうとは言わないが、本来ならしかるべき抗鬱薬を投与し、休養を取るべき状態だ。

だが、薬や休養が法王の抱える問題を解決できる手段にはなり得ないことも、サウロはよく知っていた。

法王を取り巻く、理不尽で過酷な状況。それには深い意味がある。

それであるから、サウロは気休めにすぎない慰めの言葉をかけるのはやめることにした。最早《もはや》、そのような時期は過ぎたのだ。

サウロは静かに口を開いた。

「猊下は今、まさに陰謀の渦中に据えられておられます」

それを聞いた法王は、ハッとした顔でサウロを見た。

サウロは続けた。

「世の中には善と悪があるのと同様に、表と裏が存在します。多くの人々にとって、表とは現実世界に他ならず、時折、ちらりと窺《うかが》い見える裏めいた部分を指して、それが裏だと思い込みます。そうして本当の裏などは見ず、また知らずにいられるのです。

本当の裏は決して見えないところにあります。真の権力者は表に顔を出すことをしません。この世を支配するものは、支配者の顔をしていません。その名を轟《とどろ》かせることもありません。彼等に怯《ひる》まず、試練に耐え、抗《あらが》いながら御教えを途切れさせない為には、強い精神力と信仰の力が問われます。

私は法王に今、そのお覚悟をしていただきたいのです」

それを聞いた法王は、雷に打たれたようにショックを受けた顔をした。

「サウロ大司教……。今の私には貴方の言っていることがわかります。なんとなく分かっていました。このバチカンの最高位は法王です。世間の人々は、私がバチカンの全てを決定する権利を持っていると思っている。だが、実際の私はどうでしょう？　この法王庁の内部がどうなっているのか、マネーロンダリングの実態はどうなっているのか、さっぱり分からないのです。全ては私の目の前で取り決められ、書類が送られてくるというのに……。あの、従順で忠誠心に満ちた執事のマウロが、捏造《ねつぞう》されたビガーノ大司教の文書なるものを内部告発したことも信じられない。

私は気づくといつも蚊帳《かや》の外で、法王というお飾りの人形となって、日々、決められた舞台の上で操られているような気分です。演説で語る原稿を懸命に書いている時も、ふとこれは誰かから吹き込まれたものではないかという気になる時がある。一体、それは何故なのか？　サウロよ、貴方には分かっているのですか？」

じっとサウロを見つめた法王の瞳《ひとみ》の中に理性の力が蘇《よみがえ》ってきたことを、サウロは感じ取った。

「私にも全てが分かっている訳ではありません。そして、私の知ることを法王がお知りになれば、法王ご自身のお命に危険が迫ることにもなりましょう。それでもお聞きになられますか？　キリストの僕《しもべ》として十字架にかかる覚悟がおありなら、お話し致しましょう」

すると法王は目を閉じ、十字を切った。

「勿論《もちろん》です。私はペテロの後継者。主イエスから託された天国の鍵を守る者として、主に殉じる覚悟はいつでも出来ています」

法王は強い決意を含んだ眼差しでサウロを見詰め返した。

サウロは長い間準備していた本当の大きな戦いが、エクソシズムが始まる予兆を感じ、大きく息を吐いたのだった。

2

翌日、ローマ市内での行事を終えた法王は、町外れに建つ古い教会に立ち寄った。

出迎えたのはサウロであった。

「すぐに戻るので、ここで待っていなさい」

法王は付き人と運転手を車に残し、教会へ入っていった。

「ここなら話を聞かせてくれるのだな？」

法王がサウロに言った。

サウロは頷き、執務室と書かれた部屋に法王を招き入れた。

「わざわざこのような場所までお呼びしたのは、バチカンの内部に潜む危険について、私の知る秘密を猊下に打ち明ける為です。早速、具体的な話から申し上げましょう。前猊下の死因にまつわる話です」

「前猊下の死因だと？　前猊下は、お年を召されてから、あの恐ろしいテロの後遺症やパーキンソン症候群など多くの肉体的な苦しみを受けておられた。最後には、インフルエンザと喉頭炎《こうとう》による入退院を繰り返され、感染症を併発して、お亡くなりになられた。そうだろう？」

法王は不可解そうに尋ねた。

「いいえ。晩年の前猊下《げいか》を苦しめていたものは、テロの後遺症やパーキンソン症候群、ましてやインフルエンザなどとは、ほど遠い原因から来るものでした。真実を知る者は、私と、前猊下の担当医、そして前猊下の養子であるショーレム・ユゼフ・ヴァドヴィツェ枢機卿、恐らくそれだけでしょう」

「その真実とは、一体何なのだ？」

「常習的な毒物の摂取により、お体が弱られていたのです」

サウロの言葉に、法王は息を呑《の》んだ。

「そんな馬鹿な……そんな……私には到底信じられない……」

「いえ、事実なのです。ご自分の身体に異変を感じた前猊下は、早い段階で、食事や飲料水にいたるまで、入念なチェックをなさっていました。毒味役は、養子のショーレム・ユゼフ・ヴァドヴィツェ枢機卿がなさっていました。にもかかわらず、前猊下の身体は毒物にむしばまれていったのです。

前猊下がお亡くなりになり、すぐに担当医とショーレム・ユゼフ・ヴァドヴィツェ枢機卿が、そのお体をお調べになりました。そして前猊下の粘膜、つまり耳や口の奥に、忌まわしい紫色の瘢痕《はんこん》があることを確かめられたのです」

「それが毒殺の証拠だと？」

法王の問いに、サウロはゆっくりと頷《うなず》いた。

「前猊下ご自身も、そのことを深くご自覚なさっておられました。それ故に、自分の命がそう続かないと悟られた前猊下は、周囲が病院への入院を勧めたにも拘《かか》わらず、それを拒否し、住み慣れた宮殿の居室で療養することを選ばれました。ご自分の死因が万が一にも判明し、世界の大勢の信者達が、バチカン内部に法王の命を狙う輩《やから》がいるという、とんでもない事実を知った時のショックと絶望を鑑《かんが》みたとき、それは公表されてはならないことだと判断なさったからです」

「バチカンの内部に法王に毒を盛る者がいるなどと……。一体、誰が犯人なのだ？」

「それは今の私には分かりません。

確かな事実として言えることは、かつての法王庁では、カンタレラと呼ばれる毒薬によって、反対派を毒殺することが盛んに行われていたということです。カンタレラは、砂糖のように純白で甘く、味の良い粉末だったと言われています。服用しても最初のうちは何も感じませんが、徐々に血管の中に入り込み、身体の内部を損傷していき、人を死に至らしめる効果がありました。それを指輪の石の中などに隠しておいて、他愛のない会話の合間などに、隙を見て、相手のワインやスープに入れたといいます。あるいは、肌に触れる物に毒を仕込んでおき、粘膜から摂取させる方法もありました。そして、それらの微妙な量の加減によって、死に至るまでの時間を巧妙にずらすことも出来たのです。バチカンの書庫には、それらを示唆する確かな記録が多数残っております」

「カンタレラ……。聞いたことがある。ボルジア家の毒として有名だったな」

「ボルジア家だけではございません。メディチ家やハプスブルク家も同様でございました」

「だが、今は二十一世紀だぞ……。サウロよ、まさか君は、中世の亡霊共が未《いま》だにバチカンを彷徨《さまよ》っているとでも言いたいのか？」

法王は、余りの話に戸惑っているようだった。

「猊下、バチカン内部の権力構造は、その頃と何ら変わっておりません。彼等はまさしく亡霊のように、今も密《ひそ》かに、影のように、このバチカンを操作しているのです。そう、例えば、前猊下の父上は、ハプスブルク家の軍隊に仕えたことのある退役軍人でした」

「それは私も知っている。だが、そのような立場の者は大勢いる。それに、前猊下は、そうしたしがらみとは無関係に、悲惨な第二次世界大戦を体験された時、聖職者として生きることを決意なされたのだ。神学校の運営が禁止されていたため非合法の地下神学校に入ってまで……。それは私にしても同じだ。私も自ら決断し、聖職者として生きることを望んだ」

サウロは大きく頷いた。

「勿論、法王猊下も、前法王猊下も、不正などなさってはいません。誰かになにかを頼まれて便宜を図ったというわけでもない。

ですが、前猊下がバチカンで目覚ましい躍進を続けていった時、ハプスブルク家で何が起こっていたかご存じでしょうか？」

「いや……。私は、そのようなことには関心を持ってこなかった」

「私もそうでした。ですが、調べざるを得ませんでした。その因縁は、一九一四年、皇位継承者フランツ・フェルディナント大公夫妻が、サラエヴォでセルビア人青年ガヴリロ・プリンツィプに暗殺された事件――すなわち、第一次世界大戦を引き起こす引き金となった『サラエヴォ事件』から始まります。戦争が長引き、ロシアの戦線離脱などの要因が重なる中、連合国側は、当時のハプスブルク帝国を解体しないという方針を変更して、チェコスロヴァキアに独立を約束してしまいました。それがきっかけで、ハプスブルク帝国内の民族も、続々と独立していき、ハプスブルク家の最後の皇帝カール一世は亡命を余儀なくされました。中欧に六百五十年間君臨したハプスブルク帝国の崩壊です。

ところが、前猊下がバチカンで頭角を現された年の辺りから、カール一世の長男であるオットー元皇太子が、オーストリア帝位継承権と旧帝室財産の請求権を放棄して、追放されていたオーストリアに入国を許されました。そして、オットーの息子のカールはオーストリア選出で、オットー自身はドイツ選出で、それぞれ欧州議会議員を務めるようになったのです。彼らは、名よりも実を取り、ＥＵ時代の両国関係を象徴する存在となっていきます。その間も、オットーは、ハンガリー王とボヘミア王を名乗り続けていたのです」

「それはどういう意味なのだ？　まさか、前猊下が、ハプスブルク家の飼い犬だったとでも？」

「いいえ、勿論《もちろん》、違います。前猊下は潔白であられた。しかしながら、その決断に影響を与えた人物が周りにいなかったといえば嘘になるでしょう。前猊下は、自らも意識しないまま、代理戦争の一翼を担わされていたのです。

　そして、今も法王庁の悪の根源であり続けているバチカン銀行の不正、それは恐らくハプスブルク、メディチ、ボルジア、さらにはフリーメーソンロッジやロスチャイルド、いにしえに結成された騎士団とも深く関係しているものです。

　それを最初に意欲的に正そうとしたのが、ヨハネ・パウロ一世その人でありました。庶民的な法王を目指し、法王庁の習慣の改革にも意欲的に取り組まれた。しかし、在位わずか三十三日目にバチカン内の自室で遺体となって発見されたのです」

「それも暗殺だったと？」

「そうです。そして急遽《きゆうきよ》行われたコンクラーヴェで輩出されたのが、もっとも若くして法王となった前猊下だったのです。そうして前猊下は神のもと、様々なよかれと思う事柄をやってこられた。非常に精力的に……。それは猊下、貴方《あなた》もご存じでしょう？」

「勿論だ。ヨハネ・パウロ二世は聖人に値する、極めて立派な人物であった」

「私もそう思います。しかし、その前猊下の、神の御心にそった行為によって何がもたらされたのか？　それが最も、この世で不気味なことなのです……」

サウロの言葉によって、法王は青ざめた顔になり、声を震わせた。

「何が起こったというのだ？」

顔を強《こわ》ばらせる法王に、サウロは柔らかく微笑んだ。

「その前に少し、思い出話をさせて下さい。

前猊下ヨハネ・パウロ二世は誰より平和を希求され、理不尽な暴力を憎んでおられた。その為に全身全霊で活動なさった御方でした。

即位直後から、ラテンアメリカの不幸な内戦を終わらせるべく、諍《いさか》いの渦中に飛び込んで和平調停を繰り返し、危険なゲリラ軍との交渉にさえ自ら何度も赴かれた。キューバのカストロ氏に理解を呼びかけて政治犯を釈放させ、チリのピノチェト氏に『権力を人民に返還せよ』と訴えて、国民選挙を実施させもしました。そしてソ連や東欧諸国と精力的な外交を続け、あの歴史的なポーランド訪問を成し遂げられたのです。

こうした活動の背景には、前猊下の母国ポーランドが辿《たど》ってきた複雑な歴史があり、何より前猊下ご自身が十九歳の折に体験された、ナチスドイツ軍とソ連軍によるポーランド侵攻そして分割占領により、母国が消滅するという悲劇的な体験があったことは間違いありません」

法王はその言葉に深く頷くと、昔を懐かしむように目を細めた。

「そうだとも。ヨハネ猊下が和平と対話を求めて世界を駆け巡るお姿は、まさにペテロの代理人の名にふさわしいものだった。勇敢で、真摯《しんし》で、強い信念にあふれ、時に命賭《が》けであられた。それは猊下《げいか》の間近にいた私達が一番よく知っていることだ。

そんな中でも、母国ポーランド訪問にかけるヨハネ猊下の情熱は一入《ひとしお》であった。

ポーランドは、プロイセン・オーストリア・ロシアの三国から三度に亘って領土を奪われ、最後はナチス・ドイツとソ連に分割されて消滅した国だ。その後ドイツ軍の降伏によって国は復活したものの、四十四年間もソ連の支配下に置かれ、東側陣営に組み込まれて、東西冷戦の前哨基地となっていた。首都ワルシャワはかつて『北のパリ』とまで呼ばれ栄えていたというのに、長い間、大国に翻弄され、支配され続けていたのだ。猊下はそんなワルシャワを訪問することを、即位直後から決意されていた。

法王が初めて共産圏に足を踏み入れるとあって、西側諸国からは心配と反対の声が大きくあがったものだ。訪問を阻止しようとする東側諸国の反発も激しかった。現に、ポーランド共産党の諜報《ちょうほう》機関であるSB、ソ連のKGB、東ドイツのStasiからの妨害も数多くあった。だが、あらゆる困難を乗り越え、猊下はポーランド訪問を成し遂げられた。

そうしてワルシャワに集うポーランド人民に対し、信仰の自由と兄弟愛の大切さを説かれ、『独裁者を恐れるな』と仰《おっしゃ》ったのだ。この勇気ある行いは、民衆のナショナリズムを鼓舞し、ポーランドのカソリック教会を動かし、反ソ連体制運動の灯火《ともしび》となった。

続いて猊下は国連でもスピーチを行い、東側諸国の民衆が人権を剥奪《はくだつ》されている実情を雄弁に訴えられた。それだけではない。ソ連のブレジネフ書記長や東欧諸国の首相とも、粘り強く外交を続けられた。また、反ソ連体制派連合のワレサ指導者らと会見し、『反体制活動は非暴力活動でなければならない』と強く訴えもした。そのようにして、世界は大きく動き始めた。東欧各地で民主化運動のうねりが高まり、それを恐れたKGBと東側諜報機関は、ヨハネ猊下の暗殺事件まで引き起こしたのだ。猊下が二発の銃弾を受けて重体だと聞かされた時は、私もサウロも生きた心地がしなかったな……。

だが、ヨハネ猊下は再び立ち上がられた。奇跡の復活を遂げた猊下が、再び戒厳令下のポーランドを訪問し、一層強く体制批判のスピーチを行うと、人々の熱狂は最早《もはや》抑えられないものとなった。国際社会の関心もますます高まった。そうして猊下がポーランド市民へ『連帯』を呼びかける中、遂にポーランドで初の直接選挙が行われ、共産党政権が敗北し、ポーランドの民主化が成し遂げられたのだ。

それを合図にしたかのように、チェコやルーマニアでも旧体制が瓦解《がかい》し、ソ連主導の社会主義は崩壊に至った。ポーランドからソ連軍が全面撤退した日の猊下の笑顔は、今も私の心に強く残っている」

サウロは深く頷《うなず》いた。

「はい。ヨハネ猊下が世界に及ぼした影響はまさに絶大でした。

そしてポーランド解放後のヨハネ猊下は、次なる大事業に着手なさいました。それは、全世界のカソリック信者と聖職者に対し、異教徒との共存を呼びかけるという、無謀とも思えるほどに壮大な計画でした。

ヨハネ猊下は手始めに、ガリレオ・ガリレイの宗教裁判、十字軍でイスラムに対して行った行為、過去の異端審問などを『教会の非であった』と認める公文書を発表されました。そしてローマにあるユダヤ教のシナゴーグを訪れ、『キリストの磔刑《たっけい》がユダヤ人のせいだと信じる一部の反ユダヤ主義的キリスト教徒によってホロコーストが引き起こされ、我々はそれを止める努力が不足していた』と自ら謝罪を述べられました。さらにはエルサレムを訪問し、『嘆きの壁』の前でユダヤ人犠牲者に祈りを捧《ささ》げるという、前代未聞の行動を全世界に示されたのです。

和解を試みられたのは、ユダヤ教徒に対してだけではありません。エルサレムではイスラム教指導者やパレスチナのアラファト議長とも会談し、イスラムとの対話を大きく進められました。そして、エルサレムがキリスト教、ユダヤ教、イスラム教全ての聖地であり、皆が共存すべきだと、強く訴えられたのです」

サウロの話を聞くうちに、法王は顔を曇らせた。

「うむ……。だが、さすがにそれは……カソリックの秩序を混乱させるのではないか、いくら何でもやり過ぎではないかと、私は進言申し上げたのだがな……。ヨハネ猊下はお聞き届け下さらなかった。さらにシリアのモスクを訪問され、コーランに接吻《せっぷん》するという行為にまで出られるとは……。

あれらの行為には枢機卿《すうききょう》の中からも相当、反対が強かった。東欧世界の民主化を成し遂げられた猊下の偉業に傷がつくという意見が多かったのだ」

サウロは静かに目を閉じ、当時の記憶をまざまざと蘇《よみがえ》らせた。

法王の苦難、そして愛と勇気に満ちあふれた行動。その時の立ち居振る舞いから、表情まで、今でも忘れられない。

だが……。

「ええ。皆様の反対には、流石のヨハネ猊下も堪《こた》えておられたようで、当時、私にただ一度だけ、弱音を吐かれたことがありました。猊下は私にぽつりと、『今回ばかりはケルビムも私を導くまい』と呟《つぶや》かれたのです。

不思議に思ってその意味をお訊《たず》ねしたところ、ヨハネ猊下は夢で何度か、炎の剣を掲げた黄金のケルビムに会い、お告げを聞いたことがあると仰いました。ポーランドの解放運動にあたっては、天使のご加護があったのだ、とも」

サウロの言葉に、法王は興奮して身を乗り出した。

「おお、それはまさしく福音ではないか。預言に違いない。やはり前猊下は特別な力を持っておられたのだな」

「はい。私もそのように感じました。その時は……」

サウロはゆっくりと噛《か》み締めるように言うと、小さく深呼吸をした。

「そうした会話から、数ヵ月後のことです。『聖徒の座』に属する私の部下が、奇跡調査の先で偶然、とある手記を発見し、持ち帰ってきました。

その手記を書いた人物の名を、仮にXとしましょう。Xは歴史上の有名人で、ソ連の脅威やイギリスの干渉に対抗し、ポーランドを含む西欧に統一国家を建設することを熱望した人物です。Xの計画は半ばまで上手《うま》く行きかけたかに見えましたが失敗し、X自身の母国さえ半分失うという、最悪の結果を招きました」

「サウロよ、一体、何の話をしているのだ？」

法王は不思議そうに目を瞬《しばた》いた。

「申し訳ありませんが、もう少し、話にお付き合い下さい。

さて、このXという人物には、実に謎が多いのです。彼はオーストリア＝ハンガリー帝国に生まれ、ベネディクト修道会系の初等学校で聖歌隊に所属し、将来は聖職者になりたいと夢見ていたカソリックの少年でした。青年時代はウィーンで芸術家を目指しますが、アカデミーに入学することも叶《かな》わず、失意の中、民族主義政治運動や神秘主義を標榜《ひょうぼう》する秘密結社『新テンプル騎士団』にも接触していったといわれます。

そして、無名の一青年として第一次世界大戦に従軍したXに、ある時、転機が訪れます。大戦末期の一九一八年一〇月、敵軍のマスタードガスによる化学兵器攻撃に巻き込まれて、神経性のショック状態に陥り、失明するという危機に見舞われたのです。そして、その病の治療中、病床で彼は自分の天命を突然、悟ったといいます。その天命とは、ドイツ・オーストリアの統一、そして神聖ローマ帝国の正統な後継たるゲルマン大帝国を建設することだったのです」

「それは、アドルフ・ヒトラーか……。人類史上、最も憎むべき独裁者だ」

法王は苦虫を噛み潰《つぶ》したような顔をした。

「そうです、Xはヒトラーです。私は部下が持ち帰ったヒトラーの手記を見、思わず我が目を疑いました。そこにはこのような記述があったのです。

『私は自らの天命を自覚した。あの日、私は超自然的な幻影を見た。炎の剣を掲げる黄金の天使が夢に立ち、「闘争せよ」と告げたのだ。「偉大なる神聖ローマ帝国の復興こそ、お前の使命だ」と天使は言った』と……」

「なっ……何故、ヒトラーがそんな……。偶然、猊下とそっくりの幻影を見、預言を聞いたとでもいうのか……？」

法王は絶句した。

サウロは淡々と話を続けた。

「この神秘体験を境に、ヒトラーは過激な思想家となり、政治活動にのめり込んでいきます。そして彼の周囲に、謎めいた支援者が次々現われるのです。

まずはミュンヘン社交界の有名人、ディートリヒ・エッカート。彼は『トゥーレ協会』の思想家で、ヒトラーの友人となります。他にもトゥーレ協会には、後にナチ党で重要な役割を果たすことになるルドルフ・ヘス、アルフレート・ローゼンベルク、ハンス・フランクらが所属していましたし、南ドイツの有力貴族、判事や警察の上層部、弁護士、大実業家、大学教授らも協会員に名を連ねていました。こうした人脈と莫大《ばくだい》な資金を背景に、ヒトラーは突然、頭角を現していったのです。

トゥーレ協会の正式名は『トゥーレ協会・ドイツ性のための騎士団』。スワスティカ（鉤十字《かぎ》）をシンボルとし、民族主義的な北方人種優越のイデオロギーと反ユダヤ主義を教義としていた、『ゲルマン騎士団』の分派です。そして私が調査したところによると、ゲルマン騎士団は『金羊毛騎士団』の下部組織だったのです」

『金羊毛騎士団』だと……。ブルゴーニュのフィリップ三世がカソリックを守護する目的で創設した、名誉ある騎士団ではないか」

「そうです。『金羊毛騎士団』は、フィリップ公の孫娘とオーストリア大公、ハプスブルク家のマクシミリアン一世の婚姻によって、ハプスブルク家に継承されます。マクシミリアン一世は神聖ローマ皇帝に即位し、その後、ハプスブルク家は神聖ローマ皇帝位を世襲していきます。権威を手にしたハプスブルク家は、婚姻政策により、カスティリアやアラゴンおよび彼らの所有していたアメリカ大陸からフィリピンまでの広大な植民地、ボヘミア、ハンガリーと次々に勢力を拡大し、オーストリア文化圏を形成していきました。最盛期にはドイツ、オーストリア、ベルギー、チェコ、リヒテンシュタイン、ルクセンブルク、モナコ、オランダ、クロアチア、サンマリノ、スロベニア、スイス、フランス、イタリア、ポーランドを支配した彼らはローマ帝国の後継の名を恣《ほしいまま》にしていました。

ハプスブルク家の隆盛と共に、金羊毛騎士団の勢力も拡大し、元来、十字軍を意識して作られた彼らの異教排斥活動も活発になっていったのです。

ところが時代は流れ、イギリス新教やドイツプロテスタントの台頭、プロイセンとロシ

ア の勃興《ぼっこう》、対外政策の失敗等が続き、ハプスブルク家と金羊毛騎士団に存亡の危機が訪れます。その時代に現われた人物こそ、ヒトラーだったのです。
ヒトラーの転機となった失明事件がありましたね。その治療にあたったのはエドムント・フォルスターという精神医でした。そして彼は金羊毛騎士団の下部組織である剣の守護騎士会の熱心なメンバーだったのです。エドムント医師によって催眠治療を施されたヒトラーが『天命を自覚《きょうがく》』した後の活躍は、お話しした通りです」

法王は驚愕《きょうがく》の表情を見せた。

「つ、つまり、ヒトラーが独裁者になったのは、その医師による催眠暗示だとでも？　では、ヒトラーは騎士団とハプスブルク家によって、ドイツ復権の為の代理戦争をさせられたということなのか？　全ては彼らの計画の内だったのか？　ヒトラーはただ操られていた傀儡《かいらい》のカリスマだったと？」

「そうです。彼らの手駒はヒトラーだけではなかったでしょうが、彼らがヒトラーというカリスマの誕生をお膳立《ぜんだ》てし、イギリスやロシアに対抗させるよう差し向けたのは事実でしょう。けれどその結果、ナチスドイツは敗北し、ハプスブルク家の治める東欧諸国はソ連の支配下に置かれ、貴族達は追放されてしまったのです。

そして、彼らの国が元の姿を取り戻すには、ヨハネ猊下《げいか》の活躍を待たねばなりませんでした」

「何だと……。で、では、ヨハネ猊下の二心なき働きが、彼らに利用されていたというのか……。それまでもが彼らの手の内であったと……」

法王は蒼白《そうはく》となってうなだれた。

「ええ、恐らく最初のうちは」

サウロはそっと法王の傍らに跪《ひざまず》き、その手を取った。

「けれど、ヨハネ猊下は途中で彼らの思惑に気付かれた。気付いて逆に、彼らを利用したのではないでしょうか。私にはそのように思えて仕方がありません。

彼らの協力のもと、東欧諸国の解放に成功し、国際社会でカリスマ法王として名を馳《は》せたヨハネ猊下は、今度はその立場を利用して、真の国際平和の架け橋となろうと決意されたのです。それがあの、ヨハネ猊下が教会の過去の非を認め、ユダヤやイスラムと和解を求めるという一連の行動だったのだと、今の私は確信しています。

ヨハネ猊下は自らの行いが、『黄金のケルビム』すなわち、金羊毛騎士団らの意に染まぬ方向へ進んでいると、自覚なさっていた。彼らの仲間がバチカンに大勢在籍していることも、密《ひそ》かに、影のように、このバチカンを操作していることも、ヨハネ猊下は当然よくご承知だったはず。そうした内部の者に命を狙われる危険を覚悟で、ヨハネ猊下は大改革に挑まれたのでしょう」

「だから……ヨハネ猊下は毒殺されたのだと……そう言うのか……」

サウロは静かに頷《うなず》いた。

「そうです。ヨーロッパは今、EUとして民主的に連帯しつつある。それは喜ばしく、平和に見えるかも知れません。ところがそのEUの内部でも、ハプスブルクとブルボン王家の血を継いだオットー元皇太子とご子息のカール殿がオーストリアとハンガリーの欧州議員となっている。欧州議会は、現在、世界でもっとも強力な権限を持つ立法機関と言われている議会です。つまり彼らは再び欧州を支配する権限を取り戻しています。呼び名こそ違えど、国王であったころと同じ立場になっているのです。そしてオットー元皇太子は、金羊毛騎士団の団長でもありました……」

法王は呆然《ぼうぜん》とした顔でサウロを見た。

「なんということだ……。私には思いも及ばないことが起こっていたのだな。そんな話を聞くと……実際に私も誰かに操られてここにいるのかもしれないと、ますます思うしか無い……」

「そうではない……、とは申しません。しかし猊下、彼らがどのように企《たくら》み、そして手配し、自分達の思う通りにこの世が進んでいると信じていたとしても、そして猊下がその波に乗せられて法王になられたのだとしても、ご心配には及びません。猊下は誰でも無い、神によって選ばれたペテロの代理人なのです」

サウロは法王の目を見詰め、しっかりと言い切った。

法王は自信の無い表情で、首を振った。

そして情けなげに自身の膝《ひざ》を叩《たた》いた。

「サウロよ、何故そうだと言える？　私にはいよいよバチカンのことが分からない。何が本当なのか、何を信じていいのか……。バチカンに悪魔のような影が存在していることも、こうなるまで私には分からなかった。それはつまり、私には法王に求められるような特別な力がないという事ではないか？　ヨハネ猊下の話を聞いた今、ますます私にはそのように思える。こんな私が法王と崇《あが》められていいのかと……」

「いいえ、猊下。猊下に悪魔の影が見えぬのは幸いです。それは猊下が余りに神の近くのお膝元《ひざもと》にいらっしゃるからです。僭越《せんえつ》ながら、私がそう思う理由をお話しいたします」

そう言うと、サウロは窓のカーテンを少し開けて、外が見えるようにした。

窓の外には様々な人々の姿があった。

キリストと、最も地上で主に近い場所にあって天国への鍵《かぎ》を握る法王の姿を、一目見るためにやってきたであろう巡礼者達。

小さく聖歌を口ずさみながら、ゆっくりと歩いていく尼僧の集団。

修道院の庭で、寡黙に農作業に従事している修行僧。

膝をついてサン・ピエトロ広場に向かって歩きながら、感涙に咽《むせ》びつつ、連れている小さな子供に何かを言い聞かせている様子の母親もいる。

そうした人々の様子を見つめながらサウロは言った。

「確かにバチカンの内部には、邪《よこしま》な企みや目的を持って活動しているものもいます。しかし猊下、ここから見える人々の中に一体、どれだけそのような者がいると思われますか？」

法王は窓の外の様子を見つめながら、暫《しばら》く沈黙し、「私にはそんなものがいるようには見えない……」と呟《つぶや》いた。

サウロは深く頷いた。

「私の目にも同じです。ただキリストを信じ、愛と平和が到来することを願い、主の教えに従って生きようと努力している人々が見えるだけです。

猊下。私の知る多くの聖職者は、私財を投げ打ち、飢え渇く人々に無償の施しをしています。病気の人々を治療している者もいます。見返りを求めていればできない行いをしています。それがバチカンを構成している殆《ほとん》どの人間のある姿なのです。悪しき者など一握りの存在でしかありません。確かにバチカンには様々な忌まわしい歴史があります。ですが今なお、人々はこのバチカンに光と神の姿を見て生きています。もし地上にキリストの御教えとバチカンがなければ、世界も人も今よりすさんだものであったと私は確信しております」

法王は頷きつつもサウロに言った。

「しかし、私はそのバチカンを正しい方向に導けなかった。それが今日の状態を生み出してしまったのだ」

「いいえ猊下、猊下はこのようなバチカンの窮地においてもっとも必要な法王であったからこそ、法王であられるのです。主は全知全能であられます。人間がどのようなことを企み、またどのように采配《さいはい》し、うまくやったとしても、主はあらかじめそれらを全てご存じです。誰かが猊下をうまく法王にすえたのだと思っていたとしても、本当は主の見えざる手で選ばれ、猊下は法王となったのです。主のなさることに一つの間違いもございません」

法王は力強い言葉に、少し驚いたようにサウロを見た。

「サウロよ。貴方《あなた》はそれを心底信じ、全ては主のお導きだと？」

「はい。この世に起こることは全て神の御手の内にあることです」

サウロの迷い無い表情を見て、法王は感嘆の息を漏らした。

「貴方はそれほどまでに迷うことなく主を信じることができるのか。なんという強さか。なんという信仰心か。私ではなく、貴方のような人物こそが法王に相応《ふさわ》しかった……」

サウロは静かに首を振った。

「いいえ、私は生まれながらのエクソシスト。そして猊下は法王であられるのです。いうなれば猊下は荒波の中で天国を目指す船を導く灯台の光そのもの。私はその灯台守です。猊下が法王に相応しい御方であることは百も承知で、失礼ながら猊下のお答えをわかっていて、お聞きします」

そう言って窓を離れ、再び法王と向かい合ったサウロの目を法王は見つめた。

「なにかね？」

「猊下は記憶にある限り、何かを強く憎んだり、人を傷つけたいと思われたことがおありですか？　路上の小さな犬猫をむしゃくしゃして蹴飛《けと》ばしてやりたいとお思いになられたことはございますか？」

サウロの質問に、法王はじっと記憶を手繰っている表情で視線を落としていた。

そして答えた。

「いや、記憶にはない。だが、私が常に正しいことをし続けてきたかどうかはわからない。もしかすると私の言動が、結果的に人を傷つけることになったことがあるかもしれない。あるいは憎しみの種を蒔《ま》いたことがあったかもしれない。誤った判断をしたかもしれない。そうしたことが決してなかったとは残念ながら言い切れない」

少し表情を曇らせた法王を見て、サウロは微笑んだ。

「猊下《げいか》、私が知る限り、心の中に少しでも邪なものを持っている者が、意識的に悪行をした覚えはないが、もしかすると人を傷つけ、憎しみの種を蒔いたことがないとは言い切れないと自分を責めるようなことを口にするのを聞いたことがございません。そのような者は、自分で悪行を行っておきながらも、それを意識しておきながらも、こういうのです、『悪いことはしていない。そうなったのは自分のせいではない。他人のせいだ。世の中のせいだ。理由があったのだ』と……。

恥ずかしながら猊下。

私は悪童でございました。人を憎んだこともあり、友人を殴ったり、自分がむしゃくしゃしているからという感情まかせに路上の犬を蹴ったこともございます。そんな浅ましい私にさえ、主は導きの手を差し出して下さいました。この上なく高潔で、愛と慈悲と、謙虚さに満ちあふれた義父《ちち》に出会うように導かれ、私にそうしたものの大切さと、それがどのようにして生まれるのかを、全てを与えることによって教えていただいたのです。私のようなものですらそうして導かれる主が、猊下を導かれていないはずなどありません。猊下がお迷いになられることも、お悩みになるようなことも、存在しないのです」

「このバチカンの乱れと、闇の中にあってもかね？」

「はい。なぜなら、私は悪がいかなるものか善がいかなるものか、身をもって二つの心の扉を潜り、そして見てきました。

悪の根源は、人間の弱い心から生まれ出《い》でます。権力や富や、あらゆるものに対する欲望と野心は、失うことへの恐れと恐怖が大きいから生まれるのです。そうしたものがなければ、自分が丸裸になってしまうと感じる心の弱さがあるからに他なりません。人に対する嫉妬《しっと》は、人より劣っているのが恐ろしいから生まれるのです。

逆に善はどうでしょうか？　善や愛は弱さからは決して生まれ得ないものです。医師ですら恐れる伝染病の患者をためらいもなく世話をする尼僧達。銃弾の飛び交う戦地に赴き、死の恐れも克服して困窮している人々を手助けすることに奔走する僧達。名もなく、褒めたたえられることもなくとも彼らはそうします。そんな彼らの心は鋼のように強く、なにものも挫《くじ》くことができません。

大勢のそうした人間がいるのです。そして彼らの家であり、庭であるのがバチカンです。腐っているものより、実っているものが多い。私はこの目で見てきて確信しております。

そして悪と善が戦ってどちらが勝つかなどはじめから分かりきったこと……。強きものが勝つのが当然の結果です。猊下は愁う必要はございません。猊下の信じる主の御教えどおりに行動なさっていればよいのです」

サウロの言葉に法王は静かに目を伏せた。

その表情から少しずつ疲労と苦悩の色は消えていき、一筋の光が法王の顔を照らしたかのように見えた時。

法王の頬に涙が流れ落ちた。

法王は、感激と喜びに満ちた声で言った。

「おお、サウロよ。真《まこと》に主は私のすぐ側におられた。私はたった今、主のお姿をこの目で、はっきりと見た。裸に剝《む》かれ、鞭打《むちう》たれ、血みどろになっている痛ましいお姿をお示しになられたが、そのお顔は穏やかで、お姿は差し込む日差しのような暖かな光を放たれていた。そして主は、私に向かって微笑まれた。導きの手と、私のあるべき姿をお示しになられた」

サウロは静かに頷《うなず》いた。

「存じております猊下」

そして法王は、バチカンに対する追及と疑惑が高まる中、疑問の声に一つとして釈明することなく聖母マリアの大祝日を迎え、世界に向けてメッセージを発表した。

法王は聖母マリアを讃《たた》え、その理由を説法した。

「なぜ、全ての女の中から神がナザレのマリアを選ばれたかは、神のみぞ知る神秘の知恵によってしか説明することはできません。けれど、福音書に明らかなように神はマリアの『謙虚さ』ゆえにその恵みを与えたのは確かなことなのです。

愛情深く謙虚であること。そして常に神に従順であること。それは賢さよりも勇気よりも大切なことです。

マリアは乙女であったにもかかわらず、主の祝福を受け取って、キリストを身ごもり、そして愛するわが子を、神の祝福として全人類にお与えになりました。

そう、主でありながら、わが子でもある方の命を、人々に捧《ささ》げられたのです。

マリアは母としての愛を、あがないの犠牲とされたのです。

恵みあふれる方マリアよ、権力、金銭、快楽の欺瞞《ぎまん》に、また不正な儲《もう》けや腐敗、偽善、利己主義、暴力にいつも『ノー』という勇気をお与え下さい。

この世を欺く闇の君主・悪魔を拒否し『ノー』と言い、愛の全能の力によって悪の権力を打ち壊すキリストに『はい』という力をお与え下さい。

愛である神に回心した心だけが、すべての人々のためによりよい未来を築くことができるのだということを私たちは知っています」

そして法王は免罪符を発行するという行為に出た。

そこにはこう記されていた。


ゆるしの秘蹟《ひせき》、聖体拝領、法王の意向のための祈りのもとで、あらゆる罪から離れようとする心を持ち、公的崇拝のためにかかげられた無原罪の聖母・聖像の前で聖母への信仰を公に証《あか》し、主の祈りと使徒信条、そして無原罪の聖母に対するなんらかの祈りを唱える信者に対し、そのものが行ったあらゆる罪を全て免罪する。


そして翌日、疑惑への否定や説明をすることなく法王を辞任したのである。

「やはり法王はバチカン銀行と癒着していたのだ」

「余程、ヤバイ証拠を握られて、退位を迫られたのだ」

「自分の罪を帳消しにするために免罪符を発行したのだ」

おぞましい噂が広まったが、カメルレンゴに指名されたサウロには分かっていた。

法王が免罪を示した相手が、バチカン内部や外部に存在する悪意ある人々だということを。

あらゆる罪を許す……。

仮令《たとえ》それが自分を陥れ、辱め、鞭打ち、死刑にしようとする相手であったとしても、慈悲深い愛を注ぎ、全てを許す。

主が示された姿そのものを法王は実践したのだ。

そしてサウロは、再び、主に何一つ過ちがないことを、主がバチカンに眼差《まなざ》しを注いでいることを確信した。

世界がよき未来へと向かうように主が舵《かじ》をとっている真実を……。

V A T I C A N
M I R A C L E
E X A M I N E R

魔女のスープ

1

ロベルト・ニコラス神父は、バチカン内の『聖徒の座』に所属する奇跡調査官。古文書・暗号解読のエキスパートである。加えて彼は、バチカン内に秘蔵されてきた極秘文書や記録、古書などの分析を行う『禁忌文書研究部』の一員でもあった。

そんな彼が現在取り組んでいる禁忌文書は、一七〇〇年に行われた異端審問――いわゆる魔女裁判に関する記録である。

ローマにおける異端審問は、神学者や哲学者、教会法の専門家達からなる委員会によって厳正に執り行われるべきものであったが、この審問会は、ドミニコ会主体の少数の枢機《すうき》卿《きょう》達によって、極秘裏に開かれていた。

被告の名はベッラ・バッキ。百二十二歳の魔女だと記録されている。

十七世紀のヨーロッパ人の平均寿命が三十代後半であったことを考えるまでもなく、ベッラ・バッキの年齢は異様である。

ベッラ・バッキは「世間を騒がせる魔女」として捕らえられ、審問会にかけられた、とあった。

その場で彼女は、自身をカソリックに背く者ではないとした上で、その根拠として、「自分は『不老長寿のスープ』の作り方を知っている魔女であり、それをローマ法王に献上したことにより、複数の法王が長寿を得てきた」と主張していた。

ベッラ・バッキが名指しした法王の名は、インノケンティウス十世、クレメンス十世、インノケンティウス十一世、アレクサンデル八世と、いずれも八十歳を超えるぐらいに長命な法王達である。

ローマ法王が魔女のスープを常飲していたなど、たとえ根も葉もない虚言であったとしても、大層な物議を醸し出す話である。その為、『禁忌文書』として永らく封印されていたのだ。

審問会はベッラ・バッキを大嘘つきと結論づけたが、スープの効能と法王との関係については不明としていた。何故なら、審問会の真っ最中にアレクサンデル八世が死去したからである。そこでベッラ・バッキに対してはローマ市内への立ち入りを禁じた上で、故郷の生家へ送還した、と記録にはあった。

ロベルトは詳細に記された審問会のやり取りを読み、脅迫や拷問等の違法行為が無かったことを確認すると、現代において、当文書の公開に危険性は低い、と判断した。

通常の仕事は、レポートを書いた所で一旦《いったん》終了となる。

だが、ロベルトは、附表部分に記された魔女のスープのレシピを見、スープの謎を是非とも解明したいという気持ちに駆られた。

魔女のレシピの材料の項目は以下の通りである。

山の中腹に生えたソラ豆を取り、新月の夕刻に焼いた野ネズミの灰を与え、呪文《じゅもん》と水と共に一年間育てて出来た豆。

地下に住まう竜の羽に生えた黴《かび》。

前足が四本、後ろ足が六本の手足の短い太った、水掻《みずか》きの少ないカエルを五月の池で生け捕り、常に蛇と対峙《たいじ》する檻《おり》に置き、サルビア等の草木と共に三カ月育成したもの。

乙女が伝承しつづけた三百年経ったオレンジの皮。

海の蛇を軒下に吊《つ》るし、三年乾燥させたものをすりつぶした粉末。

黒焼きのムカデ。

若い馬の肉と臓物。

なんとも禍々《まがまが》しい、いかにも魔女のスープらしき材料だ。

そして、一見すると、とても入手できそうにない素材であった。

だが、異端審問というものが元来、カソリック側が異端の文化や知識を貪欲《どんよく》に吸収する目的で行われていたことを考えても、克明なレシピが記録に残されていることを考えても、過去のバチカンにおいて何者かがこのスープの再現を行ったと考えるのが妥当である。

誰かがそれを作ったのなら、自分にも作れないことはないだろうと、ロベルトは考えたのだ。

それは不老長寿のスープとはいわないまでも、某《なにがし》かの効能がある代物なのかも知れない。

好奇心に大きく背中を押されながら、ロベルトはベッラ・バッキが送還された際の記録から、魔女の住んでいた場所を洗い出した。

所在が掴《つか》めればレシピの材料に見当が付くかも知れないし、その土地に行けば某かの記録が残っている可能性も僅《わず》かながらあると考えたからだ。

最初に分かったのは、魔女がサンマリノ共和国に住んでいたということだ。

この国は、イタリア半島の中東部に位置する共和制国家で、周囲は全てイタリアである。

バチカンは世界最小の独立国だが、サンマリノは世界で五番目に小さな国であり、世界最古の共和国である。

国の伝承によると、四世紀初め、クロアチアのラブ島の石工マリヌス（後にいう聖マリヌス）が、ローマ皇帝ディオクレティアヌスのキリスト教迫害からイタリア半島に逃れ、郎党と共にティターノ山に落ち延びて宗教的コミュニティを建設した。これが現在の首都であり、その国名も、首都の名も、聖マリヌスにちなんで「サンマリノ」という。

魔女の住居は、ティターノ山麓《さんろく》の村にあったようだ。

（とにかく現場に行こう）

そう思い立ったロベルトは、資料のメモを鞄《かばん》に詰め込み、サンマリノ共和国へと旅立った。

ローマから鉄道を乗り継いで、リミニの町へ。そこからバスで、サンマリノへと向かう。

サンマリノの国土はアペニン山脈の一角を成す丘陵地帯である。

バスが目的地へ近づくにつれ、標高七百三十九メートルのティターノ山頂に聳《そび》える城壁が見えてくる。

やがてバスは国境を越え、山頂のサンマリノ市に到着した。

城門をくぐれば、玉石を敷き詰めた細い舗装道路とレンガ造りの建物群が目の前に広がった。現存している市壁は大部分が再建されたものだが、それでもなお、中世都市国家の様相を色濃く漂わせている。

坂を上り、リベルタ広場に出る。見晴らしの良い広場の正面には政庁が建ち、緑の上着に金飾り、赤いズボンの制服を着た衛兵達が立っていた。

広場の南には旧市街が広がり、市街の先には、切り立った崖《がけ》に建つロッカ・グアイタの要塞《ようさい》、チェスタの塔、森から頭を突き出したような見張り塔、ロッカ・モンターレが聳えている。

そこへと続く古い石畳の坂道には、土産物屋、レストラン、カフェ、洋服屋、雑貨屋、宝石屋などが軒を連ねていた。手工芸品を並べた屋台などもある。ティターノ山のほか旧市街周辺が歴史地区としてユネスコの世界遺産リストに登録された為なのだろう、観光客の姿が多い。

涼やかな風に吹かれつつ、ロベルトは急な坂を上った。チェスタの塔の手前にある見晴らし台からは、眼下に広がる大平原からアドリア海までの大パノラマが展望できた。

ロベルトはしばしその景色を堪能《たんのう》すると、ロープウェイで山麓の小さな町へと向かった。

その町の名は、ボルゴ・マッジョーレ。古くからサンマリノの市場町として栄え、現在の人口は六千人弱。

魔女はかつて、そこに住んでいた。

2

ボルゴ・マッジョーレは、パステルイエローやオレンジに塗られた家々が建ち並ぶ、清潔そうな町だ。

だが、一歩裏通りに入ると、崩れそうに古い、十七世紀頃の町並みがまだ残っていた。石畳に高く響く人々の足音。狭い路地が交差し、細く切り取られた空が見える。

ロベルトはサンマリノ市教区の所持する古地図と、審問記録のメモを片手に、古い石とレンガの建物の間を歩き回った。

そして、ロベルトが恐らくこの辺りかと見当をつけた場所には、傾いだ風見鶏《かざみどり》が屋根に立つ、大きな家があった。

そこにベッラ・バッキがいるはずもなく、住人が手がかりを残している可能性も少なかったが、ロベルトは思わず、玄関の呼び鈴に手を伸ばした。

ややあって、扉が開く。

そこに立っていた人物を見て、ロベルトは目を丸くした。

黒く長いローブを着、先の尖《とが》った帽子を被《かぶ》り、手に杖《つえ》を持った姿は、お伽噺《とぎばなし》の魔女そのものの出《い》で立ちだ。

一瞬、不老不死のベッラ・バッキに出会ったのかと戸惑ったロベルトだが、よく見ればその女性の顔立ちは二十代後半と年若い。爪を長く伸ばし、ブルネットの長髪を後ろで束ね、意志の強そうなグレーの瞳《ひとみ》の上に濃くアイラインを引いている。

どこか不思議な雰囲気を漂わせた女性だ。季節外れのハロウィンを楽しんでいるといったような、軽薄そうな雰囲気ではない。

もしかすると、ベッラ・バッキの子孫なのだろうか？

「失礼します……。僕はバチカンから来た神父で、ロベルト・ニコラスといいます」

ロベルトは戸惑いながら、女性に声をかけた。

「あーら、バチカンの神父さんとは驚きだわね。この魔女ベッラ・バッキにとっての大敵じゃない」

若い女性は片眉《かたまゆ》をつり上げて言った。

ロベルトが呆然《ぼうぜん》と女性を見つめていると、余程その驚いた顔が可笑《おか》しかったのか、自分をベッラ・バッキだと名乗った女性は大笑いした。

「冗談よ、神父さん。私の名はエリーナ・カンパーナ。駆け出しの小説家よ。魔女については興味があって、今はこの国の有名な魔女ベッラ・バッキのことを調べているの。この家に住んでいるのも、その取材の為。

偶然、昔、ここに彼女が住んでいたという話を聞いたものだから、一年半前からここを借りて、魔女の生活を再現してみようと努めているの」

ロベルトは、エリーナ・カンパーナという名に聞き覚えがあった。

二年程前に女性毒殺師が題材の処女作を発表した、少々変わり者の作家である。

「そうでしたか。僕も実はベッラ・バッキのことを調べているんです」

ロベルトは微笑んで答えた。

「あら、バチカンの神父さんが魔女のことを調べるなんて。貴方《あなた》にも、何か特別な理由があるのでしょう？　ねえ、お互いに知っている情報を交換し合わない？　私もこの家のあらゆる物を調べ尽くして、今は行き詰まっているところなの」

それは、ロベルトにとって願ってもない協力の申し出であった。

禁忌文書の存在について無闇に話す訳にはいかないが、差し障りのない情報なら、提供しても良いだろう。

ロベルトはそう判断すると、

「実は、ベッラ・バッキがレシピを残した魔女のスープのことを調べているんです」

とだけ告げた。

するとエリーナは、大きく目を瞬いた。

「伝説の不老長寿のスープね！」

「ええ、そうです。エリーナさんもご存じなのですね？」

エリーナはゆっくりと頷《うなず》いた。

「この家は長い間、魔女が住んでいた家だと嫌われ、放置されていたの。借り手もないし、家族も住むことを嫌ったようね。だから当時の家具や本や、メモ書きまで残っているの。不老長寿のスープについては、ベッラ・バッキも走り書きのメモをいくつか書き残しているのよ」

「それは本当ですか？」

ロベルトは思わず問い返した。こんなにすぐに魔女のスープに繋《つな》がる糸口が見つかるとは、なんとも幸運なことだ。

「ええ、見てみたい？　メモは断片的すぎて、私には意味が分からなかった。ただの悪戯《いたずら》書きかとも思っていたのだけど、バチカンの人がやって来たってことは、かなり信憑性《しんぴょう》があるってことじゃない？　ロベルト神父はとても賢そうだし、貴方になら何かが分かるかも知れないわ。そうなれば、私の作品にもリアリティが出る訳だし……」

エリーナは真剣な目でロベルトを見詰めた。

「ええ。お互い協力し合って、魔女のスープを再現してみましょう」

ロベルトは頷いた。

3

エリーナは魔女ベッラ・バッキの個室であったという部屋にロベルトを案内した。

窓が小さく薄暗い部屋に、古い木箱や箪笥《たんす》、ロッキングチェアなどが置かれている。

一際目を引くのは、床に置かれた巨大な釜《かま》だ。

部屋の壁には飾り棚が作り付けられ、怪しげな呪術《じゅじゅつ》道具が所狭しと並んでいる。

魔法をかける仕草や魔法を防ぐ仕草を象《かたど》った「魔法の手」がある。その中には、不気味な蛙や松かさ、雄鶏《おんどり》の頭をした蛇の怪物を彫り込んだ真鍮《しんちゅう》製の巨大な手もあった。

他には、魔法の石と呼ばれる大小様々の穴開き天然石、水晶玉、古びた蹄鉄《ていてつ》、ガラス瓶、呪文の書かれたすり鉢、天秤《てんびん》ばかり、木彫りの像や護符、とぐろを巻いた蛇の干物なども並んでいる。

ロベルトは本棚に並んでいた手書きの日誌を一冊、手に取った。

半ば朽ちかけた羊皮紙に書かれた滑らかな文字が目に入る。

途端にロベルトの心は引き込まれた。

太めで弾力のある文字は、恐らく猛禽《もうきん》類の羽を用いて書かれたのだろう。細い線の掠《かす》れ具合までもが美しい。

そこで使用されている黒紫色のインクはカーボンインクではなく、アイアンゴールであった。

カーボンインクとは、オイルやタールを燃やして出来た煤《すす》に水とガムを混ぜて作られたものだ。

一方、アイアンゴールインクは、植物由来である。モッショクシバチが、ブナ科の植物の若芽に卵を産み付け、それが成長すると、木は変形して実のように膨らむ。そうして出来た虫瘤《むしこぶ》（没食子《もっしょくし》）にはタンニン成分が多く含まれている為、それを抽出して発酵させ、鉄粉や釘《くぎ》を混ぜ合わせ、濾過《ろか》して樹脂やワニスを加えることで、濃い黒紫色のインクを得ることができるのだ。

このインクで書かれた文字は羊皮紙にしっかり定着し、こすっても洗っても消せない。筆記面を薄く削ぎ落とすことが消す為の唯一の方法である。このことから、五世紀から十九世紀を通じ、ヨーロッパにおいて写本の本文に多く用いられた。また、四世紀半ばに書かれたとされる最古の聖書『シナイ写本』にも、アイアンゴールインクが使用されている。

ただし、アイアンゴールインクは酸性である為、筆記面にインク焼けや色抜け、錆色《さびいろ》のぼけを生じさせたり、虫食いのような穴を開けてしまう。特に紙の腐食は速度が速く、数年から数十年で紙面が損傷する。羊皮紙ならば千年以上は保《も》つとされるが、さらに酸化を防ぐ方法として、卵の殻などを用いてインクを中性に近づける工夫がほどこされることもあった。

魔女のインクにもそのような工夫が凝らされているのだろう。見苦しい劣化の痕《あと》はほとんど見受けられなかった。彼女はインクの調合にも長《た》けていたということだ。

そして時折使われている赤丹《あかに》で作ったであろう赤インクからは、微《かす》かな芳香がした。赤インクとアロマオイルを混合した代物で、「鳩の血のインク」や「蝙蝠《こうもり》の血のインク」と呼ばれていたものだろう。

開いた頁には、ベッラ・バッキのその日の行動が記されていた。

『古い友人であるダルダーノ・デ・ニコラが、腰の不具合を訴えてきた。

そこで私は石の治療を行った。

ヘシルーダ、イヌハッカ、ラベンダーを調合した油を作り、呪文をかけた石に魔法をかけ、その石を竈《かまど》に入れて温める。

程よく温まった石に調合油を丹念に擦り込み、ダルダーノが痛みを訴える患部に押し当て、快癒の呪文を唱えながら、転がしたのだ。

この魔術は大層よく効き、私は何度もこれで人々を治療してきた。

ダルダーノも一週間この治療を続ければ、よくなりそうだ』

当時、「魔法使い」といわれた人々の日常が詳細に記されているとは、なんと稀少《きしょう》な資料であろうか。

ロベルトは興奮を覚えながら次々と頁を捲《めく》っていった。

日々の記述からは、村人達が彼女を頼りにしている様子が見て取れる。

ある頁には紙片が挟まれてあった。イラストと活版印刷文字によって書かれたそれは、村の号外新聞と思われる記事であった。

『白き魔女によって癒《い》やされた騎士』とタイトルが付き、戦場で呪いを受けた騎士をベッラ・バッキが治療したと書かれていた。

添えられたイラストでは、不思議なシンボルで描かれた魔方陣の中心に騎士らしき人物が立ち、ベッラ・バッキが魔術を行っている。周囲には数名の修道士が集まり、祈っていた。

彼女はこれを自分の手柄の記録として、日誌に挟んでおいたようだ。

聖職者達までもがその存在に畏敬《いけい》の念を表していたベッラ・バッキが、いかなる経緯を経て魔女裁判にかけられるに至ったのだろうか？

ロベルトの好奇心は高まる一方であった。

だが、次の頁は再び日常の記述に戻っていた。

『今日は、裏庭のソラ豆に焼いた野ネズミを灰にしたものを与えた』

ロベルトはハッと顔をあげ、エリーナを振り返った。

「この家に、裏庭は今もありますか？」

すると退屈そうにロッキングチェアを揺らしていたエリーナが頷いた。

「ええ、あるわよ」

「ベッラ・バッキはソラ豆を育てていたのですね？」

「ええ。魔女は新月の日を選び、呪文を唱えながら野ネズミを焼いた灰と水をソラ豆に与えていた。そうするとソラ豆に力が宿ると書いてあったわ。

それがどんな力かを知りたくて、私もここに住んでから、同じようにやっているの。ただし野ネズミを捕まえて焼くのは怖いから、爬虫類《はちゅう》の餌として売っている冷凍マウスを焼いて、肥料として与えているのよ」

「その庭を見せて貰《もら》えますか？」

「ええ、勿論《もちろん》。私も一年間の努力の成果を、誰かに見て欲しかったところだし」

エリーナは裏口の方へ歩いていった。ロベルトはその後に続いた。

裏口の木戸を開くと、半円形の庭が開けていた。

そこもまた異様な雰囲気を醸し出している。

なにしろ年代物の錆《さ》びた巨大な鉄檻《てつおり》が二つ並び、中には風化したらしき骨が散乱していたのである。

他の箇所では伸び放題のハーブと雑草が絡まり合って青々と繁っていたり、ツタが塀を覆っていたりした。

庭の一角だけはきちんと整備されていた。エリーナが手入れをしているソラ豆畑である。

そのソラ豆は、とても良く肥えており、丸々としたグリーンの実を実らせていたが、一見したところ、通常のソラ豆との違いはないようだ。

「この檻や骨も当時のままなんでしょうか？」

ロベルトの問いに、エリーナは肩を竦《すく》めた。

「ええ、そうよ。何の魔術に使ったのかは分からないし、私には何の骨かも分からないけれど、雰囲気とリアリティは大事だと思ったから、手は加えていないわ」

ロベルトは暫《しばら》く考え込んだ。

「一つご提案があるんです。もしよければ、これらの骨を分析し、ここで何が飼われていたのか、僕に調べさせて貰えませんか？」

するとエリーナはパッと顔を輝かせた。

「まあ、神父さんにそんな事が出来るの？」

「ええ。生物学に明るい友人がいますので、写真を撮って送れば、何かの回答が得られそうです」

「それは是非、お願いしたいわ」

ロベルトは頷《うなず》き、檻の中に残された骨を携帯のカメラで撮った。

勿論、平賀に考察してもらう為だ。

平賀。済まないが、君の力を借りたい。回答は急がない。

僕は今、魔女のスープについて調べている。

添付した写真の骨が何の骨なのか、君の意見を聞かせて貰えないだろうか。

ロベルト・ニコラス

ロベルトはメールに画像を添え、平賀宛《あて》に送った。

その様子を見ていたエリーナは目を見開き、溜息《ためいき》を吐いた。

「神父様がスマートフォンを手際よく扱うなんて、私の想定外だったわ」

「神父でもこれぐらいは嗜《たしな》みますよ」

ロベルトはにこやかに答えた。

「私の小説に登場する神父さんは、そうじゃないのよ。皆年寄りで、恰幅《かっぷく》がよくて、ちょっと頑固でアナログな感じが神父らしさだと思って書いてきたの」

ロベルトは苦笑した。

「それは随分な偏見ですね。もっとも、そのような神父も大勢いますよ」

「そう？　それなら大きく書き直す必要はないかしら。でも、貴方《あなた》のような神父さんに出会ってしまった以上、リアリティも考慮しないとね……」

そう言うと、エリーナはポケットからメモ帳を取り出し、何かを書き付け始めたのだった。

4

ロベルトが部屋に戻って魔女の日記を読み込んでいると、携帯電話が鳴った。

『平賀です。あの写真の骨の件でご連絡をと思いまして』

「何か分かったかい？」

『ええ。恐らくですが、右側の檻の骨が大トカゲ、左側の骨が猛禽類《もうきん》のものだと思われます』

それを聞いたロベルトは、ハッとした。

《地下に住まう竜の羽に生えた黴《かび》》の意味が分かった気がしたからだ。

竜すなわちドラゴンは、キリスト教教義において重要な役割を担う、伝説上の怪物である。

旧約聖書正典の「ダニエル書補遺」では、ダニエルに退治されるバビロニアの竜として、新約聖書の「ヨハネの黙示録」では最後の審判において悪の化身として描かれている。

民間伝承では、ドラゴンは宝を守っていて、しばしば敵として現われ、英雄達に退治されるほか、不思議な魔力を持ち、その血を浴びれば不死になるとか、その肉を食べれば予知能力が身につくなどといわれる。

また、古代ギリシアやローマにおいては、地下深くに棲《す》む大いなる知恵の持ち主とされ、その叡智《えいち》を神託という形で人々に分け与え、人類に加護を与える「ドラコンテス（優しい竜）」という存在が信じられていた。

その姿は、四肢と翼を持つもの、前脚が翼であるもの（＝ワイバーン）、翼があり脚が無いもの（＝ワーム）、翼も脚も無いが飛行できるもの等様々であるが、概《おおむ》ね翼と鋭い爪と牙《きば》を持ち、空を飛び、鶏冠《とさか》あるいは顎《あご》の下に髭《ひげ》または喉袋《のどぶくろ》がある姿として描かれる。

その外皮は被鱗《ひりん》、被毛、皮膚などに分類され、翼の形状も蝙蝠《こうもり》翼であったり、羽毛のある鳥翼であったりする。

すなわち、大蛇、鯨、トカゲ、ワニ等の体軀《たいく》の大きな水棲《すいせい》生物に、トカゲ、猛禽、蝙蝠などの形状がキメラ的に加えられたものが、一般的なドラゴンの姿になっていったのだ。

魔女の庭にあるのがトカゲと猛禽類の檻なら、ドラゴンの羽が示すものは猛禽類の檻にヒントがある筈《はず》だ。

「有り難う。おかげで次に調査すべき場所の見当がついたよ」

ロベルトは明るく答えた。

『それは良かったです。ところでロベルト、貴方が頼み事をしてくるのは珍しい事ですし、私も興味をそそられているのですが……』

平賀はおずおずとそう言うと、一息吐いて言葉を継いだ。

『貴方は魔女のスープについてお調べと仰《おっしゃ》いましたが、それは何かの暗号なのでしょうか？　機密事項とあれば、これ以上お訊《たず》ねする訳にもまいりませんよね』

平賀が余りにかしこまって言うので、ロベルトは小さく笑った。

「いや、スープといえば、ただのスープだよ。今、伝説の魔女のスープを再現しようとしているんだ。なんでも不老長寿の効能があるということだ」

『不老長寿のスープとは興味深い話です。私もお手伝いして構いませんか？』

「もし時間があるなら、是非手伝って欲しいよ」

『ええ。私に出来ることがあるなら』

「ふむ。じゃあ一つ相談なんだが、『乙女が三百年伝承しつづけたオレンジの皮』なるものは、どうやって作ればいいと思う？」

ロベルトは難題だと感じていたことを平賀に告げた。

『そうですね……。収穫から三百年経過したオレンジの皮は干からびるでしょうね。乙女なら、教会には沢山おられますから、その方々に、乾燥機で三百年分の乾燥を再現して頂くというのが、科学的には近いのかと思いますが』

「比較的近いといえばそうなるのだろうね。そこに呪術的な意味が反映されるかどうかは分からないけれど……」

『三百年分の乾燥の方法については、私なりに調べてみます。とりあえず乾燥機は科学班に言って、お借りする準備はしておきますね。あと何か私に出来ることは？』

「そうだな。生物に強い君だから訊ねるが、『前足が四本、後ろ足が六本の手足の短い太った、水掻《みずか》きの少ない蛙を五月の池で生け捕る』と、魔女が残したレシピには書かれてあるのだけれど、その蛙というのは、何の種類の蛙か見当がつくかい？」

ロベルトの言葉に、平賀は暫く考え込んで口を開いた。

『ロベルト、貴方が今いらっしゃる場所は？』

「サンマリノだよ」

『貴方のことですから、魔女の住んでいた場所を突き止められたのですよね？』

「勿論《もちろん》さ。今、僕はその場所にいる」

『では、そこの住所をお伺いして宜《よろ》しいですか？』

ロベルトは平賀に、魔女の家の住所を詳しく告げた。

『恐らく魔女はそこから歩くなり、ロバに乗るなりして行ける場所で、物を調達していたのでしょうから、どの辺りでその蛙を捕ったのか、調べてみます』

平賀が事も無げに言ったので、ロベルトは驚いた。

「えっ、そんなことが分かるのかい？」

『はい。蛙の種類は大体想像できました。恐らくヨーロッパヒキガエルだと思われます。科学部の生物分布データで照合すれば、ある程度詳しい場所の特定が可能かと思います』

「それは頼もしい。是非、お願いするよ」

『ええ。ただしロベルト、注意なさって下さい。その蛙には毒があります』

「ほう、毒蛙がスープの具材とは、さすがに魔女のレシピだね」

ロベルトが感心したように言うと、平賀はむっとした口調になった。

『暢気《のんき》な事を言っている場合じゃありませんよ。素手での捕獲は危険です。それに、五月の池で蛙の見分けは難しいかと……。一寸《ちょっと》、考えさせて下さい』

平賀の電話は切れた。


ロベルトは魔女の日記を手に、庭へ戻り、猛禽類のいた方の鉄檻《てつおり》を調べにかかった。

エリーナも興味津々という顔でそれに付いて来る。

錆《さ》びた鉄檻をこじ開け、地面を調べているロベルトに、エリーナが声をかけた。

「何故、そこに何かがあると思うの？」

「それは、ドラゴンが宝を守る怪物だからですよ。大事な所へは、番人のいる檻の中からしか行けない仕組みにするのは賢明でしょう？」

ロベルトはそう答えた時、土に隠された鉄の扉を発見した。

力を入れて引っ張るが、それは開きそうになかった。恐らく内側に閂《かんぬき》状の鍵《かぎ》がかかっているのだろう。

ロベルトは辺りを見回し、鉄檻の中に垂らされた数本の鎖に見当を付けると、それを順々に強く引っ張った。

何本目かの鎖を引いた時、手応《てごた》えがあった。

足元でガリゴリと音が響き、閂が開く感触がある。

ロベルトは再び鉄扉に手をかけた。今度はそれが軋《きし》みながら開く。

するとそこには地下へと続く石積みの階段があった。

「凄《すご》いわ、なんてスリリングなの！」

エリーナが喜びの声をあげる。

二人は懐中電灯を手に、狭い階段を下った。

地下に下りると、二十平米ほどの暗室が広がっていた。四方は石積みの壁である。

「こんな所に秘密の小部屋があるなんて……」

エリーナはうっとりと呟《つぶや》いた。

部屋の奥には石を積んで作ったテーブルがあり、大きな壺《つぼ》が置かれている。

ロベルトは壺の蓋《ふた》をそっと開いた。

懐中電灯で中を照らすと、白い黴のような物が見える。

中を覗《のぞ》き込むと、鼻先に特有の臭みを感じた。

「どうやら、これがドラゴンの羽に生えた黴らしいですね」

エリーナも横からそれを覗き込んだ。

「つまりこれが魔女のスープの材料の一つなのね。でも、羽に生えた黴なんて本当に食べられるのかしら？　食あたりしそう」

エリーナは顔を顰《しか》めた。

「さて、どうでしょうね」

ロベルトは魔女の日記の該当部分を開いて読んだ。

『ソラ豆と清めの塩三杯と共に、崇《あが》める女神の御許《みもと》にて、二時間煮込み、指を中に入れても忍耐できる程度に冷ます。さらに竜の羽の黴《かび》の一掬《ひとすく》いを混ぜ合わせ、しっかりと木蓋をする。

そうして庭の樫《かし》の木を燃やして灰にしたものと水を混ぜ、部屋中をその水で清める』

ロベルトは小部屋の隅の棚からコップを取り、壺の中身を一掬いすると、同じ棚に置かれた像を指さして言った。

「スープの作製時には、あの神像も必要のようですね」

「あれが神像？　鼻の穴が酷《ひど》く大きい女性みたいだけど？」

エリーナの言葉通り、その像は鼻と口がやたら大きい妊婦の立像で、頭部にはライオンのたてがみのような髪が生え、耳は尖《とが》っているという異形の姿であった。

「あれは古代エジプトの女神トゥエリス。カバを象《かたど》った神像ですよ。邪悪な力から妊婦を守るとされ、産婆を兼任する魔女が多かった歴史から、あんな神像を祀《まつ》っている魔女は珍しくないんです」

「カバですって？　成る程、カバと言われて見れば可愛く見えてきた気がするわ。でも……この神像にそんな不思議な力が秘められているのかしら？」

エリーナは首を傾げつつ、トゥエリスの神像を手に取った。

「ともかく部屋に戻り、実際に始めてみましょう」

二人は大釜《おおがま》のある部屋へ戻った。

大釜の側にトゥエリスの神像を置き、釜の中には三分の一まで庭のソラ豆を入れ、塩をコップ三杯入れる。

それをぐつぐつと二時間煮込んだ。

煮込んでいる間に、「ABRACADABRA」という、昔ながらのまじないを唱えなければならなかった。

あとは魔女の日記に書いてある通り、「指を中に入れても忍耐できる程度に」冷ます。

それに黴を良く混ぜ合わせ、しっかりと木蓋をした後は、木灰の混ざった水で部屋中を拭《ふ》き、神像と共に部屋のドアを開けることなく三カ月おくのである。

「ドアを開けずにただ待つだけなんて、モヤモヤするわね。夜中にあの神像が動いて何かするんじゃないかって、想像しちゃうわ」

エリーナは閉じられた扉をじっと見詰めながら呟いた。

「エリーナさん、魔女のレシピを再現したいなら、決して扉を開かないで下さいよ」

ロベルトが釘《くぎ》を刺すと、エリーナは「任せて。三カ月ぐらい、待ってみせるわ」と胸を張った。

その時だ。

玄関の呼び鈴が鳴った。

「はあい」と、エリーナが玄関に向かう。

「来客でしたら、僕はそろそろ失礼します。もうじき夜になりますし、今晩の宿を取らなければ」

ロベルトはエリーナの後を追いながら言った。

「そうね。今日は週末だから、宿を探すなら急いだ方がいいわよ」

エリーナが答える。

二人は玄関の前に到着し、エリーナが扉を開いた。

その瞬間、エリーナは鋭い悲鳴をあげ、ロベルトは目を丸くした。

そこには、大きなゴーグルを被《かぶ》り、ゴム手袋を着け、虫捕り網を持った平賀が立っていた。

5

「ひ、平賀。どうしたんだ？　その格好は何？」

ロベルトの発した声に、エリーナは目を瞬いた。

「彼、ロベルト神父のお知り合いなの？」

「ええ。さっきお話ししていた、生物学に詳しい友人です。平賀、こちらはエリーナさんだ」

「初めまして。私はバチカンの神父で、平賀・ヨゼフ・庚といいます」

平賀がペコリとお辞儀をすると、背中のリュックサックが彼の後頭部を直撃して鈍い音を立てた。

「だ、大丈夫?」

口を揃えた二人に、平賀はニコリと微笑んだ。

「全然平気です。それよりロベルト、この格好にはちゃんと意味があります。ヨーロッパヒキガエルというのは、天敵から逃れるために皮膚から毒を分泌するのです。それが目に入ると失明の恐れがあります。ですから、ゴーグルは捕獲の際に絶対必要なのです」

平賀はそう言うと、背中のリュックから二つのゴーグルを取り出し、二人に手渡した。

「念のため、予備のゴーグルを用意していて良かったです。ロベルトもエリーナさんも、ゴーグルをしておいて下さい」

「捕獲ね……。ますます神父さんに対する見識が変わったわ」

呆然《ぼうぜん》と呟きながら、エリーナはゴーグルを装着した。

「それにしても急に来たので驚いたよ」

ロベルトの言葉に、平賀は呆《あき》れ顔で答えた。

「ロベルト、今日は何の日ですか? 満月ですよ。今夜ほど蛙の捕獲をするのに絶好な日はありません。蛙たちが繁殖のため、池に集合している筈《はず》です。この機会を逃す手はありません」

平賀はリュックから紙の束を取り出しながら、話を続けた。

「ヨーロッパヒキガエルの特徴と見分け方のポイントを資料にして来ました。お二人ともしっかり頭に入れて下さい。あっ、エリーナさん、虫捕り網はお持ちですか？」

「持っている筈ないだろう」

ロベルトの言葉を遮って、エリーナは嬉《うれ》しそうにパンと手を打った。

「あるわよ。昆虫採集は私の趣味なの」

そう言うと、エリーナはそそくさと奥の部屋へと姿を消し、虫捕り網を二つ持ってきた。

「完璧《かんぺき》です。では行きましょう」

「どこへだい？」

「郊外の森にある池です。ここから一番近いヨーロッパヒキガエルの繁殖地であるところから、魔女はそこで蛙を捕ったと推測されます」

平賀は小さく畳まれた地図を広げながら言った。

「そこなら分かるわ。私、車を用意して来るわね」

エリーナは俄然《がぜん》やる気の様子であった。

三人はエリーナの車で郊外へ向かった。

目的地へ着く頃には日はとっぷりと暮れ、三人は懐中電灯を翳《かざ》しながら、鬱蒼《うっそう》とした黒い森の中を進まねばならなかった。

「蛙の声が聞こえます。皆さん、ここからは明かりを消して慎重に進みましょう」

平賀は耳をそばだてて言った。

平賀を先頭に三人が歩いていくと、やがて月明かりを反射して輝く水面が見えてきた。

蛙達の鳴き声があちらこちらから聞こえて来る。

「どうやら数種類の蛙がいるようですね……」

平賀は鳴き声に耳を澄ませながら、小声で言った。

「では、ヨーロッパヒキガエルの特徴を復習しておきましょう。成体の全長は、平均七センチから十五センチ。時には二十センチに達する大型です。皮膚の色は褐色または緑色で、皮膚の表面はイボでゴツゴツしており、暗色の斑模様があります。近づくと、威嚇のために、自らの体を膨らませることがあります。これが特徴です」

ロベルトはそう言われて、池周辺の暗がりに目を凝らしたが、蛙の姿を視認するのさえ難しかった。

だが、さらに意識を集中してじっと見つめているうち、草や土と見まがう保護色をした蛙のシルエットをいくつか見つけることができた。泥にまみれていたり、草陰に隠れていたり、中には交尾のため、重なり合っているものもいる。

しかしながら、僅《わず》かな月明かりの中では、色や種の判別などは皆目見当もつかない。

「あれを見分けるなんてとても……」

ロベルトが言いかけた時だ。

平賀が猫のように俊敏に動いた。

低い姿勢で走っていったかと思うと、さっと虫捕り網を振り下ろす。

そうして捕らえた蛙を網越しにじっと観察し、「捕りましたよ。ヨーロッパヒキガエルに間違いありません」と言うと、プラケースにそっと入れた。

いつもはゼンマイ人形のようにぎくしゃくした動きをする平賀だというのに、何かに熱中している時に彼が見せる動きは時折、神懸かっている。普段の平賀は「身体を動かす」というコマンドにメモリを割いていないのかも知れない、とロベルトは思った。

「よし。私も一匹捕れたわ」

今度は後方でエリーナの声がした。

平賀が走っていき、蛙を確認する。

「これは種類が違いますね」

「まぁ、残念。次は捕まえてやるわ」

エリーナは鋭く辺りを見回しながら言った。

「ロベルト、蛙は何匹ほど必要なんですか？」

「日記によると、数はそんなに必要ないよ。およそ三匹もいればいいようだ」

「そうですか。では頑張りましょう」

平賀が腕まくりをする。

三人はそれから何時間も、蛙を追いかけ続けたのだった。

結果、平賀が二匹、エリーナが一匹のヨーロッパヒキガエルの捕獲に成功し、三人は再びエリーナの家へと戻った。

「これから蛙をどうするのです？」

平賀がロベルトに訊《たず》ねた。

「日記によれば、庭に生えている数種類のハーブ類の草木を檻《おり》に敷き、蛙を入れる。それと檻に入れた蛇を向かい合わせ、三ヵ月間対峙《たいじ》させるんだ」

「成る程。蛇の種類は？」

「特にどんな蛇とは書いていなかったな」

「種類はなんでもいいということですか。とはいえ、蛇の捕獲は少々難しいですね。万全の準備が必要です」

平賀の頭は、今度は蛇の捕獲計画に向かって走り出したようだ。

ロベルトは思わず遮った。

「いや、多分、蛇は爬虫《はちゅう》類ショップとかでも手に入るんじゃないかな……」

その時、エリーナが目を輝かせた。

「それなら、私が爬虫類専門店で注文するわ。それをこの蛙たちの隣で飼えばいいのよね」

「そんなことして頂いてもいいんですか？」

ロベルトが躊躇《ちゅうちょ》すると、「私はそもそも魔女の生活を体験するためにここにいるのですもの。これは取材に欠かせない経費よ」と、エリーナは答えた。

「有り難うございます」

ロベルトは丁重に礼を言った。

「それじゃあ、まずは出来るところからやろう。ハーブを敷きつめた檻に蛙を入れるんだ」

ロベルトは、魔女の家の庭に生えている所定のハーブを丁寧に摘んだ。そうして、魔女が所有していた様々な道具の中から小動物を入れるために使われたと思われる檻を選んだ。

そこにハーブを敷き、三四の蛙を入れる。

平賀は、興味深げに檻の中の蛙を覗《のぞ》き込んでいる。

「平賀、何をしているんだい？」

「観察です。このハーブが蛙にどのような変化をもたらすのかと思いまして」

「何か分かるかい？」

「いいえ、今のところ特に変化はないようです。やはり蛇と対峙させる必要があるのでしょうか」

「そうだろうね。三ヵ月後にまたここへ来るとしよう」

「はい。そういえばロベルト、『乙女が三百年間伝承しつづけたオレンジの皮』の件ですが、オレンジを三百年も保管すれば、水分量はゼロになります。それを乾燥機で再現するには、およそ三日間かかると分かりました。

ですが、三百年間の祈りとなりますと、どうしていいかよく分かりません。そこで私は、最も霊的に相応《ふさわ》しいと思われる方に、オレンジの皮をむいて頂き、乾燥機にかける間、祈り続けて頂ければ良いのではないかと考え、そのようにお願いしてきました」

「最も相応しい、というと？」

「クリスティーナ・マリア修道女院長です」

平賀が口にした名は、バチカンに数ある修道女院の中でも、最も規律に厳しいとされる院の院長の名であった。十二歳の時に修道生活に入り、「六十年間、信仰一筋」と人々に言わしめる厳格なお婆さんである。ついた仇名《あだな》は「鋼の乙女」だ。

確かに「乙女」の意味が、貞操や潔癖さを意味するなら、これ以上ない適任者である。

それにしても、誰とでも社交的に話すことが得意なロベルトでさえ、クリスティーナ院長と話す時は緊張するというのに、かの鋼の乙女にオレンジの皮を乾かさせ、乾燥機を見張らせるなどという無茶な事を叶《かな》えるとは、流石は平賀である。

「あの方に、よくそんな頼み事ができたね……」

ロベルトが感心したように呟《つぶや》くと、平賀は瞳《ひとみ》を瞬かせた。

「何故そう思われるのです？　クリスティーナ院長は大変親切な女性です。快く頼み事に応じて下さり、『それでは、法王猊下《げいか》のご健康を絶え間なくお祈りします』と仰《おつしや》って下さいました」

そう屈託なく言った平賀と、クリスティーナ院長は、真面目さと信仰深さという点でよく似ている。二人のような人間に、話術やごまかしは利かない。だからこそ、二人の気も合うのだろうが、それにしても、大胆なお願いをしたものだ。

「まったく、君には驚かされるよ」

ロベルトは肩を竦《すく》めた。

6

それから三ヵ月が経ち、約束の日がやって来た。平賀とロベルトが再び魔女の家を訪ねる日だ。

二人が魔女の家の扉をノックすると、魔女のローブを着たエリーナが、瞳を輝かせて飛びついてきた。

「待ってたのよ、二人とも。もう、どんなに今日という日を待ちかねたことか！　開かずの部屋の扉を毎日睨《にら》みながら、開けたい衝動を堪《こら》えていたわ」

「それはお待たせしましたね」

ロベルトは微笑み、平賀とともに家の中へと入った。

三人が向かったのは、ソラ豆を煮込んだ大釜《おおがま》に蓋《ふた》をして、密閉した部屋である。

「じゃあ、開かずの間に入るわよ」

エリーナの気合いと共に開いた扉は、ギシッと軋《きし》んだ音を立てた。

カバの女神――トゥエリスの神像と大釜が、三人を出迎える。

平賀は興味深そうに神像の前に立ち、虫眼鏡を取り出した。そうして部屋の隅々を這《は》うように見回り始めた。

目を丸くしたエリーナの横を通り抜け、ロベルトは涼しい顔で大釜に近づいた。

「さてと、蓋を取ってみるか」

「ええ、そうね……」

ロベルトが釜の木蓋をゆっくりと取る。エリーナも固唾《かたず》を呑《の》んでそれを見守った。

釜の中では所々に煮崩れた豆の形を残した茶色のどろりとした半固体の物体が、鼻腔《びこう》を刺激する得体の知れない匂いを放ちながら鎮座していた。

「これ、本当に食べていいのかしら」

エリーナはハンカチで鼻を押さえながら呟いた。

すると、鼻をひくつかせた平賀が二人の側にやって来た。

そして無言で釜の中に顔を突っ込まんばかりの前傾姿勢になったかと思うと、人差し指でその茶色い物体を掬《すく》い取り、止める間もなく、ペロリとひと舐《な》めしたのである。

「キャーッ！　駄目よ、危険よ、吐き出しなさい！」

エリーナが叫んだ。

「平賀、大丈夫か？」

ロベルトが大慌てで言うと、平賀は不思議そうに瞳を瞬かせた。

「魔女のスープというくらいですから、食べ物なのでしょう？　貴方《あなた》とエリーナさんが作ったものなのですし、心配はいりませんよ。味についてですが、とても塩辛くて特有の風味がします。間違いなく、これは食品です」

平賀はやけにキッパリと言った。

「そう……？　でも、気分が悪くなったらすぐに言うんだよ」

「はい」と、平賀は頷《うなず》いた。

「じゃあ、皆で捕まえた蛙の方も見て頂戴《ちょうだい》。あれから蛇を買ってきて、向かい合わせにしてあるわ。種類はボールパイソンにしたの。飼いやすく馴《な》れやすいと言われたから」

エリーナは二人を部屋へ案内した。

透明プラスチックの飼育ケージの中では、体長一メートル余りの蛇がのったりと蠢《うごめ》いていた。体色は黒褐色で、豹柄《ひょうがら》に似た黄褐色の斑紋《はんもん》が全身に入っている。

「蛇って可愛いのね。ハマっちゃった。餌はマウスをあげているわ」

エリーナはケージの蓋を開け、蛇を撫《な》でながら言った。

それと向かい合わせに置かれた檻《おり》には、興奮状態にある三匹のヨーロッパヒキガエルが、喉《のど》を大きく膨らませている。

平賀とロベルトは蛙の檻を覗き込んだ。

檻の床に敷き詰めたハーブは、油に漬けたかのように光り、しんなりしている。

「蛇といつも一緒という状態にある蛙たちは、威嚇と興奮のために、皮脂腺《ひしせん》から脂を出し続けたのだと思われます。その脂がハーブに染みわたっているのでしょう」

平賀が言った。

「例の、目に入ったら失明するという毒をかい？」

「ええ、そうです」

「じゃあ、実験は成功かしら？」

エリーナが弾んだ声で訊《たず》ねた。

「はい、きっとうまくいっていますよ」

平賀は嬉《うれ》しそうに答えると、手袋を二重にはめた手でハーブを丁寧に取り、ビニール袋に収めた。

次にエリーナの許可を得て、魔女の収集品から海蛇の干物を一匹頂戴する。

続いて、平賀が鞄《かばん》の中を探り始めた。そして、茶色く細長い乾物が入ったビニール袋を手に取って高く掲げた。

「これを忘れていました。乙女が三百年干したオレンジの皮です」

「クリスティーナ・マリア院長からのものか。有り難く頂こう」

「これで材料は揃った訳ね。いざ、調理を始めましょう」

エリーナの号令で、三人は大鍋《おおなべ》の部屋へと引き返した。

調理台の前に立ったのはロベルトだ。

最初に調理器具をよく洗って消毒し、大きめの鍋で湯を沸かす。

市場で買ってきた馬の肉と内臓をまな板の上でぶつ切りにし、沸騰した湯で煮てあく抜きをする。

その間に、乾燥海蛇をすり鉢で粉末状になるまですり潰《つぶ》す。

ゲテモノ料理店で買ってきたムカデを炙《あぶ》って黒焼きにする。

それらの準備ができたら、大鍋に、大釜に入った茶色い物体、蛙の毒液の染み込んだハーブ、ムカデの黒焼き、クリスティーナ院長に乾燥してもらった茶色い針のような物体、あく抜きした馬の肉と臓物、海蛇の粉末、水と赤ワインと適量の砂糖を入れた。

(本当にこれでマトモな食べ物が出来るんだろうか……)

疑惑を覚えつつも、コトコトと煮込むこと一時間。

魔女のスープはついに完成した。

色合いは良くない。どろりと濁った茶褐色をしている。

ロベルトはそれを三枚のスープ皿に注ぎ、テーブルへ運んだ。

テーブルを囲んだ三人は、目の前の皿の中をじっと見つめた。

「さて……。これから人体実験になるわけだけど……」

ロベルトが切り出した。

「悔いはないわ。やりましょう」

エリーナが勇ましく言った。

「ええ。食材そのものを見る限り致死性はないようですし、食中毒の原因となる多くの細菌は、加熱調理の過程で不活化している筈《はず》です。念のため、この近辺にある救急病院のリストを作ってきました。もしもの時は、救急車を呼びましょう」

平賀は電話番号リストと携帯を机の上に置いた。

三人は指を組み、食前の祈りを唱えた。

主よ、願わくはわれらを祝し、また、主の御恵みによりて
われらの食せんとするこの賜物を祝し給え
われらの主キリストによりて願いたてまつる
アーメン

「じゃあ、いただきましょう」

「そうしよう」

「ええ。いただきます」

三人は同時にスープを啜《すす》った。

沈黙。

そしてコトリ、とテーブルにスプーンを置き、エリーナが言った。

「意外に美味《おい》しい！」

「ふむ、確かに。刺激の中にも年代を感じる奥深い風味があるというか……」

「えっと……これはどこかで知っている味のような……」

平賀の言葉に、ロベルトは驚いた。

「知っている味？」

平賀は暫《しばら》く考え込み、ハッと手を打った。

「味噌《みそ》です。味噌味のモツ煮です」

「えっ、味噌といえば日本料理よね？　魔女が何故、そんなものを？」

エリーナが不思議そうに訊ねた。

「それは恐らく……。そうだ、エリーナさん、バチカンから荷物は届いてますか？」

平賀が言った。

「ええ。昨日届いた大きな荷物ね。指示通り、空き部屋に入れておいたわ」

エリーナが頷く。

「荷物だって？」

ロベルトには初耳の話であった。

「ええ。決まっているでしょう？　調査用の荷物ですよ」

平賀はニッコリ微笑んだ。

スープを味わった後、三人は荷物のある部屋へと移動した。

平賀とロベルトがいくつもの大きな箱の中から、電子顕微鏡、成分分析器、様々な薬品類、シャーレや実験道具を次々と取り出して並べていく。そうしていつものように、平賀の実験室は作られたのであった。

エリーナは興味津々といった顔で、二人の姿をカメラで撮っていた。

平賀は機材をチェックし終わると、爽《さわ》やかに言った。

「では、私をドラゴンの黴《かび》のある場所へ案内してください」

三人は庭へ行き、猛禽《もうきん》類が飼われていた檻から地下室へと下りた。

平賀が壺《つぼ》の中の黴を実験用の匙《さじ》ですくい取り、シャーレに入れる。

「実験室へ戻りましょう」

平賀の一声で、三人は実験室へ引き返した。

平賀はそれを何かの溶液に溶かし、電子顕微鏡で観察し始めた。

そして暫くすると、ロベルトとエリーナを振り返った。

「やはりそうです。これはアスペルギルス属に分類される不完全菌です。コウジカビを麦に生やして、継代培養したものですね」

「アスペルギルス？　有害そうな名だね」

「不完全菌？　危なそうな名前ね」

ロベルトとエリーナは口々に言った。

「確かにコウジカビは、種類によっては人体に有毒です。ですが、毒性のないコウジカビは、日本では種麹《たねこうじ》と呼ばれ、麹の製造に利用されます。そして味噌や醤油《しょうゆ》、日本酒を作るために用いられてきたんです。

お二人は、ソラ豆とこの黴を混ぜたんですよね？

コウジカビは胞子が発芽して菌糸を出し、菌糸が枝分かれした先端に胞子を作り、胞子が飛んでまた発芽するのを繰り返して増殖しますが、その際、菌糸の先端からデンプンやタンパク質などを分解する様々な酵素を生産し、放出します。それがソラ豆のデンプンやタンパク質を分解し、そこで生成されるグルコースやアミノ酸がコウジカビの栄養源となって、増殖が繰り返されるのです。そうすると酒や味噌のようなものになるわけです」

「つまり大釜《おおがま》の茶色い物体は、ソラ豆を発酵させた味噌ソースというわけか」

ロベルトの言葉に、平賀は少し考えてから頷《うなず》いた。

「豆や菌の種類が違いますので味は違いますが、理屈は同じでしょう」

「平賀神父に質問！　カバの女神像を置くという儀式にも、意味はあるのかしら？」

エリーナが訊《たず》ねた。

「ええと、お二人はあの女神像を部屋に置く際、樫《かし》の木を燃やした灰と水を混ぜたもので部屋中を拭《ふ》き掃除したと聞きましたが、間違いありませんか？」

「ええ、そうよ」

「一寸《ちょっと》、女神像を見てきます」

そう言うと、平賀はピンセットと溶液に浸した綿を持って部屋を出て行った。

そして間もなく綿を挟んだピンセットを持って戻ると、綿を薄く延ばし、顕微鏡で覗《のぞ》き込んだ。

「やはり……。コウジカビのコロニーが沢山形成されています」

「どういうこと？」

エリーナが訊ねる。

「コウジカビは、身近なところにごく普通にみられる不完全菌なんです。アオカビなどと同じで、放置されたパンや餅《もち》などの上によく発生します。ですが、他のカビがあると、コウジカビはすぐに繁殖力を無くしてしまうのです。

そこで、コウジカビを使った発酵を促すには、発酵させる物の周辺にもコウジカビが繁殖していることが大切です。

あの女神像には、沢山のコウジカビのコロニーが繁殖していました。魔女はあの女神像をコウジカビの温床として活用していたのだと思います。

また、周囲を拭き掃除したその意味は、木炭の液がアルカリ性であることから分かります。コウジカビ以外のカビは、アルカリ性にとても弱いのです。周囲をアルカリ性の溶液で殺菌処理しておくことは、コウジカビの繁殖に効果的です。

そうして部屋を密封し、理想的な発酵物の製造場にしていたのでしょう」

「なんだか難しいけど、とっても科学的なことをしていたのね、魔女は」

エリーナは目を瞬かせると、メモを構えた。

「平賀神父、今の説明をもう一回して下さる？　きちんとメモを取りたいの」

エリーナがメモを取り終えるのを待って、ロベルトが口を開いた。

「乙女が乾燥させたオレンジの皮には、何か意味があるのかな？」

平賀は神妙な顔でロベルトを振り返った。

「調べてみたところ、漢方薬に陳皮というものがありました。ウンシュウミカン或《ある》いはマンダリンオレンジの成熟した果皮を乾燥させたものです。これにはヘスペリジン、ルチンなどフラボン配糖体の効能による血圧降下作用が見込まれ、食欲不振や嘔吐《おうと》や疼痛《とうつう》を和らげる、または健胃や鎮咳《ちんがい》の効能があるとして服用されてきました。

一般的にはオレンジの外皮を陰干しして乾燥させ、一年以上たったものを生薬として利用するのですが、できるだけ古いものがよいらしいのです」

「成る程。身体によさそうな成分には違いない。それに、ウミヘビやムカデも古来、薬として用いられていたというからね」

「はい。ウミヘビに含まれる脂肪酸は、α－リノレン酸やDHAといった不飽和脂肪酸で、脂肪の分解や燃焼を促進することから、血流改善作用や疲労回復作用が見込まれますし、他にもカルシウム、マグネシウム、ビタミンAやD3を豊富に含んでいます。

ムカデの持つ毒は神経毒で、ヒスタミンやヒアルロニダーゼ、サッカラーゼ、セロトニン、蛋白《たんぱく》分解酵素などの溶血タンパク質を含んでいます。これは少量であれば、神経痛や炎症、感染を抑える効果があります。

とりわけ強烈なのは、ヨーロッパヒキガエルの毒に含まれるブフォトキシンなどの強心ステロイドと神経伝達物質で、強心剤や精力剤として効果的です。

一方、馬肉は陳皮同様、血圧を下げる働きをすると言われています。

これらを同時に摂取することで、強心・血流改善の作用がありながらも、高血圧にならない工夫がなされているのかも知れません」

「ほう、成る程。魔女の知識は大したものだ」

ロベルトはにこやかに微笑んだ。

「はい。それに発酵物が腸に良く、豆類は認知症予防になると、最近の医学会では言われています。胃腸の働きを改善し、風邪になれば咳《せき》を鎮めるという効果も、魔女のスープには期待できるでしょう」

うんうん、とロベルトはにこやかに相槌《あいづち》を打っている。

平賀も微笑み、エリーナの方を見た。

すると、さっきまで真剣にメモを取っていた筈《はず》のエリーナが、文字を書くのを止め、メモの余白に絵を描いている。

蛙とドラゴンをあわせたような、奇妙に幻想的で稚拙な絵だ。

平賀の視線に気付いたロベルトも、エリーナの手元を見、驚いた顔をした。

「おや、上手な絵ですね、エリーナさん。メモは取らなくていいんですか？」

ロベルトはにこやかに訊ねた。

「だって……難しくて分かんなくなってきちゃった。サッカラーゼだとか、フラボン配糖体だとか、ブフォトキ……なんだっけ、ブフォキト……ブキトフォ……」

エリーナはそこまで言うと、堪《こら》えきれないといった様子で机に突っ伏し、腹を捩《よじ》って笑い出した。

「ブフォトキシンです、エリーナさん。ブフォトキシンとは、ヒキガエルの毒腺《どくせん》から単離されたブファジエノライド型ラクトンです。ラクトン、糖、ステロイドの三つが結合することで、心房細動、心房粗動等の上室性頻脈や浮腫《ふしゅ》を伴ううっ血性心不全或いは不整脈に用いられるステロイド配糖体となるのです。糖鎖にはグルコース、ラムノース等の他に、ジギタリス強心配糖体がありまして……」

平賀は笑い転げるエリーナを前に、満面の笑みで話を続けている。

ロベルトはその情景を見ながら、ふと、これはおかしいぞ、と思った。

いや、おかしいのは目の前の二人だけではない。自分も先程から、頬笑《ほおえみ》が止まらないのだ。

「平賀、些《いささ》かマズイことになった」

ロベルトは微笑みながら言った。

「何がです？」

平賀がニッコリと答える。

「君もエリーナさんも、さっきから笑い過ぎだ」

「えっ？ そうですか？ でも楽しいですよね。よく考えてみれば、何が楽しいのか自分でも分かりませんが」

平賀が言った時だ。エリーナが顔をあげた。

「あーっ、やっぱり。私だけじゃなかったのね。さっきからすごく楽しい気分なの」

するとと平賀は、ハッと目を瞬かせた。

「ヒキガエルの毒やハーブの混合作用によって、薬効が……恐らくセロトニンやノルアドレナリン、ドーパミンといった脳内ホルモンの分泌が促されたのでしょう」

「つまり抗鬱剤《こううつ》に似た働きということか。歴代の法王も、あのスープでストレスの重圧や気鬱《きうつ》や不安を和らげていたのかも知れないね。……おっと、こういう物言いは不敬かな？」

ロベルトはそう言いながら、ぷっと吹き出しそうになるのを堪えた。

「不敬が何です。これは科学ですよ、ロベルト」

平賀は真顔のつもりで言ったが、頬が緩んでいる。

「二人とも、おかしな顔！」

エリーナが言い、三人は互いの顔を見合わせて、同時に笑い声を立てた。笑い声が新たな笑いを誘い合い、たっぷり五分間は笑い続けただろう。

「そうだわ。一寸、待っててね」

エリーナは涙目で席を立ったかと思うと、マンドリンに似た楽器とタンブレロを持って戻って来た。

「その楽器、中世の魔女が用いたという言い伝えがある、ギロンダですね」

ロベルトが目敏《めざと》く言った。

「そうよ。これは魔女の楽器ギロンダ、別名ハーディ・ガーディ。今から魔女のパーティよ。ひと騒ぎしましょう」

エリーナはギロンダの底面についたハンドルを右手で回しながら、左手でキーボックスのキーを押さえ、音楽を奏で始めた。タランテラと呼ばれる陽気な舞踏音楽だ。

どこか聞き覚えのあるメロディーに、三人は適当な鼻歌や出鱈目《でたらめ》の歌詞を合わせて歌った。ロベルトは手拍子を打ち、平賀がタンブレロを打ち鳴らす。

エリーナは暫くギロンダを弾いていたが、「ハイ」と楽器をロベルトに押しつけると、タップを踏んで踊り始めた。

ロベルトが見よう見真似でギロンダを弾き始める。

「すごいです、お二人とも！　では、三番平賀、素数を数えます！」

平賀は感動した様子で立ち上がり、素数を数え始めた。

こうして笑いの絶えない三人の奇妙な宴《うたげ》は、エリーナが踊り疲れるまで続いたのだった。

「あー、魔女って最高だわ。次の作品のテーマは決まりよ。現代の神父様も、昔の魔女も、意外と科学的な人種だったんだとね」

「ええ、間違いありません。けど、こんな素晴らしいスープを作っていたベッラ・バッキさんが魔女裁判にかけられるとは、お気の毒です」

平賀が嘆くと、ロベルトが言った。

「エリーナさんによって自分のスープが再評価されれば、ベッラ・バッキも少しは報われるんじゃないかな」

ロベルトの言葉に、エリーナは天啓を受けたかのように手を打つと、ノートに大きく書き綴《つづ》った。


『歴代法王を支えた命のスープ。魔女ベッラ・バッキの秘術』


「新作のタイトルは、こんな感じでどうかしら？」

「いいですね」

「素晴らしいと思います」

ロベルトと平賀は暫くニコニコと笑っていたが、ハッとロベルトが真顔になった。

「いや、それはマズイ。現職の神父がスープの謎解きにかかわったとは、書かないで頂きたいのです」

するとエリーナは、残念そうに口を尖《とが》らせた。

「まぁ、お固いこと。ご職務に支障があるのかしら？」

「ええ。やはり教会は固いところですので……」

ロベルトは言い辛《づら》そうに頷《うなず》いた。

「じゃあ、登場人物の名前を変えれば、貴方達《あなた》だと分からないんじゃない？」

「ええ。それが望ましいですね」

「二人とも、どんな名前にして欲しい？　希望があればお聞きするわ」

エリーナの質問に、二人は同時に首を傾げた。

「そうですね……。ビル・サスキンス……いえ、僕はフランス人のギョーム・サルヴェールとでもして下さい」

ロベルトが答える。

「了解したわ。平賀神父は？」

「では……私は、シンという名前でお願いします」

「シンだって？　君なら『ローレン』と言うのかと思ったよ」

ロベルトは、思わず平賀に耳打ちして訊《たず》ねた。

「ロベルト、考えてもみて下さい。私はローレンの後見人、いわば親代わりなんですよ。こんな馬鹿騒ぎをしたと彼に知れれば、沽券《こけん》に関わります」

平賀もそっと、ロベルトに耳打ちをし返したのであった。


――それから半年後。新人作家エリーナ・カンパーナの著した『歴代法王を支えた命のスープ』がイタリアでヒットを飛ばしたことは、言うまでもない。

V A T I C A N
M I R A C L E
E X A M I N E R

独房の探偵

独房の探偵　前編

1

私の名はローレン・ディルーカ。

天才である。

人は私をそう呼んできたし、その評価に異議を挟むつもりもない。

現在、私は刑務所に服役中だ。

私のいる房は知能犯罪者達が収監される特殊房である。

普通の房よりいささか厳しい管理下にあると言えるだろう。

だが、警察に捕まって牢獄《ろうごく》に入るようでは、知的犯罪者とはいえない。

馬鹿よりこましな犯罪を行ったというだけで、それ以上の何者でも無い。

例えば、私の房の隣部屋にいる男は大型詐欺を犯した罪で入っている。

嘘の投資話で三千人の人々を騙《だま》し、二十億ドルの現金を巻き上げた奴だ。

そこまでは良いとして、その金を自身の贅沢《ぜいたく》費に使い果たし、捕まった時は無一文だったという。

それは頭が良いというのとは真逆の人間だ。

犯罪を行うならば最悪のシナリオも考慮に入れ、警察に捕まらないよう手配しておくべきだろう。

あるいは捕まった場合、好きなときに逃亡できるように計画ぐらいは立てておかなければならない。

では何故、天才であるはずの私が捕まったのか？

私は捕まったのではなく、警察に私を捕まえさせたのだ。

その理由は単純だ。保身の為である。

私はある組織から大きな取引を持ちかけられており、その件についてどのように応じるべきか、考慮する時間を必要としていた。

その為のいわば隠れ家として、刑務所を利用することにしたのだ。

ここから脱獄するなど、私にとっては造作もないことだ。

何故なら、私は捕まる前から自分が入れられそうな刑務所の全てを調査し、その構造を理解していたからだ。

世間は私をハッカーと呼んでいる。

確かに私はその罪状で捕らえられた。

その他の数々の嫌疑に関し、警察が私の尻尾《しっぽ》を摑《つか》むことは永遠にできない。

私自身が望まなければ……。

ともあれ、ハッキングはとても面白いゲームだ。

世の中のありとあらゆる秘密が部屋の中で観察できる。

それによって、私はこの刑務所の建築構造から、施設設備の配置、守衛達のこと、捕まっている犯罪者達のことまでも熟知することができた。

「ローレン・ディルーカ、面会の時間だ」

守衛がいつもどおりの時間に告げに来た。

私は複数の会社の経営者だ。それ故に、私の手足となって動く優秀な役員がいて、月に一度は経営の指示を仰ぐ為、面会に来る。

時には両親が面会を申し出てくるようだが、月に一度と決まっている貴重な日を瑣末《さまつ》な感情論に費やすような無駄はしない。

それらのことに私は興味がないのだ。

私の目に映る世界は、十パーセントの物質と二十パーセントの動植物と七十パーセントの無駄から構成されている。

物質とは即ち実在するものであり、それが化学変化を起こして姿を変えたとしても基本は不滅である。

動植物の動きは単純で、季節、天候、自然条件によって秩序正しく行動する。

残りの七十パーセントは、人間の頭が生み出す想像によって出来ている。

人間は現実ではないものを現実だと思い込む。

その動機の多くは感情である。

欲望、憐憫《れんびん》、恐怖、憎悪、嫉妬《しっと》等。

概《おお》ねはそのようなものによって、目の前にあるものを自分にとって都合のいい、あるいは都合の悪い対象として対応し、反応を起こす。

彼らが「思考」と呼んでいるものもまた、個々の妄想を根拠としている。

その為、人間の行動の多くは無意味かつ無秩序なものとなる。

それなのに人間は、自らの行動に秩序や意味を求める傾向がある。

おかしなものだ。

従って、誰かに何かをさせる為には、彼らの前に彼らが望むものか、望まないものかのどちらかを置いて、彼らを現在とは違う仮想現実に誘ってやればよいのである。

それを躊躇《ためら》う必要があろうか。

否。真実を見ようとする者など、居はしない。

＊　＊　＊

エドアルド・ロッカは三十二歳。

昨年まで証券会社のディーラーだったが、多額の契約金でヘッドハントされ、今では「サーキュレーションP」というプランニング会社の副社長を務めている。

その会社はローマのビジネス地区に自社ビルを構えているが、そこに勤務する人間は彼と三人の部下だけという奇妙なものであった。

エドアルドは毎朝、パソコンルームに出勤し、社長のメールを受け取る。社長は彼のパソコンに入っているファイルの番号を指示し、彼はそのファイルをチェックして社長に報告を返す。

すると社長から再び指示が来て、別のファイルのデータを言われた通り書き換える。

それだけで巨額の利益が魔法のように生み出されていく。

エドアルド達の給料は滞りなく支払われ、会社の資産内容にも問題はない。

ただ、社長の命令を理解している社員は自分を含め、誰一人として存在していなかった。

その社長の名を、ローレン・ディルーカという。

彼より一カ月早く入社した部下達の噂によれば、イタリア系アメリカ人の大富豪であるようだが、誰も社長の姿を見たことさえなかった。

恐らくは政財界の大物であろうその人物に空恐ろしさを覚えながら、半年余りが過ぎた時、エドアルドは社長から呼び出しを受け、ホテルの貴賓室へ向かった。

老獪《ろうかい》な怪物が自分を待っているのだと、緊張しながら彼は部屋に入った。

最初に目に飛び込んで来たのは、最上階の大きな窓に煌《きら》めく夜景。

その手前のソファには、年端もゆかぬ一人の少年が座っていた。

エドアルドが驚愕《きょうがく》していると、その少年が口を開いた。

「エドアルド・ロッカ君だね。私はローレン・ディルーカだ。

君が極めて優秀な観察眼を持っていることをかって、さらに仕事を増やしたいと思ってね。今日はその商談というわけだ」

淡々とそう言った少年の眼光は鋭く、その言葉には得も言われぬ威厳があった。彼が只《ただ》者《もの》でないことは明白であった。

エドアルドはその幼い姿にかえって底知れない恐ろしさを感じ、唾《つば》を呑《の》んだ。

「分かりました、社長」

すると少年は僅《わず》かに眉《まゆ》を動かした。

「社長と呼ばれるのは好きではないのだよ」

「では、どのようにお呼びすればいいでしょう?」

「他の者は私をマスターと呼んでいる。君もそう呼んでくれたまえ」

「分かりました、マスター。マスターは他にも会社をお持ちなのですか?」

「ああ、そうだね。世界中に百社ほどだが、この程度でいいかなと思っている」

「百社……ですか?」

すると、少年は無表情に頷《うなず》いた。

「ここでゆっくりと商談しよう。君の覚悟と働きによっては、今の十倍の報酬を約束しよう」

「有り難うございます。その仕事とは、どのようなものですか?」

「子供のお守り兼、安全係だな」

「子供のお守り……とは？」

「君の目の前にいるローレン・ディルーカという少年は十三歳なんだが、誘拐などが心配でね。陰ながら見張っていて欲しい。つまりはお守り係という訳だ」

少年は薄い唇をニッと持ち上げ、悪戯《いたずら》をする子供のように笑った。

なにやらこれはとてつもないことになりそうだ
だが、しかし面白そうだ……

エドアルドはそう感じたのだった。

さて、とマスターが言い、テーブルの上に置いたのは紙幣とコインだった。

「エドアルド君、君は世の中の仕組みを知っているかな？」

突然の問いに、エドアルドは答えることができず息を呑んだ。

すると少年は、あどけなく冷たい表情で言葉を続けた。

「なに、今のこの世界のパワーバランスについての話だよ。まず相当に普遍的で、世の中の資本のバランスの根本になっているものが何なのか分かるかね？」

エドアルドは証券会社にいた経験から頭を巡らせた。

「例えば、金《きん》などでしょうか？」

「そうだね。端的に言って、人類の指導者たちが争って奪い合っている物は、金、ダイヤモンド、石油、土地だ。国同士の戦争などはこれらの奪い合いが殆《ほとん》どの原因だ。では何故、彼らはそうしたものを欲しがると思うね？」

「それは……。資産的価値が高いからでは？」

するとマスターは皮肉っぽく笑った。

「違うね。それらは相場によって左右される。確定的な資産価値を数値によって計ることはできない。君もよく知っているだろう」

「確かに……。では何故でしょう？」

「単純な話さ。それらが物理的に安定しているから、という理由が第一だ。土地は大陸移動や天変地異等がなければ無くならない。立地条件がよく、肥えた土地ならば、商業的、農業的生産力も見込める。ダイヤは自然界に存在する物質の中で最も硬く、金は化学的腐食に対して非常に強い。どちらも普遍性と安定性に優れ、滅多なことでは無くならない物質だ。石油はまた別だ。今の人類の文明的な暮らしの原動力であるから、当分の間、需要はなくならない。そしていずれも活用できる代物だ」

「なっ、なるほど」

「次の質問だ。指導者の下にいる人々が何に価値を置いているか分かるかね？」

「価値ですか……。そうですね。人によって様々だとは思いますが……」

マスターは鼻を鳴らして笑った。

「人によって様々、かい。君も案外ロマンチストだね。

いいかい、人間社会の力の構図とは、かつては戦争や暴力で物を奪い合っていたのが、金銭というものの発明と流通によって、平和的に物質の交換ができるようになった。それは良い傾向の進化とは言えるが、昔から本質の所は変わっていない。要するに人が必要としているものはお金だよ。資金がなければ何もできない。それが現代だ」

「確かにそうです」

「つまりだ。指導者達は普遍的かつ物理的価値のある物を争奪し、その支配下にある人々には金銭を授与して物々交換を行わせる。これが世の中の仕組みだ」

「どうにも味気ないお話ですね。世の中とはそんなに単純なのでしょうか？」

「至極単純だ」

マスターは確信した口調で言った。

そしてテーブルに置かれた紙幣とコインを指さしながら、エドアルドに訊《たず》ねた。

「君はこのどちらに価値があると思うね？」

エドアルドは暫《しば》し考えた。

「マスターのお話からすると、額面の大きな紙幣ではなく、コインのほうでしょうか……。紙と金属を比べれば、物質的価値は金属の方が上ですし」

マスターはにやりと笑った。

「答えの半分は当たっているが、半分は外れだ。

確かに紙幣はただの紙切れだ。個人商店が発行する金券や百貨店組合が発行する金券の規模が大きくなったようなものだ。一方、コインには金属的価値がある。鋳造するコストがコインの貨幣価値より高いケースも数多くある。だが、コインを大量に貯《た》めておくには大きな倉庫が必要だし、運搬も厄介だ。この両者は時期によって価値が変わるのだ」

「時期ですか？」

「ああ。その国の経営がうまくいっていれば当然、額面の大きな紙幣の価値の方が高い。ところが、一旦《いったん》国が破綻《はたん》し始めると、彼らはコインの鋳造を少なくする。そうして最後は紙幣ばかりを刷るようになる。こうなった国はインフレ突入で紙幣価値は一気に下落だ。従って、国がコインを作ることを躊躇《ためら》いだした時に、コインを大量にため込み、そのコインの貨幣価値以上で、コインを鋳造する金額より以下の巨大取引を国に持ちかければ、コインは大化けする」

「確かに理屈はそうですが、そんな微妙なタイミングはプロでも分かりにくいですよ」

「不思議なことだ。だが私にはそのタイミングが予測できるのだよ。操ることも出来る。よって私の命じた通りに動けば、会社に損失は発生しない」

マスターの言葉を聞いて、エドアルドはごくりと唾を呑んだ。

それがまごうかたなき真実だと感じたからだ。

「妙な顔をしているね。君は私を悟りに至った者とでも感じているのだろう？」

「はい、マスターはまるで世界の全てを知っているようです。真実を見ているというか…

……」

「違うね。私が語ったのはただのありのままの現実だ。真実というようなものは未《いま》だに目にしたことが無い」

「そうなのですか？」

「真実など、その辺りに転がってはいないからね。

さて、僕のお守り役を引き受けるにあたり、君にはそれ相応の条件を出そう。金額は提示した通りだ。名誉、地位なども付随する。他には何を望むかね。愛やら尊敬やらといった抽象的な要求はやめてくれたまえよ。金と地位と名誉があれば、そうした物が手に入る確率も高くなるだろうが、結局は君のやり方次第であるし、私の得意分野でもないからね。さあ、君の望みを言ってみたまえ」

「当然、全て欲しいですが、マスターの知識が最も欲しいです」

「やはり、君はなかなか頭がいいね。僕には君のように独立させている部下が八名ほどいる。名を出せばすぐ分かる会社のオーナーだ。彼らは決して私を裏切らない。何故だと思うね？」

「それだけ忠誠心が強いのではありませんか？」

「忠誠心などというものは見えないので実在するかどうかは分からない。ただこれだけは言える。私を裏切って会社を横領したところで、私は痛くもかゆくもない。何故なら、君達が一生かけて得るものを、私は三ヵ月で得ることが出来るからだ。そして私を通さず仕事をしても、私と共にするより利益は薄いからだ。下手をすれば倒産もある。つまり、私の命令に従うのが経営者として一番賢い生き方だということだ。そして君は今からイタリア一の警備会社の社長となる。私に付いて来る気はあるかね？」

「分かりました、マスター」

彼を信じられると思った。

そして彼がどのようにして生きるのか、番人として見守りたいと思った。

興味深く、魅力的な人物だ。彼のようなカリスマにはこの先、一生会える気がしなかった。

2

私は忠実で頭の良い部下の一人であるエドアルドと面会した。

彼には警備会社の運営を任せている。

「マスター。アスレックス社からセキュリティ設備の依頼が来ていますが、いかがいたしましょう？」

「プランDを実行だ。詳細はファイルナンバー121のRR8に入っている」

「分かりました」

彼は早速メモをする。理解が早く、私の手足となるには適切な人材である。

「ところで、私はこのところの警察の処遇に、いささか不満を覚えている」

「どのような所にでしょうか」

「まず、セキュリティが脆弱《ぜいじゃく》過ぎる。それに加えて退屈だ。少しは楽しいゲームなどをしたい。そこで君から警察に申請書を出してもらいたい」

私は二人の間に設けた符牒《ふちょう》を口にした。

「どのような内容のものでしょうか」

「申請書151と29、30はクリアしたかね？」

「はい。完璧《かんぺき》です」

「よろしい。では申請書76と81を直ちに作成してくれたまえ」

「分かりました」

エドアルドは帰っていった。

五通の申請書。それらは私の刑務所にいる主要な人物との裏取引を成立させるための実行書である。

刑務所のシステムというのはどこでも変わることなく平凡である。

死刑囚以外の人間に対し、彼らは一様に監視と監禁、そして最後に更生という実に矛盾したシステムを適用しようとする。

その更生プログラムもまた退屈なほどに一様で、刑務所内において優等受刑者の中から班長を数名選び、受刑者に清掃、服のクリーニング、職業訓練などを受けさせるという愚かさぶりである。

例えば私の入っている刑務所では、アルメリコ・ジャンニーニという男が優等受刑者として各清掃班の清掃域の振り分けを行い、看守とともに監督している。

また、ドゥッチオ・ホルへはクリーニング業務のチェック係だ。

カルメーロ・バーニーは刑務所内の調理師で、彼はアルメリコから金を受け取り、時々、好物の羊肉を焼いている。

ジャコモ・バルバは刑務所必要品の在庫管理係で、守衛のルイス・カルダーノはギャンブル中毒で多額の借金を抱えている。

私はこの五人を手駒として使えると考え、彼らの家族の生活費、あるいは命の保証、さらには借金の返済の手伝いなどをエドアルドを通じて部下を使い、行っている。

勿論《もちろん》、彼らは私からそのような恩恵を受けていることなど、知る由もない。そしてまたその必要がない。

ただ彼らの各々が、自分が何をしているのかも分からずに、私に対して協力することになるのである。

この五人だけが特別なわけではない。

私はこの刑務所の人間関係と彼らが担う役割をコントロールすることで、私が望むものを、そして望むことをいつでも引き起こすことができるのだ。

つまり私は、この刑務所を牛耳っているのである。

面会を終え、私は自身の独房に戻った。

刑務所というところは不思議なもので、凶器などは常にチェックしているというのに、それをいつでも作製できる環境を整えている。

それもまた不思議な話だ。

幸いこの刑務所には、私の道具となり得る材料が有り余るほど揃っている。

それは鉄錆《てつさび》である。

この刑務所が建てられた時代は古い。故に建物のありとあらゆる所に鉄錆が発生している。

例えば鉄格子、食堂にある古い器具、そして建物の周囲に巡らされた鉄条網。

なんとも不用心なことに、彼らは一定期間それらを放置している。

私はそれを時々、爪でこそぎ落とし、錆の粉を手に入れている。

錆の粉。

それは塵《ちり》のようなものなので、眠っているベッドの枕の中にでも入れておけば、一週間に八グラムほど溜《た》まる。

誰もチェックすることなく、チェックしたとしても怪しまれないゴミだ。

こうして私の枕の中には、すでに二十二グラムほどの錆の粉が含まれている。

クリーニング班のドゥッチオ・ホルへは、毎週、枕の埃《ほこり》をはたくようにと言われ、そこから出た赤い錆をゴミ箱の隅から片づけないようにと指示されている。

彼にその意味は分からないが、マフィアである彼が不在時に起こる様々な揉《も》め事《ごと》から家族を守るため、躊躇《ためら》うことなくそれらを実行している。

そして今宵《こよい》、守衛のルイス・カルダーノは、クリーニング室にあるゴミの粉を、何故か調理室の計量器の中へと移すようにと命じられ、それによって十五万ドルの借金が返済出来るという動機から、それを実行するのである。

そしてカルメーロ・バーニーは、どうということもなくそこを離れるだろう。

次にジャコモ・バルバが備品の補給にやってくる。

その時、彼はこっそりアルミホイルを手にして、少しばかり切る。三枚の端切れのようなアルミホイルだ。

そして備品を配置していく時間内に、アルミホイルに計量器の粉を入れ、なるべくその粉を細くきつく巻き、目立たぬようにオーブンの中を見るふりをして、目につかない場所に置くのである。

人は自分が何のためにそれをして、それがどのような結果になるか、思考の中で繋《つな》がらなければ、全ては些細《ささい》なこととして記憶に残らない。

そしていかに記憶に残らないようにするかが、完全犯罪のコツなのだ。

そうして私は、この刑務所の機能全てを一時的に停止させる……。

アルミ箔《はく》にしっかり包まれた酸化鉄の粉。それはオーブンの中でどうなるのか。

当然、熱される。

刑務所の業務用オーブンは強力である。およそ千度まで熱することが出来る。

千度という設定で調理を行うことなどまずないが、その点は問題ない。

刑務所のオーブンは受刑者たち全てに食事を与えるために、フル稼働する。当然のことながらオーブンの内部では余熱がどんどんたまっていく。

それらは鉄錆の還元に必要なエネルギーを十分に与えてくれる。

錆びた鉄の還元に必要な温度は九百度だ。

アルミホイルは六百六十度もあれば溶けてしまう。

三日も放置すれば、鉄錆はアルミの膜をまとった細長い針金へと変化を遂げる。

それからどうなるか？

クリーニング班のドゥッチオ・ホルヘが、清掃中にこっそりと針金を取り出し、所定の者たちの受刑者服のポケットの底の縫い目の間に入れるのだ。

これはさほど難しいことではない。受刑者が凶器となるようなものを所有することは禁じられているが、皆、それぞれ独自の方法で、何らかの武器を手作りしている。

そして、朝の五時に届けられるクリーニングしたての服が翌日までに調べられる確率は、三十パーセント未満である。

余程の事件がない限り、不意の所持品審査は行われない。

刑務所というものは実にずさんだ。そんなずさんな装置に囚《とら》われている受刑者は間抜けである。

この刑務所の監視を強固にしているものといえば、様々な監視機器だ。

モニター、自動シャッター、警報器等々。

それら監視機器の中枢がどこにあるのか、私は知っている。

元電源の位置は三階中央の電源室。その隣にはモニター室と看守の部屋が続き、二部屋先がリネン室となっている。

清掃員としてこのエリアに入れるのは、優等な軽受刑者だけだ。

だが、誰もそんな場所に刑務所の管理システムの中枢があるとは知らない。

ここで私の手駒達の出番となる。

アルメリコ・ジャンニーニは誰よりもこの刑務所に長くいる終身受刑者だ。彼は新しく入ってくる連中にも顔が利く。犯罪者の大半は再犯者だからだ。

加えて、彼は慎重で口が堅い。下手に喋《しゃべ》れば死刑を免れ得ない罪を隠しているからだ。

私は代理人を通じ、アルメリコに三人の人間へ命令を下すよう伝言した。

軽受刑者であっても、死ぬほど脱獄したいという人間は大勢いる。その理由は主に個人的感情による。

例えば嫉妬《しっと》深いジョットという男は、自分が刑務所に入っている間に、妻が浮気しているのではないかと被害妄想になっている。

またコニーという男は、一週間後、子供が生まれる予定だ。

振り分ける。

ヴィーコという男は、先日、母が危篤との連絡を受け、心を乱している。

アルメリコ・ジャンニーニは、この三人を私が代理を通して指定した場所の清掃員へと振り分ける。

そしてこう告げる。

清掃中に近くのコンセントにこの針金を突っ込めば、自由に行動できる清掃員なら脱獄が可能だ、と。それにクリーニング用のゴム手袋をしていれば、感電はしない、と。

針金はドゥッチオ・ホルヘが、彼らのポケットにすでに入れている。

彼らは悩んだ末、今夜七時半にそれらを決行するだろう。

コンセントの二つの孔《あな》を針金で短絡ショートさせるということは、ほぼゼロΩ《オーム》をこの刑務所に流れる六百ボルトに繋ぐということだ。

その瞬間、大電流が流れる。

次の瞬間、配電盤のブレーカーが働く。

つまり中央配電盤がオフになり、監視機能が役目を果たさなくなるのだ。

当然、高電圧を張りめぐらせた塀にも、電流は流れなくなる。

電子錠を用いたいくつかの扉は開きっぱなしになる。

まして建物内は真っ暗だ。

パニックを起こす者、混乱に乗じて逃げようとする者も現われるだろう。看守達は銃で彼らを威嚇するだろう。

それら全てが数分の間に起こる。

コンセントに差し入れられたままの針金は高熱で溶け、その熱によって周囲の樹脂製品が変形したり、発火したりするだろう。

その時、私はどうするか。

勿論《もちろん》、何もしない。

私には逃げる気持ちなど微塵《みじん》もないからだ。

停電から十七分後には、非常用の発電機が作動し、数名の脱獄者を出しながらも、刑務所は元の状態に戻るだろう。

怪我人や死人が数名は出るだろうが、それは彼ら自身の選択の結果である。

騒ぎが収まった後、一体、誰がこの事件の首謀者なのかと、刑務所側は必死になって犯人捜しを行うだろう。

だが、その捜索は困難を極めることになる。

そうした無駄な時間を省くため、私は自分が首謀者だと名乗り出ることにする。

どうやって中央管理室の機能を停止させたのかは教えないままに……。

私に何故そんなことが出来たのかは、誰にも分からない。

それでいい。

彼らは私を恐怖しなければならないのだ。

私がハッキングの技術を用いずとも、この程度の事件を簡単に起こせる人間だということを知らねばならない。
そうでなければ、私に対する監視をより強固にすることは出来ないのだから。
彼らが私の処遇に悩んでいる間に、私の派遣した使者がこの刑務所にやってくる。
そして私はより安全で退屈しない生活を暫《しばら》くここで送るだろう。

おや、どうやらゲームが始まったようだ。
明かりが落ち、けたたましい足音やわめき声が聞こえてくる。
銃声がこだまし、誰かの悲鳴があがる。
火事だと叫ぶ声も聞こえてきた。
誰か愉快な奴が、発火したコンセントの周囲に可燃物でもくべたのだろう。
いずれにせよ現場は私の房から遠く、こちらに被害が及ぶことはない。
このまま大火事にでもなれば、今夜は大騒ぎになるだろう。
刑務所は火事になると、規定により受刑者達を逃がさねばならない。
それとも、ぼや騒ぎ程度で済むだろうか。
それは別にどちらでも構わない。
私はそろそろ眠ることにする。
お遊びは明日からだ。

3

翌日、私は計画の大きな実りを知った。

脱獄囚十二名。負傷者四十二名。

まずまずの成果である。

刑務所内は未《いま》だ騒然としており、職員達は脱獄囚の捜査に躍起になっている様子だ。

間もなく刑務所内の厳しい取り調べが始まるだろう。

その前に、私は刑務所長宛《あて》に自分が犯人だというメッセージを外部から送信させた。

三時間後、私は取調室に呼ばれた。

「当施設を機能停止させた犯人が君だという、メッセージが届いているのだがね」

刑務所長は威厳に満ちた大人物であるかのような、勿体《もったい》ぶった口調で言い、顎鬚《あごひげ》を撫《な》でた。背後に強面《こわもて》の監獄警察官を二名従わせたその姿は、相当に威圧的だ。

だが、刑務所長の権威など私には無意味である。

「ああ、犯人は私だ」

私はゆっくり腕組みをしながら答えた。

「本当にあれが君の仕業だというなら、何故、君自身は脱走しなかった？　君の目的は一体、何だ。話したまえ、ローレン・ディルーカ」

所長は凄味《すごみ》を利かせて言うと、両手を握り拳《こぶし》にしてテーブルを突くように数度叩《たた》いた。

私はマウンテンゴリラが行う、ナックルウォーキングを連想しつつ、肩を竦《すく》めた。

「退屈であったからね」

「貴様、ふざけるな！」

所長の背後から怒号が飛んだ。警官の一人、ルイス・カルダーノだ。

「一体、どんな手口を使って犯行をしたか口を割れ！」

顔を真っ赤にして怒りを表現している彼は、自分がこの脱走劇の駒の一つであったことなど、まるで気づいていない様子だ。

「止せ。密室における自白の強要は法律違反だろう？」

私は部屋に取り付けられた監視カメラをちらりと見て言った。

取り調べにおける被疑者への暴力行為は、今や全世界的な問題となっており、イタリア、イギリス、オーストラリア、アメリカ、香港《ホンコン》等では取り調べの可視化が義務づけられ、録画や録音が実施されている。私にとっては良い時代である。

もっとも、気の短いルイス・カルダーノは私を殴るかも知れないが、その時はエドアルドが次のファイルを実行する。

そう思った時、所長がもう一人の警官に目配せをし、警官はルイス・カルダーノを強く押し留《とど》めて注意を与えた。

ルイス・カルダーノは静かになったが、憎しみに満ちた目で私を睨《にら》んだ。

私は欠伸《あくび》交じりにこの茶番劇を眺めつつ、トルライフ・シェルデラップ＝エッベの言う『つつきの順位』が、この取調室に於《お》いても存在するのだなと、ぼんやり考えていた。

つつきの順位とは、ニワトリを人為的な空間に強制的に同居させる実験において、最上位の個体はそれ以外のすべての個体をつつき、二位の個体は一位の個体以外のすべてをつつき、最下位の個体は誰もつつかないが、彼がビリ二位になれば、最下位の個体のみをつつく、という実験観察結果から、鳥類並びにほ乳類の集団における順位制の存在を示唆したものである。順位制のメリットは、基本的に動物集団が内部の秩序を保つという点にあり、霊長類等の比較的高度な動物集団に於いては往々に儀式化される。

ただし、私は『チーム・ニワトリ』に所属する気は無い。

「ローレン・ディルーカ。君は、外部からここをハッキングさせたのかね？」

私を値踏みするような目で見ていた所長が、今度は声を和らげ訊《たず》ねてきた。

高圧的な人間――とりわけ、警察機構などという純権力構造の中に好んで身を置くようなタイプが私に対して取る態度は、何故だか大抵、このようになる。

最初に威嚇と脅迫、それに応じれば褒美をくれてやるという態度。

それでもこちらが靡《なび》かなければ、一層暴力的になるか、或《ある》いは鷹揚《おうよう》な人物を装いながら、逆に下手に出てくる。

いずれにしても対処法はあるが、この所長は後者であった。

「……そうかも知れないね」

私は居もしない外部協力者のハッカーの存在を仄《ほの》めかした。警官達の目が所内に向かい、此処《ここ》に敷いた布陣が乱れることは、私の本意ではない。

所長は身を乗り出し、話に食い付いてきた。

「やはりそうか。どうだね、その共犯の名を話す気はないかね？」

所長は取引を持ちかけるような口振りで言った。

「そうだね。何なら、話しても構わない。実は、ここの警備システムへのハックのやり方を、複数のハッカーに教えてやったんだ」

「それは誰と誰だ？」

私は名の知られた、目障りなハッカーの名を適当に述べた。

この捜査は見当違いの方向へ進むだろうが、どうせ私の教えたハッカー達は、誰もが警察沙汰《ざた》になると面倒な行為をしているのだ。そのうち幾つかの悪事を示唆してやれば、警察もその捜査に熱中することだろう。

私の情報はダイヤの鉱脈だ。所長がそれを掘り当てたとなれば、脱走事件の失地回復にもなろう。

私は御丁寧にも、彼らの個人情報を少しばかり、所長に教えてさえやった。

その日、私の処分は決まった。

私の希望通り、完全個室の特殊房行きである。

面会の権利はない。

従ってエドアルドとは会えないが、検閲された書類であればやり取りの許可が出るというので、概《おおむ》ね問題はない。

完全個室の特殊房一〇〇二。

かつて此処に入れられた犯罪者は数名しかいない。その誰もが、一分でも目を離すと危険と見做《みな》された重大犯罪者達であった。

外界と接触を持てない個室。

その中にある頑丈な檻《おり》。

檻の内側には強化ガラスが張りめぐらされ、監視カメラは二十四時間、私だけを撮《うつ》し続ける。

私と会えるのは、ごく一部の限られた警察関係者だけ。

刑務所内の何処へも行くことは許されない。

まさに私が理想とする環境である。

プライバシーの侵害があるだろう、と人は言うかも知れない。

だが、そんなものに拘《こだわ》るほど意味の無いことはない。

プライバシーなど、現代社会には既に存在しないのだ。

それよりも、五月蠅《うるさ》い隣室者もなく、完全に防衛されており、人目につかない最高の隠れ家。

そう。特殊房一〇〇二こそが、私のアジールなのだ。

私がそこで快適に寝起きし、一週間が過ぎた昼下がり——。

無闇に開くことのない特殊房の扉が開き、黒い制服に制帽、左の肩章から白いベルトを襷《たすき》に掛け、真っ赤なライン入りの黒ズボンを穿《は》いた、精悍《せいかん》な男が私を訪ねてきた。

その客人の名は、アメデオ・アッカルディ。

カラビニエリ（国家治安警察隊）特捜部《ROS》に所属する人物だ。

アメデオは私の独房に一歩入るなり足を止め、私を頭の天辺《てっぺん》から足の爪先まで眺め回した後、たっぷり五分ばかり絶句してから、ようやく口を開いた。

「……貴方《あなた》が本当に、あのローレン・ディルーカなのですか？」

私は彼の問いに対し、鷹揚に頷《うなず》いた。

「ああ、その通りだよ。アメデオ・アッカルディ」

彼が私を見るのは初めてだが、私は彼をとうに知っていた。近いうち、彼が此処を訪ねて来るだろうということも。

カラビニエリは陸軍、海軍、空軍に続いてイタリア軍を構成する第四の軍隊組織である。十二の機動師団大隊と騎馬隊、空挺《くうてい》部隊および特殊部隊、九の特殊師団、さらに五つの部署からなる特捜部からなり、一般の警察機能と軍隊としての機能とを併有している。組織のトップにはコマンドと呼ばれる参謀本部があり、軍事任務については国防省の指揮を、警察任務については内務省、その他の任務については関連省庁の指揮を受けて動く、いわば国家憲兵だ。平時は町の警官として働き、有事には軍隊やPKO部隊となるほか、在外公館の警備、文化遺産や環境の保護、食品衛生対策、偽造通貨対策など、彼らの任務は多岐に亘《わた》る。

中でもアメデオの所属する特捜部では、イタリア全土における組織犯罪、麻薬取引といった、国家治安に関する重大事件を取り扱っていた。

白バイやパトカーから戦車やヘリコプターまでを保有し、高い機動力を誇るカラビニエリではあるが、残念なことに馬鹿の集まりである。

警官と軍人に馬鹿が多いのは世界中同じだが、イタリアは特に酷《ひど》い。

少し複雑な事件となると、もうお手上げだ。

痴情、怨恨《えんこん》、金銭の貸借。彼らが早期に解決できる事件は、概ねこの部類だ。犯人を絞り込みやすく、動機が明確であるからだ。そして実際、多くの犯罪はこうした下等な感情から発生する。

世に言うところの難事件とは、それ以外のもの——即ち、頭の良い人間が起こした計画的犯罪か、もしくは異常性のある関係者が絡んだ複雑なケースである。

想像力と思考力に乏しい彼らは、この手の事件に関して赤子の様に無能であった。

二年前。私はとある連続殺人事件の捜査に奔走していたアメデオ・アッカルディに対して、真相を示唆したメールを送りつけ、大手柄を与えた。

それ以降も、ローレン・ディルーカという個人名で彼のアドレスに情報を送り、彼が担当する複雑な事件を解決してやっていたのだ。

無論、この事実は、私と彼だけの秘密である。

そうするうちに、アメデオは分析部門未解決事件課のトップにまで出世した。

だがここで彼に問題が起こる。私が警察に捕まり、連絡が取れなくなったのだ。

『解けない難事件はアメデオ・アッカルディへ』というお墨付きを頂いた彼に回されてくる事件の内容は、彼を相当苦しめている筈《はず》だ。

彼は必ず私に連絡を取ってくる。

私はそれを待っていれば良かった。

そして今。アメデオ・アッカルディは、困惑の表情を浮かべたまま立ち尽くしている。

難事件の協力者が子供であったという事実に、余程のショックを受けている様子だ。

だが、そんなつまらないことはどうでもいい。

「どんな事件が起こったのだね？」

アメデオ・アッカルディとの会話はそれだけで十分だ。

アメデオは制帽を取り、強化ガラスの向こうの椅子に腰を下ろすと、小声で話し始めた。

「難事件なんだ。有名な幽霊屋敷で殺人が起こった。

男が一人、血も流さず死んでいた。凶器らしきものも、目立った外傷もないが、その胸元には巨大な手形と、心臓を一本の指でえぐった様な痣《あざ》があった。

調べてみると、これと全く同じ事件が十二年前にも発生していた。男が密室で死に、胸に手形があった。当時も謎の事件として迷宮入りし、以来、その屋敷には『死んだ男の幽霊が出る』と噂されていたらしい。

現場は密室で、凶器がない。死因もよく分からない。検出された指紋は多数だが、犯罪者データと一致するものはない。どうだ、何か分かるか？」

「詳しい資料をもらえれば、何か分かると思うがね」

「分かった。何が必要か、言ってくれ」

アメデオはメモを取り出した。

世の中の雑音から隔絶された、快適な私の独房。

だがそこには時に遊びも必要だ。

アメデオ・アッカルディは、退屈凌《しの》ぎにうってつけのゲームの運搬人という訳だ。

この日、私はまた一つ、面白そうな玩具《おもちゃ》を手に入れた。

独房の探偵　後編

1

俺はメモを構え、目の前の少年をまじまじと見た。

強化ガラス越しに見る彼は、奇妙にも、俺にある物を連想させた。

ショーケースに入ったビスクドールだ。俺の娘が欲しがっているやつだ。

少年とも少女とも判別のつかない無垢《むく》な顔立ち。華奢《きゃしゃ》な身体。滑らかな肌。飴玉《あめだま》のように透き通った、琥珀色《こはくいろ》の瞳《ひとみ》。

その外見からは、彼が凶悪犯罪者だなどと想像もできない。

無機質な彼の目が瞬《まばた》きをしたかと思うと、薄い唇の端が持ち上がった。

「まず必要なのは、君達がこれまでに得た資料一式だ。君達は被害者の人間関係、金銭貸借の有無、痴情や怨恨の線を既に洗っているのだろう？」

「勿論《もちろん》だ。だが残念ながら、そこから犯人を絞り込むことはできなかった。なにしろ今回は、本当に不思議な事件なんだ」

「不思議な事件など、この世にありはしないよ。仮に現場が幽霊屋敷であろうが、幽霊が犯人だということはあり得ない。君は今まで幽霊が人を殺した事件に出会ったことでもあるのかね？」

ローレンは冷たく言った。

「い、いや、それは無いが……。それはつまり、君なら事件が解けると？」

「当然だ」

ローレンの言葉に、俺は思わず息を呑《の》んだ。

目の前にいるのは確かに年端もゆかぬ少年なのだが、その口調はいつも俺を助けてくれたメールの主と同じく自信に溢《あふ》れていた。

彼に縋《すが》ろう。心からそう思った。

「そ、そうしてもらえると助かる。資料はすぐに用意する。コピーになるが、構わないだろうか？」

「結構だ。被害者の顔写真や事件の現場写真も忘れずに頼むよ。それともう一つ。調査に必要なものがある」

「何でも言ってくれ」

「私は刑務所に入る前、眼鏡とコンタクトレンズを発注していた。それを取って来て欲しい。書類に目を通すにあたって、眼鏡無しでは不自由だからね」

「いいとも。どこの眼鏡屋だ？」

「カルロ通り一一五四番にある、I miei occhi（私の目）という店だ」

「ああ、その店なら知っている。俺の妻も使ってる眼鏡屋だ。そこへ行けば、君の眼鏡が取り置かれているんだな？」

するとローレンは小さく頷《うなず》いた。その仕草は幼く頼りなげであった。

「何しろ私はこの通り、自由に動けないのでね。アメデオ君、君には色々と協力して貰《もら》いたい」

「分かった。それと被害者の人間関係の資料と現場写真、被害者の顔写真を持ってくればいいんだな」

腰を浮かせかけた俺を、ローレンが呼び止めた。

「それともう一つ。ローマ警察にいるフィオナ・マデルナという心理学者を、君の相談役としてチームに迎えて欲しい。何度か君と組んで難事件を解決した事もある、あのプロファイラーだ」

「フィオナ・マデルナか……」

俺は、美しいが酷く病的なフィオナの姿を思い浮かべ、溜息《ためいき》を吐いた。

そう。ローレンの言う通り、彼女は優秀なプロファイラーであった。

だからこそ、ローレン・ディルーカが逮捕され、捜査に行き詰まった俺は、フィオナを頼って一度はローマ警察へと足を運んだのだ。だが、しかし――。

「残念だが、それは無理だ。フィオナは病気で休職中なんだ」

「ほうっ。何の病気なんだね」

「大きな声では言えないが、神経衰弱だと聞いている。状態はかなり悪く、聖ベルナデッタ病院の別棟に入院中らしい」

「らしい、というからには、直接の面会はしていないんだろう?」

「ああ。けど、ロクに会話もできないそうだ」

するとローレンは細い顎《あご》に指を添え、怜悧《れいり》な目で俺を見た。

「心理学者なんて、皆、多少は神経を病んでいる。フィオナ・マデルナがそうだからといって、私は気にしないね。君はこれからフィオナに面会し、事件への協力を求めたまえ。大尉殿にそれが出来ないとは、私には思えないがね」

「そ、それは、面会に行くぐらいなら構わないが……。それにしてもだ。君のように自信に溢れた人間が、名指しでチームメイトをご所望とは、何やら意外だ。フィオナ・マデルナは、君の目から見て、それほど優秀ということか?」

「優秀かどうかは見方によるがね。フィオナは観察力に優れ、人間感情に鋭敏だ。私と君の欠点を補うだろう」

俺は暫《しばら》く考え込んだが、意を決して顔をあげた。

「……分かった。そこまで言うなら、俺もできるだけの事をする。だが、ことは俺の責任問題に関わる。無茶をするからには、この事件を必ず解決しなきゃならん」

「心配無用だ。事件は私が必ず解決してやる」

ローレンは即答した。

俺はメモを手に、彼の独房を後にした。

自然にほうっと安堵《あんど》のため息が漏れる。

脇の下にはびっしょりと脂汗をかいていた。

ローレン・ディルーカが何故、捜査に協力してくれるのかは謎であったが、ともかく俺の立場と名声は、首の皮一枚で繋《つな》がったという訳だ。

刑務所を出ると、ブルネットの豊かな長髪をなびかせ、部下のエンリカ・ビバロが駆け寄ってきた。

「大尉、お疲れ様です」

エンリカは名門ローマ大学からカラビニエリに入隊してきた、エリート女性だ。

努力家で頭が切れると部内の評価が高く、入隊一年にして早くも少尉となった。

実際、彼女の主導で既にいくつもの事件が解決されている。

俺にとっては、いつ自分の地位を奪いに来るか分からない、油断ならない相手である。

「特殊房の囚人は、大尉に何を言ってきたんです？」

エンリカは才女然とした、気難しげな表情で訊《たず》ねてきた。

「ローマ警察が証拠を摑《つか》めない彼の犯罪について、いくつか尋問をしてきたんだ」

俺は用意していた嘘を吐いた。

「それで、彼は何か吐きましたか？」

「いや、微妙なところだな。ゆっくり時間をかけたほうがいいだろう。なにしろ随分と気難しい」

「たかだか十五歳にも満たない少年です。一度、私が彼に接触して誘導尋問をかけてみましょうか？」

エンリカは野心丸出しの顔で言った。

「その必要はない。ローレン・ディルーカは、私以外の外部の人間とは面会しないと明言しているからな」

「どうして大尉とは会うんです？」

「変人の考えることだ。俺には分からんよ。それより、随分曇ってきたな」

俺はどんよりとした黒雲を見上げながら、車の後部座席に乗り込んだ。

エンリカが運転席に座る。

「少尉。署へ戻る前に、カルロ通り一一五四番の眼鏡屋へ寄ってくれ」

「分かりました」

ほどなく車はカルロ通りにさしかかった。

高級ブティックや貴金属店が軒を並べる一角に、「I miei occhi」の看板が掲げられたガラス張りの建物がある。メタルキューブを組み合わせた近未来的なデザインが一際目立つ眼鏡屋だ。

エンリカを車内で待たせ、店舗に足を踏み入れると、普通の眼鏡やサングラスは勿論のこと、望遠鏡から顕微鏡、暗視スコープ等々がずらりと展示され、フロアは大勢の若者客で賑《にぎ》わっていた。

受付に行き、ローレン・ディルーカの名を告げて、取り置きしてもらっていた眼鏡を受け取りたいと告げる。

「マネージャーが参りますので、ソファにかけてお待ち下さい」

受付係はそう言うと、どこかに電話をかけ始めた。

暫くすると、仕立てのいいスーツを着た男性が現われた。上背が高く、洒落《しゃれ》た眼鏡をかけている。

「ローレン・ディルーカ様、お待たせ致しました。度数の最終確認を致しますので、測定室へお入り下さい」

男は店の奥にある扉の一つを示して言った。

「いや、その必要はないんだ。実は、俺はローレン・ディルーカじゃない。本人に頼まれて眼鏡を取りに来ただけなんだ。視力測定の必要はない」

すると男は僅《わず》かに片眉《かたまゆ》を持ち上げた。

「はい。貴方《あなた》様のお名前は存じておりますよ、アメデオ・アッカルディ様。しかしながら、ローレン様の眼鏡をお引き取りになる御方には、どなた様であれ、視力測定が義務づけられておりますので」

男の言葉には有無を言わさぬ迫力があった。

（この男……）

その時、俺は確信した。

此処《ここ》はただの眼鏡屋ではない。ローレン・ディルーカの息がかかった場所であると。

それにしても不思議なのは、「I miei occhi」といえば、今や若者からシニア層にまで人気の眼鏡チェーン店で、国内外に百店舗以上を展開している筈《はず》だ。

そんな有名店とローレン・ディルーカに、何の関わりがあるというのだろうか。

ともあれ、男に促されるまま、測定室と書かれた個室へ入り、視力測定の椅子に座る。

男はその正面に立ち、軽く会釈をしてきた。

「初めまして。私はエドアルドと申します。ローレン様の後見人を務めさせて頂いております」

「I miei occhi とローレン・ディルーカは関係しているのか？」

俺は一番気になっていた事を訊ねた。

「はい。この店舗はローレン様の傘下にある会社の一つ。ローレン様……いえ、私達はマスターとお呼びしておりますが、マスターが必要とする情報を提供するのが主な役割でして、眼鏡店というのは建前です」

「なっ、いやしかし、ここは有名な眼鏡チェーンだろう……」

「ええ。軽くて形状を加工しやすいフレームと、特殊な製法による薄型レンズが人気ですが、それらはマスターの持つ特許技術のごく一部のものです。

そしてマスターの補佐をし、退屈させないための遊戯を用意するのが私の役目です」

「遊戯とは、どういう意味だ？」

俺の質問を、エドアルドは軽い微笑みを浮かべて無視した。

狐につままれたような気分だったが、ローレン・ディルーカという少年が何やら恐ろしい力を持っているらしいことだけは分かる。

「こちらがマスター専用の眼鏡です」

エドアルドは革の箱に入った眼鏡と、コンタクトレンズを差し出してきた。

「中を見ても構わないか？」

「勿論《もちろん》です。どうぞお調べ下さい」

俺は眼鏡とコンタクトを入念に確認したが、不審な点はない。

「分かった。これは預かろう」

「はい、有り難うございます。アメデオ様、貴方とは何度かお会いすることになるでしょう。以後、どうぞお見知り置きを」

エドアルドはやたらと丁寧なお辞儀をした。

署に戻り、事件の資料一式をコピーした後、俺はフィオナ・マデルナが入院している病院を訪ねなければならなかった。

病院。ことに神経性の重症患者がひしめく病棟に足を運ぶなど、正直、気が進まなかったが、それがローレンの条件ならば仕方が無い。

同僚の見舞いと称して病院側の許可を取り、車を飛ばした。

辿《たど》り着いた先は、見るからに不吉で古色蒼然《こしょくそうぜん》とした病棟だ。

イタリアに精神病院というものは存在しない。だが、分厚いコンクリートの塀に囲まれたその病棟は、他とは違う異様な雰囲気に包まれていた。

雑草で荒れ放題の庭には人影もない。

患者の健康のために配慮されるべき明るさや温かさといった要素は微塵《みじん》もない。

それだけ救いのない患者が収容されているのかと、気が重くなる。

機械じみた無表情な職員に案内されて、塗装の剝《は》げた廊下を通り、すり減った階段を上る。

その間にも時折、獣の雄叫《おたけ》びのような異音が建物内に反響していた。

職員は鍵《かぎ》のかかった扉をいくつか開き、奥へ入れと合図をする。

薄暗く湿った空間には、下水のような悪臭が立ち込めていた。

空気清浄機が余り機能していないのだろう。

廊下の両側には、鉄格子の窓がついた鉄の扉が並んでいる。

錆《さ》びついた鉄格子の間からは、独り言を呟《つぶや》きながら徘徊《はいかい》する患者の姿や、泣き叫ぶ患者の姿が、薄闇を割って視界に飛び込んで来る。

壁には黒い染みが、大理石のようなマーブル模様を作っていた。

不規則なその模様を見ていると、身をくねらせる怪物の形が浮かび上がってくるようだ。

まるで呪われた辺獄《リンボー》だ。

(こんな所にフィオナがいるのか……)

俺は絶望的な気分に襲われていた。

職員は八号室と書かれた扉の前で立ち止まった。

「ここがフィオナ・マデルナの個室だ。彼女は滅多に暴れやしないが、話ができるかどうかは分からねえ。それにもう二ヵ月以上誰とも喋《しゃべ》っていないし、テレビや新聞も受け付けねえ。人の言葉を覚えてるかどうかも分からねえな。

とにかく、あんたが部屋を出たい時や、異常事態が起こった時は、この緊急ボタンを押してくれ」

職員は赤いボタンのあるリモコンを手渡すと、腰につけた鍵の束から一つを選んで、八号室を解錠した。

最初に視界に入ったのは、むき出しのトイレだ。

それから意味不明な文字や迷路のような図形がびっしりと描かれた壁面。

俺はその所々に、意味のある絵を見つけることができた。

切断された頭蓋骨《ずがいこつ》。引きちぎられた手足。串刺《くしざ》しにされ、刺青《いれずみ》が描かれた死体。いずれもフィオナがプロファイラーとして関わった、異常な殺人事件を暗示している。

空間恐怖症めいた執拗《しつよう》さでもって、幾重にもかき重ねられたそれらの落書きは、不気味な生物の内臓のようにグロテスクだ。思わず嘔吐《おうと》しそうになる。

部屋の奥には固そうなベッドがあり、その隅で小さく蹲《うずくま》っているフィオナ・マデルナの背中があった。

白い病衣越しに、尖《とが》った背骨が透けて見える。

白状しよう。俺はこいつが苦手だ。見ていると不幸と不安が伝染《うつ》りそうな気がするからだ。

「よう、フィオナ。久しぶりだな。俺だ、アメデオだ」

俺は精一杯の空元気を出して声をかけた。

だが、フィオナは無反応だ。

職員は俺を宥《なだ》めるかのようにポンと肩を叩《たた》くと、部屋を出て行った。

ガチャリと背後で鍵の閉まる音がやたらに大きく響く。

どうしたものかと溜息《ためいき》を吐き、あらためて室内を見回した時、俺は壁の落書きの中に、大きな手形の絵を見つけ、ぞっと肝が冷える思いがした。

二カ月以上テレビも新聞も見ていないフィオナが、先月起こった幽霊屋敷の怪死事件を知っているというのだろうか。

だが、フィオナが何かを知っているというなら、何が何でも聞き出さねばならない。

俺は深呼吸をし、そっとフィオナに近づいた。

「フィオナ、俺を覚えているか？　カラビニエリ特捜部のアメデオだ。君に捜査協力をお願いしたい」

だが、フィオナは答えない。背中が小さく震えているだけだ。

「答えたくないのか？ それも仕方が無い。俺だって、こんな状態の君に何と言っていいかわからん。此処へ来たのは、ローレンにそうしろと言われただけだし……」

その時、彼女の肩がビクリと動いた。

「……ローレン？」

「ああ。ローレン・ディルーカだよ。覚えているか？ 事件を捜査中の俺達に、何度かメールでアドバイスをくれた謎の人物がいただろう？ 俺は今日、彼に会ってきた。そしたら彼が、君に捜査協力を頼めと言ったんだ」

すると、フィオナはゆっくりと振り返った。

その顔はげっそりと窶《やつ》れ、目の下には酷《ひど》い隈《くま》ができている。唇はひび割れ、頬には干からびた涙の痕《あと》が幾重にもついている。

精神状態は明らかに悪そうだ。

だが、印象的なグレーの大きな瞳《ひとみ》と、青白い顔にかかる縮れた黒髪は、かつて美人プロファイラーと呼ばれたフィオナ・マデルナのそれである。

フィオナは割れんばかりに眼を見開き、俺を見上げた。

「協力？ 捜査に協力……？」

「ああ、そうだ。また厄介な事件が起こりやがった」

するとフィオナの青ざめていた顔が、みるみる血の気を取り戻した。

「……やる。ローレンとなら、やれる。そしたら、ローレンに会える？」

「ああ。そのように取り計らおう。もっとも、君の主治医の許可が出ればだがな」

するとフィオナは、子供のようにコクコクと頷《うなず》いた。

その時俺が感じたことは、ローレンがフィオナを必要としたように、フィオナもどうやらローレンを必要としているらしいという事だ。

しかし、それが何故なのか、理由は皆目分からなかった。

変人同士、余程波長でも合うのだろうか。

2

翌夕。眼鏡と資料を持ったアメデオが、再び私の独房を訪れた。

五名の警官と医官がガラス越しに見守る中、私はコンタクトをつけ、眼鏡をかける。

勿論、彼らはこの私物をX線にかけて入念にチェックしただろうが、これらはX線を湾曲させ、中のものを分からなくさせる塗装がされている。

いわゆるステルス塗装である。無論、私のまだ世に出していない発明の一つだ。

「ローレン君、具合はどうだね」

医官が訊《たず》ねてきた。

「……ふむ。少し調整が甘い気もするね」

「ふざけるな！　だいたい、眼鏡もコンタクトも必要なんて、おかしいだろう！」

私の言葉を遮って、短気なルイス・カルダーノが叫んだ。

「よせ、ルイス。眼鏡等によって視力矯正を受ける権利は囚人にもある。特に乱視が強いケースでは、眼鏡とコンタクトの併用に効果が認められる」

医官は私が書かせたカルテを見ながら言った。

「けど先生、こいつがあんまり生意気なんで……」

まだ不満げなルイスの肩を抱くようにして、医官達は去って行った。

私はその背中に向かって言った。

「誤解しないでくれ給え、ルイス君。私は感謝しているんだよ」

その言葉に嘘はない。

今、私の眼鏡のレンズには、特殊コンタクトを装着した私だけに見える画像が浮かんでいる。

暗証番号を打ち込むための、七つの白いボックスだ。

そこで私は眼鏡のツルの部分を自然な動作で動かしながら、番号をタイプした。

『アクセス認証されました』

待ちに待った文字列が目の前に浮かんだ。

何処にいようと、誰に監視されていようと、私は自分が作り上げたネットワークと繫《つな》がることが出来た時点で、最大限の自由を手に入れる。

これから私は見聞きするもの全てのデータを、眼鏡に仕込んだメディアに記録することが可能となった。

私は鉄格子の側に直立不動の姿勢で立っているアメデオに声をかけた。

「待たせたね。資料を見せてもらおうか」

アメデオは頷き、担当の看守にファイルを手渡した。

看守が強化ガラスに開いた受け渡し口から資料を差し入れる。

私はファイルを開いた。

一番上には被害者のデータを記した紙がある。

被害者の氏名はパウロ・オーティ。白人。栗毛。四十五歳。百七十四センチ、五十キロ、痩《や》せぎす。婚姻歴あり。七年前に離婚。息子が二人。病歴なし。借金なし。

三年前の九月より、トレメッツォ村の借家で一人暮らし。

一カ月前、滞納していた家賃の取り立ての為、大家が屋敷を訪れ、異臭に気付いて通報。地元警察がパウロ・オーティの遺体を発見した。

続いて、鑑識の資料と現場写真がある。

一枚目は家屋の写真だ。

深い森の暗い茂みに囲まれた、薄暗い家である。築年数は相当古い。その家では、全く同様の事件が十二年前にも起こっており、「幽霊屋敷」と噂されていたようだ。

二枚目は現場のロングショット。

これはなかなか壮観だ。

薄暗い室内に、無数の光る目玉が浮かんでいる。

そして夥《おびただ》しい物に溢《あふ》れた部屋の汚れた床の上には、瘦せ細った男が倒れていた。

顔や衣服の汚れから、清潔好きでないことは一目瞭然《いちもくりょうぜん》だ。

被害者の傍らには、奇妙な民族風の帽子が落ちている。

床には埃《ほこり》が夥しいものの、血痕《けっこん》はない。

三枚目から十枚目までは、現場の遺体のクローズショットである。

死体の眼は見開かれ、人の感情に疎い私にでも、それが苦悶《くもん》の表情だと分かる。

胸元には何度もひっかいたようなほつれと乱れがある。しかし、服のボタンはしっかりと留まっている。

目立った外傷や血痕はなさそうだ。

いや、肘《ひじ》の裏側に発疹《はっしん》の痕がある。

皮膚はぱさぱさと乾いた感じで、表皮が剝《は》がれ落ちた痕がいくつか見られた。

十一枚目から十六枚目までは、現場の部屋の様子を写していた。

そこで分かったのが、光る目玉の正体だ。何十羽というフクロウが、その室内では飼われていたのだ。

全部で三十二の個体と三十のケージを数えることができる。

それらのフクロウたちの状況は頂けなかった。

殆《ほとん》どが痩せ細り、羽もボロボロである。傷つき、白骨化しているものもいた。ケージは作りそのものは立派であるが、傷みが酷く、あちこち錆《さ》びて糞尿《ふんにょう》にまみれている。ケージの内外には、大小の羽毛や羽鞘《うしょう》から出る白い粉が飛散していた。掃除には著しく不精であるようだ。

室内には、他にも雑多な小物が散乱していた。

玩具《おもちゃ》や衣服、カバンに新聞紙、得体の知れない紙の束、あふれ返る段ボール。そんな中にフクロウを繋留《けいりゅう》する架《ほこ》があったかと思うと、餌皿やバケツが転がっている。

中でも私の眼を惹《ひ》いたのは、セルロイドの古めかしい人形だ。パウロ・オーティの趣味だろうか。

最後の四枚の写真は、検視の際のものだ。

被害者の左胸には、掌《てのひら》の形をした紫の痣《あざ》がある。その人差し指の部分だけが、深く皮膚を抉《えぐ》ったかのように、黒っぽく色づいていた。

資料によれば、死体が倒れていたのは、部屋の中央からやや扉の近くに寄った場所。鍵《かぎ》は施錠され、窓には固い鉄格子がはまっていた。

解剖の結果、死因は心停止。以上。

私はその稚拙な報告書に眼を通し終えた。

＊　＊　＊

薄笑みを浮かべながら書類を捲《めく》るローレンの態度に、アメデオは冷や汗を流した。

あの家に纏《まつ》わる嫌な噂、饐《す》えた匂い。密室で発見された遺体についた巨大な掌の痣。

思い出しただけで身の毛がよだつ怪事件だ。

なのに目の前の少年は、お気に入りの漫画でも読んでいるかのような顔つきだ。

あどけない笑顔が、却《かえ》って恐ろしい。

もしかすると、自分はとんでもない悪魔と取引をしたのではないかと思えてくる。

（だとしても、俺には彼を頼る以外に道はないのだが……）

ごくり、と唾《つば》を呑《の》んだ時、ガラス玉のようなローレンの眼がアメデオを見た。

「な、何か分かったか？」

「そうだね。私としては、この人形のことが知りたいものだね」

ローレンは写真の片隅に写ったセルロイドの人形を指して言った。

「人形？　そんな物とこの事件に何か関係があるのか？」

「それをこれから調べるのだよ。それから、遺体の側にあった帽子を持って来ることはできるかね？」

アメデオには、帽子や人形が事件の真相に関係しているとは到底思えなかったが、取り敢《あ》えず頷いた。

「分かった。帽子は持って来よう。人形の方は、何を調べればいい？」

ローレンはガラスの向こうで脚を組み、宙を見つめた。

「人形の背面あたりに型番が打ってあるだろう。それを確認することだ。そして、この人形を移動させたのなら、人形が元いた場所の写真を撮るんだ」

そんなことで何が分かるのかと訝《いぶか》りながらも、アメデオはローレンの要望をメモに記した。

「あとは？　あとは何が必要だ？」

「現場の写真がもっと欲しい。部屋全体が分かる写真と、室内にある全ての物を詳細に写した物。現場以外の全ての部屋と、家屋そのものを写した物もだ」

「分かった。現場にいる部下に撮らせて送らせる」

「このコピー資料は、暫《しばら》く私の手元に置いておきたい」

「ああ、存分に」

するとローレンは部屋を監視するモニターに向かって言った。

「聞いたかね？　私は十六ページからなる報告書の紙と、二十枚の写真を保持することになる。構わないね？」

するとスピーカーから声が応《こた》えた。

『仕方ない。許可しよう。ただし、書類関係も写真も、常にカメラから見える場所に置いておくように』

「了解したよ。それから、何でも良いから筆記用具が欲しい。君達は監視しやすい物の方が良いだろうし、私は書き消しできる物が欲しい。そこで、ガラスボードとマーカーを用意して貰《もら》いたい」

『……考慮する』

一言だけ、答えが返ってきた。

それだけのことを許すのに、何をそんなに慎重になっているのか、アメデオには理解不能であった。

「ところで、フィオナの方はどうなった？」

「ああ。彼女には面会してきた。酷《ひど》い所だったぞ。本人から調査協力の意志が確認できたので、事件協力という形で、一時退院の許可も取り付けた。だが、退院時のカウンセリングやら諸々《もろもろ》の手続きやらに、四、五日は必要ということだ」

「ふうん。長くかかるもんだね」

「仕方が無いだろう。フィオナは君に会いたがっていた。退院したら、彼女を此処《ここ》へ連れて来ればいいのか？」

「ああ、そうしてくれ」

その日の会談はそこまでであった。

アメデオが特殊房の檻《おり》を出ると、外で待ち構えていた看守が二人がかりで慌てたように施錠をする。

「何をそんなに慌てる必要があるんだ？　ローレンは強化ガラスの向こう側だ。手も足も出ないさ」

　アメデオの言葉に、看守達は困り顔を見合わせて答えた。

「はあ、そうなんですが、念には念を入れろとの所長命令なんです」

「ええ。我々はあの箱の中にいる彼の手に、何一つ危険物を渡すまいと、日々、苦心しているのです。仮令《たとえ》紙コップ一つでもです。あのローレン・ディルーカに対してやりすぎなどというものはありません」

　それから五日後。アメデオはフィオナ・マデルナを伴って刑務所を訪ねた。

　ざんばらに乱れていた髪を短く切り、黒いパンツスーツを無表情に着こなしたフィオナは、外見だけ見ればクールなファッションモデルのようだ。

　通りすがりの警官の中にはフィオナに熱い視線を送る者もいたが、彼女は酷く緊張した様子で、アメデオの背中に隠れ震えていた。

　まだまだ精神的に不安定なのだろう。退院を強行したのは間違いだっただろうかと、アメデオは溜息《ためいき》を吐いた。

　二人は特殊房へ辿《たど》り着いた。

　トイレと洗面台、布団の無いベッドと椅子しかなかった彼の独房には、新たに大きなガラスボードと一本のマーカーが備わっている。

「フィオナを連れてきたぞ」

アメデオが言い終わらぬうちに、アメデオの背中に隠れていたフィオナが、はぐれていた親と遭遇した子供のように表情を輝かせ、ガラスの側ににじり寄った。

「君……君がローレン・ディルーカ？」

ローレンはちらりとフィオナを見て頷《うなず》いた。

「ああ、そうだよ。顔を見るのは初めてだね、フィオナ・マデルナ」

ローレンの抑揚の無い声に、フィオナは何度も頷き、涙ぐんだ。

「やっと会えた……。ボクはずっと混沌《こんとん》に捕まっていた。たまにあるんだ。犯人の頭の中から出られなくなるんだ。地獄から救ってくれる誰かを待ってた。貴方《あなた》がボクを檻の中から出してくれた。ボクのマスター……」

フィオナの言う訳の分からない言葉に、ローレンはゆっくり頷いた。

「フィオナ、前の事件なんて忘れてしまえ。今度の事件はとっておきだ」

「どんな事件なんですか？」

フィオナはそっと訊《たず》ねた。

「姿無き手が、被害者の心臓を摑んで殺したんだ」

ローレンが答えると、フィオナはうっとりしたような表情になった。

「素敵だ。それで、ボクは何をすればいいのだろうか？」

「君には現場をよく観察してきて貰いたい。二日ばかり現地で寝泊まりして、気付いたことを私に教えてくれ」

「分かった」

フィオナは素直に頷いた。

「アメデオ君」

「な、なんだ」

ローレンから不意に名を呼ばれ、アメデオはどぎまぎしながら答えた。

「君は事件協力者を守る立場だ。君も同伴で現場に宿泊してもらおう」

「俺に二日間も幽霊屋敷で寝泊まりしろって言うのか？」

「そうとも。まさか、退院したばかりのフィオナをたった一人、陰惨な殺人現場に寝泊まりさせる訳にはいかないだろう？」

あんな忌わしい現場に、半ば正気でないフィオナと二人で籠《こ》もるなど、至極気は進まなかったが、アメデオには断るという選択肢がなかった。

「……いいだろう」

「さて、五日前に頼んでいた件だが、どうなったかね」

「ぬかりはないさ」

アメデオは鞄《かばん》から二枚の写真を取り出した。

一枚は人形の背についていた型番と社名を表すロゴの写真。もう一枚は人形が置かれていた棚の写真だ。

二枚の写真をガラス越しに見せると、ローレンは「ほうっ」と呟《つぶや》いた。

「死体の側にあった帽子は？」

「それも持って来た」

アメデオは鞄から帽子を取り出し、ガラスの前で回転させて示した。

「あの帽子を直接手に取ってみたい。すぐに返すが、それで構わないかね」

ローレンは監視カメラに向かって言った。

『許可しよう』

スピーカーの声に反応した看守が帽子を受け取り、受け渡し口から房の中へ入れる。

ローレンはそれを十分ほどひねり回しながら観察し、匂いを嗅《か》ぐと、アメデオに返した。

「鑑識で付着物をよく調べてみたまえ」

「付着物とは？」

「ついているダニだとか、唾液《だえき》のDNA鑑定だ。それと、唾液の成分を検査してもらうといいだろう」

「この帽子に唾液がついていると？」

「ついている。左下にほつれが有り、歯形がついている。その帽子を噛《か》む癖があった何者かが、現場の部屋にいた事になる」

アメデオはそう言われ、帽子を見た。確かに左下にほつれが目立っている。

だが、歯形かどうかはアメデオには分からなかった。

「本当に歯形なのか？」

「唾液の匂いと薬品の匂いがするからね」

ローレンは事も無げに言うと、「他の写真は？」と訊ねた。

アメデオは写真の束を鞄から取り出し、ガラス越しにローレンに見せた。

ローレンの視線は、写真をスキャンでもしているかのように正確に動いている。

古びた家と薄汚い部屋としか形容できない物のどこに興味を惹《ひ》かれているのか、彼は「なかなかに興味深いね」と呟いた。

特に彼がゆっくりと見たがったのは、現場とは無関係な部屋の写真だ。

書斎の飾り棚を写した写真のことは、手に取ってまで見たがった。そこに写っていたのは平凡な家族写真だけで、大凡《おおよそ》、事件の鍵《かぎ》を解くような代物ではない。

最後の一枚まで見終わると、ローレンは顔を上げた。

「君、パウロ・オーティの遺族には会ったのかい？」

「当然、任意で取り調べたさ。だが、遺族は無関係だな。パウロには死亡保険もかけられていないし、彼の資産は五百ユーロぽっちしかなかった。彼が死んで得をするような家族はいない。そもそもパウロと遺族は、離婚後、殆《ほとん》ど顔も合わせていなかったようだ」

「二人の息子も、パウロには会っていないと？」

「正確にいえば、次男だけは、離婚後も何度か父と会っていたらしい。

だが、幽霊屋敷に住み始めた頃から彼の様子がおかしくなり、まるで取り憑《つ》かれたように『家に幽霊が出る』と繰り返し、フクロウを増やすようになったそうだ。それで次男も父親と会うのが嫌になったと言っていた」

「へえ、楽しいね」

ローレンは素っ気なく言った。

「パウロの元妻と長男は、パウロを嫌い、離婚以降は全く会っていないそうだ」

「パウロが嫌われた理由とは？」

「妻の証言では、パウロは束縛が強く嫉妬《しっと》深い性格で、テレビで俳優を見ているだけで不機嫌になるような男だったとか」

「暴力はあったのかい？」

「それはなかったそうだ。君は、家族の中に犯人がいると思うのか？」

アメデオの問いをはぐらかすように、ローレンは宙を見上げた。

「パウロ・オーティに、娘はいないんだろう？」

「ああ。それがどうした？」

「書斎の家族写真の中に、少女の写真があった。あれは誰なんだろう」

ローレンに言われ、アメデオは書斎を撮った写真を取り出して、じっくりと眺めた。確かに、十二、三歳の少女の写真が飾られている。

少女は花冠をつけ、ワンピースを着てかしこまっていた。何かの記念日に撮影したのだろう。

「本当だ。親戚《しんせき》の子じゃないのか？」

「さあね」

ローレンは視線を宙に泳がせたかと思うと、独り言を呟いた。

帽子をチューイングする癖

帽子についた薬品の匂い

家族ではない少女の写真

パウロの異常な嫉妬心

フクロウへの執着

独り暮らしの家で検出された多数の指紋……

「フィオナ、執拗《しつよう》なチューイングの癖の意味は？」

「幼少期への精神的退行を繰り返す癖」

ローレンの問いに、フィオナは即答した。

「そう。幼児性だ」

二人は互いの言葉に満足したように頷き合った。

「彼は何故、フクロウに固執したのか？」

フィオナは神経質そうな瞬《まばた》きを何度か繰り返し、夢見るように呟いた。

「フクロウが象徴するものは、知恵、森の哲学者。また、樹上で待ち伏せて音もなく飛び、獲物に飛び掛かることから『森の忍者』とも言われる。賢さと隠密《おんみつ》行動。或《ある》いは、猛禽《もうきん》であることから、男らしさの象徴とも考えられる……。

東洋では、成長したフクロウの雛《ひな》が母鳥を食べるという言い伝えがあることから、『親不孝者』の象徴でもある……。

アニミズム社会では、フクロウを人と神や精霊との仲介役と見做《みな》す傾向がある。北米のホピ族は、アメリカワシミミズクを『夜を支配する神に従う監視者』と呼ぶ……」

ローレンは「ふむ」と頷《うなず》き、アメデオを振り返った。

「トレメッツォは小さな村だ。地元密着型の古い写真館などないだろうか」

「さて、あるかもしれないが……」

アメデオは自信なげに答えた。

「あれば、少女の写真の出所を訊《たず》ねてみてくれ。記念写真だから、記録が残っている可能性がある」

「分かった。村へ行った時に調べてみる」

「いつ行くんだい？」

ローレンは畳みかけるように訊ねた。

フィオナは大きな瞳《ひとみ》で、穴が開きそうなほどアメデオを見つめている。

「……都合があえば、明日にでも」

「そうしてくれたまえ。それから、フクロウの専門書を十冊ほど差し入れてもらいたい」

「フクロウの専門書だと？」

「ああ。被害者はフクロウの愛好家だ。被害者のことをよく知らないとね」

「そんなものを調べて何になる。フクロウの事なら、さっきフィオナから聞いただろう」

「いいから、頼んだよ」

ローレンはすげなく言うと、ガラスボードに意味不明な記号を書き込み始めた。

3

翌日、アメデオはフィオナを連れ、トレメッツォの事件現場を訪れた。

夕闇を背景にして魔王のように佇《たたず》むその家からは、フクロウ達のけたたましい咆哮《ほうこう》が響いてくる。まるで家そのものが、禍々《まがまが》しい呪詛《じゅそ》を森にまき散らしているかのようだ。

「この家……まるで生きているみたいだね」

「おい、気味の悪いことを言うな！」

フィオナの呟きを、アメデオは大声で打ち消した。

その屋敷は全体が十字形をした奇妙な作りになっていた。十字形に突き出た場所には扉があり、そこに続く庭にそれぞれ頑丈な門がある。

二人は南の門から室内へ入った。

屋敷の中はやはり酷《ひど》い埃《ほこり》とゴミにまみれている。

「まるで廃墟《はいきょ》だぞ。被害者もよくこんな所で暮らせたもんだ」

「そうだね……。寂しい……腹立たしい……そんな気配が漂っている」

フィオナは耳に手を当てると、幽霊の声に導かれてでもいるかのように、現場の部屋へと足を進めた。

現場の軋《きし》んだドアを開くと、フクロウ達の興奮した声や羽音が聞こえてきた。

丁度、餌やりの時間らしく、地元の担当警官が、大きなバケツに入れた生肉をトングで挟み、ケージの隙間からフクロウに与えている。

フクロウは大きな肉片を足で鷲摑《わしづか》みにして、嘴《くちばし》で食い千切っていく。

まだ餌を与えられていないフクロウ達は、早く寄越せと金切り声をあげていた。

フィオナがふらふらとした足取りで、フクロウ達のケージに近づいていくと、無数の目玉がフィオナに注がれた。中には翼を広げて威嚇のポーズを取るものもいる。

フィオナはフクロウ達を一羽一羽見て回りながら、彼らに話しかけた。

「居心地が悪いよね。外に出たいのに、こんなところに押し込められて……。そうか、君も怒っているんだ。こっちの君は、随分と腹を空《す》かしていたんだね。おや、君は……ここで生まれたんだ。そうだろう？　だからとても大人しい……」

妄想なのか、フクロウの気持ちでも分かるのか、何なのかは分からないが、フィオナはそんなことを呟《つぶや》きながら室内を歩き、一つのケージの前で立ち止まった。

そのケージは他に比べて新しく、汚れも少なかった。

中にはオレンジ色の目をした大型のフクロウが、バーチに繋留《けいりゅう》されている。

「やぁ……。君はベンガルワシミミズクだね」

フィオナは興味深そうに、そのフクロウをじっと見た。

「君は飼い主のお気に入りだったんだね、ボーアお嬢さん」

「お嬢さん？　なんでそのフクロウがボーアって名だと分かったんだ？」

アメデオが訊ねると、フィオナは不思議そうな顔で振り返った。

「ちゃんと足輪に名前が刻まれていますよ。他のフクロウの足輪には、識別用の生体番号だけしか入っていないけど、この子の足輪は特注です」

それまでフクロウなどじっくり見ていなかったアメデオだが、近寄って見てみれば、そのフクロウの大きな足についた金輪は、他のフクロウの物とは違っている。

「革のアンクレットも飾りが入った高級品だ。ボーア、やはり君は特別なお姫様なんだね」

フィオナはそう言うと、フクロウをしげしげと見た。

フクロウは頭を何度も回転させせながら、興味深げにフィオナを見つめている。

「ここのフクロウたちの餌のがっつき方は凄《すご》いですよ。つつかれて手が傷だらけです」

フクロウの世話係が、横から泣きごとを言った。

「それに羽もよく抜けるから、くしゃみが出てしょうがないんです。あのう……アメデオ大尉、この現場はいつまでこのまま維持すれば宜《よろ》しいのでしょうか」

「事件が解決するまでだ」

アメデオは短く答えた。

「ところで、ローレンが言っていた家族写真は何処にあるんです？」

フィオナが訊ねる。

「ああ、こっちだ」

アメデオは書斎へ移動し、飾り棚の中にある写真を指し示した。

「手に取って見てもいいですか？」

「これを使え」

アメデオは鑑識用の手袋をフィオナに手渡した。

フィオナは手袋をした手で飾り棚から写真を取り出すと、しげしげと見詰めた。

「裕福な家。幸せな家族……。でもどこかよそよそしい。子供の表情が硬い」

そう呟くと、そっと写真立てから写真を取り出した。

写真を裏返すと、手書きの文字が綴《つづ》られている。

「娘ボーア、感謝祭にて、一九八二年……」

「娘の写真と書かれているのか？　だが、被害者の子供は息子二人だけだ」

アメデオもフィオナの手にある写真を見た。確かにそう書かれている。

「多分、誰か別人の家族なんだ……。それにフクロウと同じ名前だなんて……」

フィオナは忙《せわ》しなく目を瞬かせた。

「別人の家族の写真を棚に大事に飾ってたのか？　何故だ？」

「何故でしょう。面白いですよね。被害者の頭の中の謎……。覗《のぞ》いてみたい」

フィオナは何かに取り憑《つ》かれたように呟くと、部屋中を見回した。

次にフィオナが突然、踵《きびす》を返して向かった先はバスルームだった。

トイレで用を足して出てくると、洗面台の前に立ち、戸棚をチェックし始める。

洗面台の周りも無残なものだった。

使い古された歯ブラシが十三本もある。空の歯磨き粉のチューブが散乱している。

その中で、フィオナは中身に紫色の液体が入ったボトルをじっと見た。

「これだけ、新しい……。ローレンは、薬品の匂いがすると言ってましたよね」

「ああ、例の帽子についてる薬の匂いってやつか？」

「多分……これかな」

フィオナは嬉《うれ》しそうに言うと、ボトルを手に取った。

アメデオはそのラベルを見た。

昔よく見た小児用の風邪薬だ。

自分も子供の頃に服用したことがあるが、最近はとんと見かけない。

よくもこんな古くさい薬を持っていたものである。

それにしても何故、子供もいないのに小児用の風邪薬があるのだろう。

首を傾げたアメデオだったが、フィオナは戦利品を見つけたかのように瞳を輝かせた。

「これ、ローレンに持っていったほうがいい」

フィオナはアメデオに薬の瓶を差し出すと、唐突に話し始めた。

「パウロがフクロウをあんなに飼っていたのは、母親への憎しみのせいだろう。男らしく、賢い子だと言ってほしかった……。時折、幼児期を思い起こしては帽子を嚙《しが》んだ。きっと被害者には、厳しくて過保護な母親がいたんだ。

彼の両親は、彼が幼い時期に離婚あるいは別居をしていた。彼は母親に叱りつけられながら育った。とても出来が悪い子供だと思われていたから……。それはきっと、彼の口が重かったせい……。そして母親はそんな彼に嫌気がさして、彼の育児を放棄して去っていった……」

フィオナの言葉にアメデオは驚いた。

確かに身元調査によれば、被害者の両親は早くに離婚し、その後、母親もまた、被害者を育児施設に預けて行方をくらませている。

被害者の最終職歴は電気工事士だったようだが、元同僚達の話によると、滅多に喋《しゃべ》らない無口な男だったという。

「なんでそれが分かった？」

「ローレンのヒントと、家がそれを語ってくれるんです。あのフクロウたちも……。寂しさ、憤り、過去への固着、過去と現在をつなげるための理解の不足……」

フィオナは熱に浮かされたように呟くと、再び口を閉ざした。

自分だけの世界に入ってしまったのだ。

捜査中のフィオナは、しばしばこういう態度を取る。過去の事件でも経験済みのアメデオは、近くの椅子に腰掛けて、フィオナが再び話し始めるのを待った。

だが結局、その日のフィオナがそれ以上意味のある言葉を話すことはなかった。


屋敷にはゲストルームが二部屋あった。各々に大きなベッドが備え付けられている。

アメデオとフィオナは、隣同士の客間に分かれて休むことにした。

ただ、黴臭《かびくさ》い寝具に抵抗を感じたアメデオは、すぐに二人分の寝袋を買い出しに行き、一つをフィオナに手渡したのだった。

そうしてようやく一息ついたアメデオだったが、残る問題は、客間の壁に悪趣味な剝製《はくせい》がいくつも飾られている事だった。

剝製達は怨念《おんねん》めいた顔つきでアメデオを見下ろしている。

窓には頑丈な鉄格子がついており、まるで囚人になったようで気が滅入《めい》る。

アメデオは早々に部屋の明かりを消し、寝袋に潜り込んだ。

深夜。深い眠りについていたアメデオは、突然、咳《せ》き込みながら目を覚ました。

黴《かび》か埃《ほこり》でも吸い込んでしまったのだろう。

時計を見ると、午前二時二十二分。

嫌な時刻だ。夜明け迄《まで》はまだまだ遠い。

フォーッ、フォーッ
ウォー、ヴォッヴォッヴォッヴォッ
ギーッ、ギーッ
ゴッホウ、ゴゥホウ……

深夜のフクロウ達は、野獣の遠吠《とおぼ》えのような声をあげている。

耳障りなその鳴き声に、アメデオの眠気はすっかり醒《さ》めてしまった。

無理矢理眠ろうと眼を閉じても、却《かえ》って意識は覚醒《かくせい》する一方だ。

その時、どこからか奇妙な物音が響いてきた。

ギシギシと木が軋《きし》む音。ひたひたと人が動き回る気配がする。

遠くから金属が擦れるような異音も聞こえてきた。

アメデオはゴクリと生唾《なまつば》を呑《の》み、隣室のフィオナに向かって徐《おもむろ》に呼びかけた。

「フィオナ……お前、起きてるのか？」

だが、返事はない。

「フィオナ！　そこに居るんだろ？」

大声を出したが、やはり反応がない。

アメデオは意を決して起き上がり、隣部屋の扉をノックした。

たとえフィオナが眠っていようと叩《たた》き起こし、朝まで仕事の話をしようと思ったのだ。

フィオナは些《いささ》か病的で、不気味な所のある変人だが、何といっても身元の確かな心理学者だ。訳の分からない幽霊に怯《おび》えるよりは安心である。

だが、フィオナの部屋からは一向に反応がない。

ノブに手をかけると、扉は軋みながら開いた。

鍵《かぎ》はかかっていない。

照明が点《つ》けっぱなしの室内に、フィオナの姿はなかった。

アメデオは焦った。

何といってもフィオナは精神的に不安定な状態だ。半ば無理矢理に退院させた自分に、監督責任がある。

アメデオは慌てて他の部屋を見回っていった。

そして暫《しばら》くすると、キッチンの方から奇妙な物音と、肉の焼けるような匂いが漂ってくるのに気がついた。

(腹でも減って、この夜中に料理してるのか？)

アメデオがキッチンへ向かうと、小さな電球をつけた薄暗いコンロの前で、フィオナが死人のように青い顔をして突っ立っている。

と瞠目《どうもく》した。

「おい、フィオナ。何をしているんだ？」

フィオナの脇に立ったアメデオは、コンロの上に置かれているフライパンを見、ぎょっと瞠目《どうもく》した。

こんがりと焼けた二つの肉。それは体長七センチばかりのネズミだったのだ。

「まさか、お前……ネズミを捕まえて、食べようとしていたのか？」

アメデオが額に汗をかきながら質問すると、フィオナは静かに振り返った。

「……分からない……」

フィオナは虚《うつ》ろな表情で答えた。

「フィオナ、しっかりしろ！」

アメデオはフィオナの肩を強く摑《つか》んで揺さぶった。

暫く力なく揺さぶられていたフィオナは、ハッと目を開き、何度か瞬きをした。

そして不思議そうな顔で辺りを見回した。

「あれ？　どうしてボクがこんな所に……」

「フィオナ、お前……寝ぼけてるのか？　タチが悪いぞ」

アメデオは顔を顰《しか》めた。

フィオナはしきりに頭を振りながら、とつとつと話し始めた。

「あの……ボク、夢の中で、幽霊に会ったんだ……。屋敷の中を、幽霊が歩き回ってたみたいなんだ。ボクが廊下に出ると、人影がすっと前を走っていった。思わずそれを追いかけたら、人影は二階に上がって消えてしまった……。

ああ、幽霊だから消えたんだと思っていたら、今度は何かが焼けるような匂いがして……。匂いのする方へ歩いていって、気がついたら、そこにアメデオ大尉が立ってた。

ボク、ずっと夢を見てるんだと思ってた。でも、全部、夢じゃなかったのかな……」

「そのフライパンを見てみろ。それはお前がやったのか？」

アメデオに言われ、フィオナはフライパンの中を見た。

「これ、マウスだね。あの幽霊が食べようとしたのかな？」

フィオナは首を傾げた。

アメデオは、ぞっと肝を冷やした。

正体不明の人影が、マウスを焼いて食べようとしていた？

いや、フィオナの言葉が本当かどうかも分からない。

コイツは見かけよりずっと頭がおかしくて、自分でマウスを焼いて食べようとしていたのかも知れない。それを見咎《みとが》められ、咄嗟《とっさ》に嘘を吐いたのかも……。

冷や汗を流すアメデオの前を横切り、フィオナはキッチンの隅へ歩いていった。

そこには巨大な冷凍庫がある。

フィオナが扉を開くと、血の色をした大量の肉塊が入っていた。

フィオナは肉塊の山の中から、大きなジップロックの袋を引っ張り出し、封を開いて中から白い物体を取り出した。

「そのマウス、これと同じじゃないかな……？」

フィオナは冷凍マウスの尻尾《しっぽ》を持って、アメデオの目の前にぶらさげた。

「……た、確かに、大きさは同じ位だが……」

混乱しながら答えたアメデオに、フィオナが囁《ささや》いた。

「大尉、これ、食べてみますか？　あの幽霊の気持ちが分かるかも」

「ばっ、馬鹿をいうな。ネズミなんて食えるか！」

「毒や害は多分無いはずですよ。フクロウの餌用の冷凍マウスなんですから。それにペルーではネズミを常食にしています」

フィオナはマウスを冷凍庫に戻すと、コンロの前に立ち、肉挟みでフライパンの上のマウスを摑んで皿の上に置いた。

引き出しからカトラリーを取り出し、皿と共にテーブルに運ぶと、行儀良く椅子に腰掛ける。そして慎重な手つきで、マウスの腹をナイフで裂いた。

どろりと血塗《ちまみ》れの内臓が顕《あら》わになる。それを取り出し、フォークで突き刺すと、フィオナはしげしげと観察した。

「中は半生ですね……」

フィオナはそれを口に含んだ。

次にマウスの本体をナイフで一口大に切り分けると、それも口へ運んだ。

一口、一口、嚙《か》み締めるように頬張ると、フィオナはまるでグルメレポーターのように、その味を説明した。

「内臓は生臭いけれど、血で作ったソーセージみたいです。焼いたものは、けっこう筋ばっていて、味は少しウサギに似てるかな。カエルよりは濃厚です。脂の部分はべたついていて、少し臭みがあるかな……」

アメデオは気分が悪くなって、「もうよせ」と言った。

「それより、お前が見た幽霊とやらだが、二階のどこで見失ったんだ」

「中央あたり……」

「つまり、殺害現場辺りか」

「うん。でも、あれがボクの夢じゃなかったなら、誰の幽霊だったんだろう？」

フィオナは真面目な口ぶりで呟《つぶや》いた。

翌朝、アメデオは地元警察を呼び出し、屋敷に不審者が侵入して現場を荒らしている可能性を訴えて、全ての部屋を隅々まで調べさせた。

二階の北の納戸だけは扉の鍵が壊れて開かなかったので、鍵屋を呼んで開けさせた。

もしやそこに不審者が潜んでいるかとも思ったが、埃《ほこり》だらけのその部屋には誰も足を踏み入れた形跡はない。それどころか、ガラクタばかりが床から五十センチも積み上がり、足の踏み場さえない。

とにかく屋敷内に不審者が居ないことを確かめると、アメデオは鍵屋に命じ、玄関扉から、屋敷中の部屋という部屋の扉にまで、新しい鍵をつけさせた。

これで不審者が再び侵入することは不可能だし、仮に入って来ても、逃げ場が無くなる。

全ての作業を済ませると、アメデオは屋敷の四方にある玄関に見張り番を一人ずつ立てておき、屋敷内をじっくりと見回った。

一方、フィオナは昨日入れなかった納戸部屋に引き籠《こ》もっていた様子だ。

アメデオがその部屋に入ると、フィオナは埃だらけの床に座り、上方を見つめていた。

「フィオナ、何か気になる事でもあるのか？」

アメデオの問いに、フィオナは天井近くの吊《つ》り棚《だな》の上に載っているトロフィーを指さした。

「あのトロフィーがどうした？　事件に関係があると思うのか？」

するとフィオナはこくりと頷《うなず》いた。

アメデオは床を片付け、キッチンから椅子を運んで来て脚立がわりにして上ると、手の届くぎりぎりのところにあったトロフィーを摑んだ。

透明のビニール袋に入れられたそれは、射的大会の古いトロフィーだった。

プレート部分には、『一九七二年入賞三位、クレート・アダーニ』と刻まれている。

フィオナはそれをじっくりと見つめた。

「アメデオ大尉。十二年前、ここで同じ死に方をした男は何歳でした？」

「確か、当時で三十三歳だ」

「だとしたら、その男の持ち物でもありませんね。もっと以前の住人の物です」

「そうなるな。随分と物持ちのいい話だ」

「それだけじゃありません。過去の住人が持っていた物まで棄てずにそのまま残すなんて……」

フィオナは歯切れ悪く答え、口を閉ざした。

「何だ？　言いたいことがあれば、この俺にハッキリ言ってくれ」

「多分、十二年前に死んだ男とパウロは同じ病を患っていたんだと思う」

「病気だったってのか？　じゃあ、死因も病気のせいか？」

「そうじゃない。直接、その病気で死んだりはしない……」

「勿体《もったい》ぶらずに、早く病名を言え」

「ホーダー……」

「ホーダー？　何だそれは」

アメデオは初めて聞く単語に眉《まゆ》を顰《ひそ》めた。

「強迫性貯蔵症……というのかな。極度のガラクタ収集癖の持ち主で、物を片付けられない、捨てられない病気なんだ。彼らは自分の家をゴミで埋め尽くしてしまう。他人から見れば只《ただ》のゴミなんだけど、本人にとっては宝物だ。だから処分させようとしても、拒否してしまう。

物が捨てられなくなる理由は色々あるけれど、例えば家族との辛《つら》い別れといったトラウマが引き金になって生じる、心因性の強迫性障害という解釈もある」

「ほう……。ゴミ屋敷に住んでる奴らの気が知れないと思っていたが、そういう妙な病気もあるってことか」

アメデオは少し感心した。

「そうだね。けど、片づけられない病気だからって、誰もが怪死するわけじゃない」

「じゃあ、被害者がホーダーだったことと事件の関係性は？」

「……分からない。でも、きっとローレンが教えてくれるよ」

フィオナは、はにかんだような微笑みを浮かべて言った。

「だといいがな」

アメデオは腕時計を見た。時刻は午後七時だ。

「さて。二階を一回りしたら晩飯にするか」

アメデオが鍵束《かぎたば》を持って歩き出す。フィオナはその後に続いた。

そして三つ目の部屋の扉を開けた瞬間だ。二人は驚愕《きょうがく》し、身体を強《こわ》ばらせた。

その部屋の中央に、忽然《こつぜん》と血塗れの女が転がっていたのだ。

「なっ、なんだこりゃあ！」

アメデオは裏返った声をあげた。

カーペットの上に長い髪が広がり、頭部はザクロのようにぱっくりと割れている。無残な遺体の周囲には、茶色や灰色をした大きな羽が意味ありげな円を描いて置かれていた。

こんなものは昨日は無かった。いや、鍵をつけている間にすら無かった筈《はず》だ。

今朝から屋敷内に不審者が居ないことを確認し、玄関には見張り番も立てていた。しかも、この部屋にはしっかりと新品の鍵がかかっていた。

一体誰がどうやって、いつの間に殺人を犯し、死体を密室へ持ち込み、その上消えてしまったというのか。

「この羽、フクロウの羽だね……」

フィオナは遺体の足元に蹲《うずくま》り、ぽつりと呟いた。

アメデオも遺体の側に近づき、その脈を取ったが、やはり脈はない。

薄気味悪さに震えながら携帯を取り出すと、アメデオは本部に連絡を入れた。

「俺だ、アメデオだ。大至急、鑑識をこっちへ回してくれ。女性の死体が新たに発見された。頭部を斧《おの》のような物で割られているが、付近に凶器は見当たらない。現場は密室だ。被害者の特徴は……」

アメデオは乱れた髪の間から遺体の顔を確認し、ますます震撼《しんかん》した。

その顔にハッキリ見覚えがあったからだ。

部下のエンリカ少尉だ。

何故、非番の筈のエンリカ少尉の死体が、いきなり目の前に出現したのか。

アメデオは激しく混乱していた。

4

エンリカ少尉が、謎めいた死体として発見された。

アメデオはそのことを、力を込めてローレンに説明したはずであった。

ローレンはフクロウの専門書を読みながら、彼の訴えを表情も変えず聞いていた。

その後のローレンがとった行動といえば、エンリカ少尉の死体の現場写真と、彼女の身分証明書の写真を、事件記録が奇妙な方程式と共に書き留められたボードに留め、他の被害者や関係者と同様に、職業、身体的特徴、死因、あるいは現住所などを書き込んだだけであった。

いつの間にか、ローレンの独房のボードには、随分と多くの文字と記号、そして写真が貼り付けられていた。

「フィオナ、ベンガルワシミミズクのボーアは雌だったのかね？」

ローレンの第一声はそれであった。

苛立《いらだ》つアメデオの隣で、フィオナが頷く。

「専門医にDNA鑑定をしてもらった。念のため全羽を調べたら、一歳から七歳までの比較的若い個体ばかりで、雌雄はほぼ半々だった……」

そしてフィオナは屋敷で撮ったトロフィーの写真と、小児用風邪薬の小瓶とをローレンに差し出したのだった。

ローレンはその風邪薬を見ながら、成分表を小さな声で読み上げた。

「ジヒドロコデインリン酸塩八ミリ、dlメチルエフェドリン一五ミリ、アセトアミノフェン二五〇ミリ、クロラムフェニコール八〇ミリ、無水カフェイン七〇ミリ、プロカテロール塩酸塩一〇ミリ、バニラシロップ三〇〇ミリ。添加物としてラム酒アルコール、クエン酸、パラベン、白糖……。随分古いタイプの処方だね。よく今の時代にあったものだ」

そう言うと、ローレンは風邪薬の蓋《ふた》を開け、匂いを嗅《か》いだ。

「間違いない。帽子についていた薬品臭だ」

フィオナは嬉《うれ》しそうに微笑み、「田舎にしか置いてない薬らしいよ」と言い、次にトロフィーの写真を指さした。

「これはどう思います？」

「全国射的大会三位入賞。クレート・アダーニか。興味深い」

「ボクの見立ては何だと思います？」

フィオナは身を乗り出した。

「ホーダー」

「ホーダー」

二人は同時にそう言うと、目配せをし合った。

アメデオには、二人が何をそう楽しげにしているのか皆目分からない。

「ただのホーダーじゃない」

「そう。恐らく自閉圏内で、神経失調を患っている……」

「環境を変えられない。あるいは変えたくない」

するとフィオナは空中に視線を泳がせながら頷いた。

「そう。外の世界を拒絶したい……夢想の中で孤独に暮らせる……。だから、あの屋敷に行き着いた」

「他に気になる点はあったかね？」

「暴力的な男達の気配……」

フィオナの答えに、アメデオは首を捻《ひね》った。

「どこにそんなものがあったんだ？」

「家庭内暴力の問題を担当した時と同じ匂いがしたから……」

「あん？ ただの雰囲気とか勘だってのか？」

するとローレンが言った。

「例えば、壁に残った傷や凹《へこ》み、家具を蹴飛《けと》ばした痕《あと》など、一つ一つは些細《ささい》な違和感しか生じさせない代物でも、積み重ねれば見えて来る事実だってある。もっとも、直接現場を見ていない私には断言できないがね」

「だが、ただのフィオナの思い込みかも知れないだろう？」

「敏感な人間には分かっても、粗野な警官には気付かない事だってある」

ローレンは醒《さ》めた口調で皮肉を言うと、フィオナに向き直った。

「それで、マウスの味はどうだったかね？」

「癖になるかも……」

「意外に美味なのかね？」

「ある意味……」

アメデオの苛立ちはそこで絶頂に達し、彼は拳《こぶし》で壁を殴った。

「下らない与太話はそこまでだ！　エンリカが何故、あそこで突然死体になって現われたのか、とっとと俺に説明しろ！」

フィオナはその怒号に竦《すく》み上がった。

「やはり殺人事件なぞに関与するなら、独房の中が一番安全という訳だ」

ローレンは無表情に腕組みをし、アメデオを見た。

「まず私の質問に答えてもらおう。トレメッツォの村に、古い写真館はあったかね？」

「あ、ああ……。部下に調べさせたところ、バルチェリーニ写真館という、村で唯一の古い写真館があった。創業は一八九八年だそうだ」

アメデオは手帳を繰りながら答えた。

「いいね。ああいう閉鎖的な小村にはありがちだと予想していたが、完璧《かんぺき》だ」

ローレンは薄く微笑んだ。

「で、それがどうかしたのか？」

「古くからある村の写真館が村人達の記録の宝庫だって事ぐらい、見当をつけたまえよ。ボーア・アダーニの件だって、そこで聞き込めば何かが分かるだろう」

「待ってくれ。ボーア・アダーニとは誰なんだ？」

アメデオは目を白黒させて訊《たず》ねた。

ローレンは、心底からの軽蔑《けいべつ》を詰め込んだ溜息《ためいき》を吐いた。

「一九七二年の射的大会で三位に入賞したのがクレート・アダーニなら、一九八二年の感謝祭に記念撮影をした娘がボーア・アダーニだって事ぐらい、推測できないかね？しかも、屋敷にはボーアという名前のフクロウがいる。フィオナ、そうだったね？」

「そう、そうなんだよ」

フィオナは大きく頷《うなず》いた。

「俺にはよく意味が分からんが、とにかくその写真館に行って、ボーア・アダーニの事を聞き込んでくればいいんだな？」

アメデオが訊ねると、ローレンは頷いた。

「そうだね。しかし写真館の主《あるじ》は多くのことを語りたがらないだろう」

「何故、そう言えるんだ？」

「彼らが村の禁忌だからさ……」

ローレンは答え、フィオナに視線をやった。

「写真館には君も同行し、主と話をして欲しい」

「何の話をすればいいのかな？」

「君の興味があることで構わない。君は何を知りたいね？」

「それは勿論《もちろん》、マウスを食べようとした亡霊……」

「じゃあ、それを訊《き》くといい」

「主は答えてくれるかな？」

「気が済むまで聞き込めばいいのさ。だって君、知りたいんだろう？」

ローレンは、まるで悪魔の誘惑のようにフィオナに囁《ささや》いた。

「うん。知りたい……」

フィオナは熱に浮かされたように答えた。

「さて……。勘の鋭いフィオナは聞き手として優秀だが、まだ手が足りない。アメデオ君、その写真館の様子はどうだったね？」

「かなりボロくて寂れてたらしい」

アメデオは部下の証言を思い出しながら答えた。

「経済的危機に瀕《ひん》しているんだね？」

「こんなご時世だからな。写真館なんぞ、滅多に使う客もいないだろう」

「では、経済的取引が有効だね」

「どういう意味だ？」

「気に入った写真と情報を高値で買い取れという意味さ」

「聞き込み捜査に金をかけろってのか？」

「もし事件を解決したいならね」

「無茶だ。そんな予算はないし、提案しても上層部に却下されるに決まっている」

「詮無《せんな》いねぇ」

ローレンは目を細め、ちらりとアメデオを見た。

「おいおい……まさか、俺の自腹で払えってのか？　ふざけるな！」

ローレンはフッと笑うと、眼鏡を外して目頭を揉《も》んだ。

「ところでアメデオ君。私の眼鏡の度がどうにも合っていないんだ。これでは頭痛がしてまともに物が考えられない」

「なんだと？」

「右目の近視補正が弱いようだと、眼鏡屋に伝えてくれ」

ローレンは監視者に許可を取ると、アメデオに眼鏡を渡したのだった。


アメデオは一旦《いったん》フィオナと分かれ、I miei occhi に向かった。

受付でローレンの名を告げると、間もなくエドアルドが登場する。

「ようこそ、大尉。本日のご用件は？」

「眼鏡の度が合わないと、ローレンに言われて来た」

「では、眼鏡をお預かりします。検眼室へどうぞ」

エドアルドは個室に向かい、アメデオがそれに続く。

扉が閉まるなり、エドアルドは器用な動作でローレンの眼鏡のフレームを触った。

カチッと音がして、小さなチップが取り出される。

「そんな物が中に入っていたのか！」

「ええ、高性能の記録装置です」

「そんな……。X線検査も受けたのに、異物は発見されなかったんだぞ？」

アメデオが驚いて言うと、

「つまりマスターが一枚上ということでしょう」

エドアルドは涼しい顔で答えた。

「俺に物騒な代物を持ち込ませて、脱獄でもやらかすんじゃないんだろうな？」

アメデオが疑念にかられて言うと、エドアルドは静かに微笑んだ。

「ご安心下さい。マスターにそのような御意志はありません。私共はマスターから、貴方《あなた》様を補助するよう命じられております。その為の命令を受け取っただけです」

エドアルドはそう答えながら、チップを取り替えた。

「さて。マスターのオーダーに従って、私共は情報を集めます。大尉は三日後においで下さい。そして、私共の集めた資料を御自分が調べた資料として、マスターにお渡し下さいますか？」

「わ、分かった……」

「大尉はいつも通り、素晴らしい手柄をお立てになって下さい。マスターもきっとそれをお望みですよ」

エドアルドは軽く会釈して、個室のドアを開け、アメデオに出て行くよう促した。

なにやら自分が恐ろしく無能力者になったような気分に襲われ、アメデオは道端の石を蹴飛ばした。

　馬鹿にしやがって！

　部下のエンリカの事件だけでも、自力で何とかしてやる！

アメデオは本部に戻ると、エンリカの殺害現場を写した二十枚余りの写真と資料を揃え、頼りになる五名の捜査官を会議室に呼び出した。

「俺達は仲間を殺されたまま指をくわえてる腰抜けじゃねえ。弔い合戦だ！」

アメデオは檄《げき》を飛ばした。

ベテラン捜査官達は資料を覗《のぞ》き込み、口々に言った。

「検視によれば、死因は頭部の強打だが、手足にはロープで縛られた痕《あと》があった」

「恐らく何処かに監禁されていたんだろう」

「可哀想に、ロープの痕が内出血になっている。外そうと踠《もが》いたんだな……」

「血痕《けっこん》が少なすぎることから、殺害現場も恐らくここじゃない。監禁場所で殺され、この部屋へ運ばれた……って事になる」

「しかも犯人は彼女の遺体の周りにフクロウの羽を敷き詰めた。その理由は？」

「分からん。何かの意味があるのか、ただの目立ちたがりなのか……」

「連続殺人を起こしている犯人だ。サイコパスの変態野郎に決まっている」

「だが、その日は部屋中に鍵《かぎ》をつけて閉めていたんだ。合い鍵は俺しか持っていない。別の場所で殺害されたエンリカを密室に入れた方法は？」

アメデオは皆に向かって訊ねたが、誰もが顔を曇らせ黙り込むばかりだ。

その時だ。会議室に一人の男が飛び込んで来た。

「その答えは、俺が言ってやる。エンリカを殺《や》ったのはあんただろう、アメデオ大尉！妻はあんたしか鍵のかけられない密室で殺された。あんたがエンリカを殺したんだ！」

突然、アメデオの襟を掴《つか》んだ男を、捜査官達が押しとどめた。

「き、貴様は何者だ?!」

アメデオは咳《せ》き込みながら訊《たず》ねた。

「エンリカの夫だ！」

男は一声叫ぶと、魂が抜けたようにがっくりと床に崩れた。

「そうか……そいつは気の毒だったな。だが断じて俺は、エンリカ少尉を殺してなどいない」

アメデオは男の側にかがみ込んで言った。

「エンリカ少尉の足取りについて、捜査にご協力下さい。貴方が彼女を最後に見たのはいつでしたか？」

捜査官の一人が夫に訊ねた。

「一昨日の朝だ。仕事に出る俺と一緒に自宅を出たのが最後だった。

その時、エンリカが言ってたんだ。上司のアメデオ大尉が何かの不正をしているんじゃないかと……。だから、彼女は非番だったけど、上司の行動を見張るつもりだと言っていた。アメデオ大尉は恐らく自分に隠し事をしていると、そう言ってたんだ……」

夫の言葉に、捜査官達は疑いの視線でアメデオを見た。

隠し事とは、ローレンの件だろうか。アメデオは冷や汗を流した。

「それは誤解だ。俺は不正などしちゃいない。いいか、事件の犯人は必ず俺が突き止める。事件の目星だって、今絞り込んでいる所だ。俺はこれまでだって何度も難事件を解決してきた、特捜部のトップエリートだぞ！いいから皆、俺を信じろ！」

そう力強く言ったアメデオであったが、実際は事件について分かっている事など何一つなかった。

一層ローレンを頼りにするしか、アメデオには道がなかった。

三日後。アメデオの許《もと》に、エドアルドから連絡が入った。

ローレンの眼鏡が出来上がったと言われ、個室に通されたアメデオの前には、段ボール二箱に及ぶ資料の山が用意されていた。

「現状、私共が調査できたのはこれだけです。アメデオ大尉、これらをマスターにお渡し下さい」

　これだけの資料を、わずか三日で……？

　アメデオはエドアルド達の恐るべき調査能力に驚愕《きょうがく》しながら、資料の山に目を通した。

そこには様々な登記簿、出生記録、保険記録、家系図といった紙の束から、屋敷と周辺の写真、村人達の写真、アルバム、映像、被害者が近所のマーケットで行った買い物記録から通販で取引した品々と金品の記録までもがある。

詳細な資料ではあるが、残念ながら犯人の特定や事件の真相に繫《つな》がるようなものは見当たらない。

　アメデオは心の中で落胆の溜息《ためいき》を吐いた。

「どうやら検閲にひっかかる内容はなさそうだな。これらの資料はすぐにでもローレンへ届けるが、なにせ量が多い。刑務所の検閲に丸一日はかかるだろう」

　するとエドアルドは「承知しました」と、柔らかく答えた。

「それから、大尉。こちらもどうぞ」

　エドアルドはずっしりと重いアタッシェケースをアメデオに手渡した。

「ん？　こっちは何だ？」

「現金です」

「何だって⁈」

慌てて鞄《かばん》を開くと、見たこともない量の百ユーロ札の束が、うなるほど入っている。

アメデオはゴクリと喉《のど》を鳴らした。

「写真館の主《あるじ》との取引に使うように、とのマスターからのご伝言です。写真一枚と情報一つにつき札束一つ、すなわち一万ユーロで取引するようにと」

「こっ、こんな大金をどこで……」

「マスターのお小遣いです。貴方にお預けしますので、マスターの為にお使いください」

微塵《みじん》の疑問も持たぬ様子で平然と答えたエドアルドに、アメデオはローレンの底知れぬ力を再び垣間《かいま》見た気がした。

5

その夜、ベッド下に隠したアタッシェケースが気になってほとんど眠れなかったアメデオは、翌朝早くから動いた。

フィオナを迎えに行き、その足でトレメッツォ村のバルチェリーニ写真館を訪ねる。

小さな店内はひっそりと静かで、壁にはセピア色に日焼けした写真が飾られていた。

アメデオは持っていたカメラで店内の様子を撮影した。

「どなたか、いらっしゃいませんか！」

アメデオが何度か呼びかけると、気難しそうな老人が奥から現われた。

老人はアメデオとフィオナを一瞥《いちべつ》すると、「見かけない顔だな」と不機嫌そうに言った。

「カラビニエリ特捜部のアメデオ大尉だ。殺人事件のことで情報提供を願いたい」

アメデオが身分証明書を見せて言うと、老人は硬い表情になった。

「……話すことなぞ、ない」

「なんだと？」

喧嘩腰《けんかごし》になったアメデオを、フィオナが背後から押しとどめた。

「あの……勿論《もちろん》、タダで教えて欲しいだなんて思っていません。貴重な情報を頂くのですから、謝礼はご用意しています。こちらが興味を持った写真一枚につき、知っていることを教えて下されば、その都度、一万ユーロお支払いします」

フィオナの言葉に、写真館の主は明らかに動揺した。

「ちょっと、ちょっと、アンタ」

続いて奥から現われたのは、白髪を後ろにひっつめた、六十代後半と思われる女性だ。店主の妻だろう。

彼女は店主の腕を摑《つか》んで奥の廊下へ引っ張って行くと、小声で話し始めた。

それから十分もすると、愛想笑いを浮かべた妻と店主が二人で戻って来た。

「うちで撮った写真は沢山あることだし、アンタ、アルバムを見せて差し上げたら？」

妻の台詞《せりふ》に、主は無言で頷《うなず》き、奥へ引っ込んだ。

妻はそれを見送ると、素早くアメデオの側に近づいた。

「本当に情報一つで一万ユーロもらえるんですか？」

「ああ、私は警官だ。嘘は吐かない」

アメデオの答えに、妻の瞳《ひとみ》がキラキラと輝いた。

「私共の知っていることでしたら、何でもお話ししますわ。ああ、自己紹介が遅れました。私はアデーレ・バルチェリーニ、主人はエルモと申します。二人ともずっとこの村で生まれ育ちました。何でもお訊《き》きになって下さい」

「アデーレとエルモだな。ああ、分かった」

暫《しばら》くすると、エルモは大層な数のアルバムを袋に下げて戻ってきた。渋い顔のエルモに、アデーレが「さあ、お見せして」と目配せをする。

「こいつは全てうちの写真館で撮ったものだ」

エルモはそう言うと、テーブルにどさりとアルバムを置いた。

「拝見します」

フィオナは軽く会釈し、アルバムを手に取って眺め始めた。

暫くすると、フィオナはある写真に目を留めた。

「この結婚式……とてもいい写真です」

そこには『アダーニ家結婚式、一九九二年』と注釈が記されている。

花嫁衣装を着た痩《や》せ型の美女は、ボーア・アダーニだろう。澄んだ青い目をして、幸せそうに微笑んでいる。ブルネットの髪を結い上げ、花冠をつけたその姿は、感謝祭の記念写真の面影に重なる所があった。

「ボーアの結婚式か、ああ、よく覚えているよ。これは私と私の父が撮ったんだ」

エルモは得意げに言った。

「随分豪華な結婚式ですね。ウエディングケーキが八段もありますよ」

「そりゃあ大したもんだった。アダーニ家は裕福だったからな。花嫁の父は村の有名人だったよ。クレート・アダーニといって、全国射的大会で入賞したこともあったんだ」

「素晴らしい。クレート氏は村の誇りですね」

「ああ……まあな。彼の本業が分かるまでは皆そう思っていたさ」

「本業と言いますと？」

するとアデーレが横から口を出した。

「実はね、大きな声では言えないんですが、どうやらクレート氏はマフィアの殺し屋だったらしいんです。ここから十キロばかり先の町でマフィアの抗争があった時、彼が警察に捕まって、それが分かりましてね……。

それまでは、何故アダーニ家が豊かなのか、親の遺産でもあるのかしらと誰もが思っていたんですが、ニュースを聞いて驚くやら納得するやら……当時は大変な騒ぎになったんですよ。あれは確か、ボーアの結婚式から四、五年後のことだったかしら、ねえ？」

アデーレが同意を求めると、エルモは「うむ」と頷いた。

「アダーニ家は夜逃げのように屋敷を去って、それ以来、よそへ嫁いだボーアも村へ寄りつかなくなりました。……まあ、当然でしょうねえ」

「クレート氏の正体を知って皆が驚いた……ということは、普段の彼はまるでマフィアらしくなかったんでしょうか？」

「ええ、それはもう、無口な紳士という感じの方でした」

「無口で、人付き合いを避けるような、非社交的なタイプでしたか？」

「そうねえ……。お喋《しゃべ》りではなかったけれど、挨拶《あいさつ》はきちんとなさってましたよ。教会にも毎週欠かさず通っておられました」

するとエルモも大きく頷いた。

「クレート氏は行儀がよくて上品で、とても殺し屋には見えなかったよ。それに私はね、彼が鷹狩《たかが》りをしている姿を何度も見かけた事がある。大きくて立派な鷹をこう、腕に留めてね、パッとそいつを宙へ放ると、鷹が小鳥を捕まえてクレート氏の腕に戻って来るんだ。鷹ってのは賢い生き物だと感心したね」

「クレート氏は鷹を飼っていたのですか？」

「ああ。沢山飼ってたよ」

「有り難うございます。これで情報一つですね」

フィオナが言った。

アメデオは『アダーニ家結婚式』の写真を自分のカメラで撮影すると、足元のアタッシェケースからユーロ紙幣の札束を一つ取り出して、テーブルに置いた。

アデーレはアメデオの持つアタッシェケースの中身を見て、鼻息を荒くした。

「あっ、あと一つ、思い出しましたわ！」

アデーレは机の上の札束を素早く背中に隠しながら叫んだ。

「クレート氏は一見紳士的に見えましたけど、そういえば、彼の妻のエルダは何度か顔を腫《は》らしていたことがありました」

「つまり家庭内暴力があった訳ですか？」

「エルダから聞いた訳じゃありませんから、ハッキリとは分かりませんが、そうじゃないかって私達は噂してたんです。

といいますのも、クレート氏が屋敷の使用人に暴力を振るって追い出したという事件も以前に一度、あったものですからね……」

「クレート氏は表面上は紳士的でも、暴力的な一面があったという訳ですか」

「なにせマフィアなんですからね。今思えば納得ですわ」

「その使用人という方の名前は分かりますか？」

フィオナの問いに、アデーレとエルモは顔を見合わせた。

「ええと、確か……」

エルモは頭を振って顔を顰《しか》めた。

「フェルナンデ……。そうよ、確かフェルナンデだったんじゃない？」

アデーレが言うと、エルモはハッとしたように顔を上げた。

「そうだ、フェルナンデ・ベルトーニだ」

「その暴力事件というのはいつ頃の事です？」

フィオナが訊《たず》ねると、夫婦は再び顔を顰めて唸《うな》った。

「さあ、いつだったか……」

「あっ、アンタ、フェルナンデが追い出された日に、アンタ、確か村祭りの撮影をしていたわ！」

アデーレが手を打って叫んだ。

「そうだ。ということは……村祭りだから、六月だな……」

エルモはアルバムを繰りながら、一つの写真を示した。

「その日の写真がこれだよ」

フィオナは写真の但《ただ》し書きを見て、『一九六四年六月』と日付のメモを取った。

「いい情報ですね。有り難うございます」

フィオナが言った。アメデオは村祭りの写真をカメラに収めると、札束を机に置いた。

「クレート氏や妻のエルダさんのその後については、何かご存知ですか？」

「さあね……。クレート氏が逮捕され、あの家も売家になってからは何も……。風の噂じや、二人とも亡くなったとも聞きますけどね。

ただ、娘のボーアの嫁ぎ先なら知ってますよ。コモ湖の南で、別荘を改築したレジーナっていうヴィラを夫婦でやってる筈《はず》です。コモ湖はいい所ですからね、あの子も幸せにやってりゃいいんですけれど」

アデーレは少しばかりしんみりと言った。

「クレート氏が去った後、あの屋敷を買った方というのが、また不思議な亡くなり方をなさったんですよね？」

フィオナが訊ねると、アデーレとエルモはぶるりと身震いをした。

「あれは、ドメニコ・アクアフレスカっていう余所者《よそもの》だった。変わり者だったな。一度、フクロウを記念撮影して欲しいと依頼された事がある」

エルモはアルバムのページをめくり、数十枚の写真をフィオナに示した。

メンフクロウ、オオコノハズク、ユーラシアワシミミズク、カラフトフクロウ、モリフクロウ、コキンメフクロウ……大小様々なフクロウの写真が三十羽分続き、最後にフクロウのケージに囲まれているひ弱そうな男が写っている。

「すごい数のフクロウを飼っていたんですね」

フィオナは素直に感心して言った。

「そうだとも。なんでもフクロウのブリーダーをしているとか言ってたよ。彼があの屋敷を気に入ったのは、深い森の奥の一軒家という立地に加えて、二階の広間が北窓で涼しく、フクロウのケージを置くのにピッタリだったとか」

アメデオは横からその写真を見てぞっとした。

写真の中のその部屋は、変死体があった現状の部屋と寸分変わらぬように見える。

とても十数年前の写真とは思えない。

アメデオは、まるで時がループしているかのような錯覚に襲われた。

「十二年前、ドメニコ氏がフクロウ部屋で亡くなった時、村のみんなは祟《たた》りだと噂したもんだ」

エルモは暗い声で呟《つぶや》いた。

「ええ、そうですとも……。ドメニコ氏が変死した後、あの屋敷は彼の甥《おい》が相続したそうですよ。けど、本人は怖がって住みたがらず、すぐに貸家にしたんです。でもねぇ……次に借りた人も、その次の人も、半年も住まずに皆、引っ越して行ったんですよ。皆、口を揃えて、なんだか気味が悪い家だと言ってましたわ。

それで三年前からでしたか、ようやくパウロ・オーティ氏が住み着いたかと思ったら、また事件……でしょう?」

アデーレは眉《まゆ》を顰めて言った。

「成る程……。有り難うございます」

フィオナが言い、アメデオはドメニコ氏の写真をカメラに収めて札束を机に置いた。

「あの屋敷に祟りの噂や幽霊話があったのは、いつ頃からなんです?」

フィオナはずばりと訊ねた。

「そうさなぁ……随分と昔からある。もともとあの家は、森一帯を買い上げた地主が建てたものだったそうだ。酷《ひど》く偏屈な男で、果樹園を営みながら金貸しもしていた。いわゆる高利貸しだ。随分儲《もう》けていた分、人の怨《うら》みも相当買っていたらしい。だからあの一族がこの村へ引っ越してきた当初から、村の鼻摘《はなつま》みものだったという噂は、祖父から聞いたね」

エルモは腕組みをして答えた。

「そうそう。何でも以前に暮らしていた村で、何度か殺傷事件に巻き込まれて、うちの村へ逃げてきたって噂じゃなかったかしら」

「ああ、思い出したぞ。借金で身動きできなくなった男が、刃物を持って家へ押し入り、呪ってやると叫んで目の前で自殺したらしいな」

「ええ、ええ、そうだったわね。本当に呪わしくて気味の悪いこと」

アデーレはぞくりと身体を震わせ、上着の前をかき合わせると、両手で自分の両腕を抱いた。

「その時の家の持ち主の名前は分かりますか？」

フィオナが訊ねる。

「うーむ……。確かアルバムに家族写真があったはずだが……」

エルモはアルバムの山の中から、一冊の相当に古びた物を選び出し、ページを捲《めく》り始めた。

「あったぞ、これだ」

そこには子供三人と、険しい顔の男、そして妻であろう無表情な顔つきをした女性が写っていた。

写真の下の但し書きを示しながら、エルモは一人で頷《うなず》いた。

「名前はデ・マリア一家だ。彼らはユダヤ系だから、金融業をしていたと祖父から聞いたことがある」

「ユダヤ系ですか？」

「ええ。まあ、私も噂でしか知りませんがね。何分、昔の話ですし……」

その後もフィオナはいくつかの質問をしたが、エルモはそれ以上の情報は持っていない様子であった。

「色々お聞かせ頂き、有り難うございました」

フィオナはそう言って立ち上がった。アメデオも札束を机に置いて立つ。

「……あの家はね、本当に呪われてるんだ。あの家が生き物みたいに歩くって噂も、私は祖父から聞いたことがあるんだよ」

二人を玄関まで見送ったエルモは、最後にぽつりと呟いた。

アメデオとフィオナは、次にボーア・アダーニから話を聞くことにした。

ホテル・レジーナの電話番号を調べ、オーナー夫人を呼び出してもらう。

『はい、私がマリア・レジーナですが、どういったご用件でしょう？』

電話に出た女性がマリアと名乗ったので、アメデオは面食らった。

「オーナー夫人はボーアさんだと思っていたのですが……？」

すると電話口からは長い溜息《ためいき》が聞こえた。

『私は夫の後妻です。ボーア・レジーナなら、私の夫に離縁された後、たんまり貰《もら》った慰謝料で郊外に家を建て、そこで名字も変えずに怪しげな占い師の店をやってますわ。お会いになりたいなら、ご自由にどうぞ！』

電話はガチャリと切れてしまった。

二人が電話帳で占い師の欄を調べると、『ボーア・レジーナ』の連絡先はすぐに分かった。そこでフィオナが彼女に電話をかけ、占いの予約を入れたのだった。

早速二人は教えられたコモ湖郊外の町へとレンタカーを飛ばした。

コモ湖の湖畔には大きな別荘やコテージ、リゾートホテルが建ち並んでいる。

そんな華やかな町を通り過ぎた先、小さな商店や雑居ビルが建ち並ぶ一角に、ボーアの家はあった。

家の外壁は一面紫色で、備え付けの大きなランプが『ボーア・レジーナの占いの館《やかた》』という看板を照らしている。

フィオナは玄関のインターホンをならした。

「あの、電話で予約したフィオナと言います」

『どうぞ』

ビーッと音がして玄関が開くと、そこには世界各地の人形や工芸品、水晶玉、呪術《じゅじゅつ》的なオブジェが所狭しと飾られたエキゾチックな空間が広がっていた。

フィオナは物珍しげに、アメデオは戸惑いながら、屋内に足を踏み入れる。

「ボーア・レジーナの占いの館へようこそ」

上背の高い痩《や》せた身体にインド風のサリーを巻き付けた女性が現われ、柔らかな口調で言った。

彼女がボーアだろう。夢見がちな少女のような雰囲気を持った女性だ。

ボーアはキャンドルが並んだ薄暗い部屋へと二人を案内し、二人を椅子に座らせると、その向かい側に腰を下ろした。

「さて、フィオナさん……。本日は何を占いたいのです？」

「ええと、そうではなく、ボク達は貴方《あなた》に会いに来たんです」

「私に？　雑誌の取材か何かですか？」

「取材といえば、ある意味、そうかも知れませんが……。実は、貴方が以前に住んでいたトレメッツォ村の屋敷のことを聞きたくて来たのです」

「どうしてそれを……」

戸惑うボーアに、アメデオは身分証を示して言った。

「俺はカラビニエリ特捜部の者だ。あの屋敷で起こった怪死事件を調査している」

するとボーアの顔がみるみる緊張した。

「私には関係のない話ですわ。もう長い間、あの村には近づいていませんから」

「ええ、分かっています。俺達は貴方を疑っている訳じゃないし、事を荒立てるつもりもない。任意出頭を命じるつもりもありません。ですから、わざわざこうして占いの予約を取って来たんです」

「そんな話は信じられません。父のことがあるからって、貴方も私を疑っているんでしょう?!」

ボーアはヒステリックに喚《わめ》いた。

「いいえ、違います。第一、貴方はお父さんの本当の職業を知らなかったんでしょう?」

フィオナが柔らかい口調で言うと、ボーアは気が抜けたような溜息を吐いた。

「……ええ。尤《もっと》も、夫は私の言い分を信じてくれませんでしたけど。ホテル業は客商売なのに、人殺《ひと》しの娘をオーナーにしておけないと言われ、離縁される始末でしたわ」

「それは酷い話だ。娘の貴方には何の罪もないというのに……」

フィオナはボーアを慰めるように言った。

「……そう言って頂けると、少しは気持ちが楽になりますわ」

ボーアは疲れた顔をして、細い指を額に当てた。

「ボク達が聞きたいのは、あの屋敷そのものの話なんです。ボク達はあの屋敷で二晩を過ごし、ボクはそこで幽霊を見たんです」

するとボーアはぼんやりと髪を撫《な》ぜながら空中を見詰め、回想するかのように語りはじめた。

「……そう。貴方も……アレを見たのね。私があの幽霊を最初に見たのは、四つくらいのことだったと記憶しているわ。

夜中、トイレに起きた時に、長い髪の子供が廊下を歩いているのを見たの。私はとてもびっくりして、怖くなって、その時は自分の部屋に逃げたの。そして、悪い夢でも見たんだと、何度も自分に言い聞かせたわ……。

でも、エレメンターレの時、またあの幽霊を見たの……。当時の私にはお気に入りの鷹《たか》がいてね、眠る前にその子の顔を見ようと、鷹部屋に行くと……ケージの前に白い幽霊が立っていて、ネズミを……」

ボーアは思い出したくないとばかりに頭を抱え、首を振った。

「ネズミを……？　どうしたんだ？」

アメデオは思わず聞き直した。

「……た、食べていたんです。口から血が滴っていて……」

「それは気味の悪い……」

アメデオは顔を顰《しか》めた。

「ええ。それで思わず悲鳴を上げると、すぐに父が飛んできたんです。

私が泣きながら『そこに幽霊がいる』と訴えると、父は不思議そうに辺りを見回して、『誰もいない、大丈夫だよ』と、私を抱きしめてくれました」

「クレート氏には霊が見えなかったんですね。貴方にだけ……」

フィオナの言葉に、ボーアは静かに頷いた。

「ええ。それからは私が幽霊を怖がるたび、父が魔除《まよ》けをしてくれたんです」

「魔除け？」

「ええ。父は何かの本で調べたそうです。悪い霊が出た時は、ステッキを床に三回打ち付け、『悪魔よ、出て行け』と言えばいいそうです。父はそうやって、何度も私を守ってくれました」

「では、あなたのお母さんはどうです？　幽霊を見た経験は？」

「いいえ、母も見たことが無いと言っていました。

そういえば、エレメンターレの頃、こんな出来事がありました。

私がある日、何かの用事で母を探していると、母は浴室を掃除していたんです。ところが、その母の目の前で、幽霊がバスタブに顔をつけていたんです。なのに母は何も反応せず、霊の存在に気付いている様子はありません。

私が驚いて、『幽霊がいるよ』と言うと、母は曖昧《あいまい》に笑って、困った顔をしていました。ですから、やはり母にも見えていなかったんでしょう」

「貴方にだけ、霊感があったんですね……。幽霊を見る頻度はどれくらいでした？」

「多くはないです。全部で五回ほどでしょうか……。幼い頃だけですし、頻度で言えば、年に一度もなかったと思います」

「成る程……」

フィオナは頷《うなず》くと、ハッと思い出したようにポケットから写真を取り出した。

「ボーアさん。もう一つお訊《たず》ねしたい事があります。これに見覚えは？」

それはフクロウの足輪をアップで撮影したものであった。『ボーア』と名を刻まれた足輪である。

「これ……父が私の一歳の誕生日に贈ってくれた、ベビーリングです。私の指にはめて撮った写真を沢山見たことがあります。フルオーダーの一点物なんです。すっかり失《な》くしたと思っていたのに……どこでこれを？」

「あの屋敷で変死した男が飼っていた、フクロウの足にはまっていたんです」

「そんな……」

ボーアは声を詰まらせ俯《うつむ》いた。

6

アメデオとフィオナが特殊房を訪ねると、ローレンは看守の監視の許《もと》、検閲済みの資料に目を通していた。

「やあ、諸君。今、これを見ていた所だ」

ローレンはパウロ・オーティの通販利用記録を二人に示した。

「ペットとしてフクロウを飼うのは結構大変らしいね。清掃等が思った以上に面倒なこと、冷凍マウスなどの餌代がかさむことなどから、最近は不法に野に放つ者が続出し、社会問題になっているそうだ。

パウロ・オーティも、破産寸前までフクロウに貢いでいた様子だ。大小合わせて三十二羽のフクロウが一カ月で食べる餌の量は、ウズラなら約千羽、小型マウスならその数倍だが、ネット発注の記録によると、餌代はこの三年間で半額に減っている。経済的問題から、餌も満足に買えなかったんだろう」

「そんな事は、この目で現場を見りゃ分かる」

アメデオが言うと、ローレンは「そりゃあ頼もしい」と皮肉げに言った。

そしてボードに貼られたパウロ・オーティの殺害現場写真を指さした。

「私には写真を通してしか現場を見る事はできないが、あの一枚の写真からでも、彼の死の状況が推測できる」

「どういう状況だっていうんだ？」

「死体が倒れている後ろのテーブルにフクロウの餌皿があるだろう？　パウロはフクロウに餌をやる準備をしていた。

恐らく餌をやろうとしていたのはベンガルワシミミズクのボーアだ。ベンガルは、大型種の中では比較的飼いやすく、好奇心が強くて賢い為にフライト調教も可能という人気の種だ。パウロもボーアを特別扱いしていた。

ところで、フクロウというのは、DNA鑑定までしないと雌雄が分からない。だが、パウロはボーアが雌だと知っていた。その意味は？」

「俺が知るか」

とアメデオが答えた隣で、フィオナは小さく呟《つぶや》いた。

「繁殖用だ。ボーアは利益を生み出す繁殖用として飼われていた……」

フィオナの答えに、ローレンは頷いた。

「私もそう思うね。だからボーアは大切にされていた。だが、肝心の餌皿は空だった。餌をやる為に使うピンセットも皿の上に載っていたのに……」

思わせぶりに言ったローレンに向かって、アメデオが食ってかかった。

「勿体《もったい》ぶらずに教えろ、それは何故だ！」

「分からないよ。ミステリーだ」

ローレンはアッサリ答えた。

「ふん。アンタも結局、肝心な所は分かっていないんだろう？」

アメデオは鼻息荒くそう言うと、長い溜息《ためいき》を吐いた。

「……だがなぁ、それじゃ困るんだよ。俺は今、エンリカの夫から、エンリカ殺しの犯人だと疑われている。仲間も俺に疑いの目を向ける始末だ。エンリカは俺に隠し事があると勘づいて、非番の日に俺を見張っていたらしい。そこで何があったのかは分からんが、とにかく俺のせいでエンリカは殺されたんだ」

アメデオは切なげに訴え、頭を抱えた。

ローレンは「ほう」と短く相槌《あいづち》を打つと、フィオナを見た。

「ところでフィオナ、写真館で聞き込んだことを話してくれないか」

フィオナは頷き、写真館の夫婦とボーアから聞いた事を語った。

ローレンは床に積んだ資料を読みながら、黙ってそれを聞いていた。

フィオナが話し終えるのと、ローレンが資料を読み終えたのは、ほぼ同時であった。

「アメデオ君、写真館で撮った記録を見せてくれ」

ローレンに言われ、アメデオは四枚の写真を差し出した。

『アダーニ家結婚式』、『（クレート・アダーニが使用人を追い出した日の）村祭り』、『ドメニコ・アクアフレスカとフクロウ達』、『デ・マリア一家の家族写真』である。

「……ドメニコ氏の首の辺りに湿疹《しっしん》がある。やはりね」

ローレンは一人納得したように呟くと、顔を上げた。

「アメデオ君、待たせたね。謎は解けたよ」

「…………はあ？」

アメデオはあんぐりと口を開けた。

「どういう事なんです？」

フィオナは驚嘆と賛美の入り混じった眼差《まなざ》しでローレンを見詰めた。

「それに答える前に、確認して貰《もら》いたいことが三つある」

「何だ？」

アメデオは大きく身を乗り出した。

「一つ目はパウロ・オーティの遺体の第一発見者、つまりドメニコ・アクアフレスカの甥《おい》であり、屋敷の持ち主である男だが、彼に確認してもらいたい。『遺体の発見時、ボーアの入ったケージの扉が開いてはいなかったか？』と」

アメデオは真剣にメモを取った。

「次に、家屋の測量士に依頼して、あの屋敷を詳細に測量させること。それから、フェルナンデ・ベルトーニの行方を調べてくれ」

「フェルナンデ……？」

誰だったろうか、とアメデオは首を傾げた。

「クレート・アダーニが暴力事件を起こして追い出したという、屋敷の使用人ですよ」

フィオナが小声で言った。ローレンは頷いた。

「私の推理が正しければ、彼は銃殺されていなくてはならない。警察にある、過去の銃撃事件のデータを照合したまえ」

「承知した。他には？」

アメデオの問いに、ローレンは静かに首を横に振った。

「もう充分だ」

署に戻ったアメデオは、直ちに調査を開始した。

測量士に屋敷の測量を依頼すると、屋敷の大家に電話をかけ、ボーアのケージの扉が開いていなかったかと訊ねる。

『ええ、そうです。開いてました』

大家は即答した。

「何故、それを今まで黙ってたんだ？」

『そんな事を言われましても……。こっちは死体を見て混乱してましたし、開け放しのケージからフクロウが飛びかかってきたらヤバいと、咄嗟《とっさ》に思ったんです』

そう言われ、アメデオはボーアの大きい足や鋭い嘴《くちばし》をまざまざと思い出した。

「確かにな……。あんな危険生物をペットとして飼う奴の気が知れん」

『ええ、本当に。ああいう趣味は一寸《ちょっと》、迷惑ですよね……』

大家は溜息交じりに相槌を打ったのだった。

続いてアメデオは、フィオナや部下と共に、過去の狙撃《そげき》事件を調べ始めた。

ファイルを片っ端から調べていく。

その結果と測量図を携え、アメデオとフィオナは再びローレンの許へと駆けつけたのだった。

「フェルナンデ・ベルトーニは、一九六四年十二月にミラノの自宅で死亡していた。死因は遠距離からの銃殺。凶器はレミントン社のM七〇〇、スナイパーライフルだと、弾痕《だんこん》から判明している。犯人は不明のまま、当時の捜査は終了した」

アメデオが調査の結果を報告すると、ローレンは静かに頷《うなず》いた。

「フェルナンデ・ベルトーニを銃殺した犯人は、恐らくクレート・アダーニだ。なあ、そうだろう？」

アメデオは意気込んで訊《たず》ねた。

「そうだ。だが何故、君はそう思ったね？」

「それは当然、クレート・アダーニがマフィアの殺し屋だったからだ。フェルナンデとクレートは、以前にも暴力事件を起こした敵対関係だったしな」

「そうだね。それから？」

「それから……と言われても困るが……」

アメデオは事件ファイルを読み直したり、裏返したり、資料に漏れがないかを確認したが、新たに気付くような事柄はなかった。

他に何か言うべきことはあったろうかと考えた結果、アメデオは手を打った。

「ああ、そうだった。パウロの遺体発見時、ボーアの入ったケージの扉が開いていたかと確認すると、『確かに開いていた』という大家の証言が取れたぞ」

「やはりね。それを聞いて、君はどう思った？」

ローレンが訊ねた。

「そりゃあ……大家が事実を黙ってた事には腹が立ったが、フクロウに襲われるのが怖くて咄嗟に扉を閉めたと言われれば、それもそうかと思った」

アメデオの返答に、ローレンはこれみよがしな溜息を吐いた。

「少しは想像力というものを使わないのかね、君は」

「何だと？」

と言いかけたアメデオの脳裏に、その時閃《ひらめ》くものがあった。

パウロは死の直前、ボーアに餌をやろうとしていたが、肝心の餌皿は空だった――と、
ローレンは言っていた。

「もしかすると……。パウロはあの日、餌をやろうとして、ボーアのケージを開いた。その時、ボーアがパウロに襲いかかり、大きな足と鋭い爪でパウロの心臓を抉《えぐ》ったんだ。そうなんだろう？」

アメデオが言った瞬間、ローレンはガラス玉のような目を大きく見開いた。それはまるで初めてびっくり箱を見た子供のような反応であった。

アメデオは「よし」と、拳《こぶし》を握りしめた。

「だがな、問題はそれだけじゃない。ドメニコ・アクアフレスカとパウロ・オーティは同じ死に方をしている。これは真犯人が同一であることを示してるんだ。

ドメニコとパウロを殺害して利を得る人物は誰か？　そう考えれば答えは決まっている。ドメニコが死んであの屋敷の大家となった、ドメニコの甥だ。

彼は屋敷を貸し出して一儲《ひともう》けしようと思ったが、なかなか借り手が住み着かない。ようやく住み着いたかと思えば、また不気味なフクロウばかり飼っているパウロ・オーティだ。しかもパウロは家賃を滞納した。大家からすれば、早く出て行って欲しい厄介者だ。パウロを殺そうと考えた大家は、ドメニコの時と同じ殺害方法を取ったんだ。

その方法はだな……恐らく犯人はこっそりフクロウ部屋に通い、被害者を襲うようにフクロウを調教したんだ。ドメニコにとって彼は甥だし、パウロには大家だ。合鍵《あいかぎ》を作って部屋に通うぐらい、朝飯前だ」

「……凄《すご》い……。君がこれほどまでに馬鹿だとは、新たな発見だ」

ローレンは呆然《ぼうぜん》と呟《つぶや》いた。

ぷっ、と堪《こら》えきれずフィオナが噴き出した。

アメデオは顔を赤らめ、咄嗟にフィオナの頭を平手で打った。

「笑うな！」

「すみません……」

フィオナが小声で謝罪する。

「念のため君の推理とも言えない何かを論破しておくが、パウロの死体についた手形は五本指、フクロウの趾《あしゆび》は四本だ。それにフクロウは犬と違って、人に都合のいい調教などできない動物だよ。彼らは誇り高いんだ。

という訳でだ。事件について語る前に、あの屋敷について整理しておこう」

ローレンは静かに切り出した。

「アメデオ君が集めてくれた資料によれば、トレメッツォ村に幽霊屋敷が建設されたのは一九五〇年。施主は付近の森一帯を買い上げた、コンサルボ・デ・マリア。果樹園経営と同時に高利貸しをしていた彼は、債務者に襲撃されるというトラブルから逃げるように、トレメッツォ村へやって来た。

次に、クレート・アダーニが屋敷を買い上げ、住み着いたのは一九六三年のことだ。調べによれば、フクロウ部屋のケージは別注品で一九七四年から一九九五年の製造品だ。つまり鷹《たか》飼いだったクレート氏が、現在のフクロウ部屋の原型を作ったんだ。

クレート・アダーニが逮捕され、妻も逃げるように屋敷を去ると、それから間もなく、フクロウのブリーダー業をしていたドメニコ・アクアフレスカが屋敷を買い取った。だが彼は三年後に変死してしまった。

それから屋敷は貸家になった。相場より安い賃料設定だった為か、何人もの余所者《よそもの》が屋敷を借りたが、長く住み着く者はいなかった。

そして三年前から、パウロ・オーティが屋敷に住み着いたんだ」

「ああ、そんな事は知っているさ」

アメデオは憮然《ぶぜん》と言った。

「本当にそうかい？　フィオナ、一人目と二人目の家主の共通点は何だと思う？」

「まず、二人とも裏稼業というべき仕事をしていたこと……。高利貸しに、マフィアの殺し屋。どちらも危険な仕事だ。実際、デ・マリア一家は過去に襲撃されている。

あの屋敷には、四つの頑丈な門と、四つの玄関があった。四方を見張りやすく、もし敷地内のどこかで襲われても、家に逃げ込める……。扉は頑丈で、窓には鉄格子……つまり、屋敷内に逃げ込めば安全なんだ。そうだね……常に周囲を警戒し、身の安全を確保しようとする本能を感じる」

フィオナは神経質そうな瞬きを繰り返しながら答えた。

「私も概《おおむ》ね同感だ。外敵への注意深さと保身の本能が、コンサルボ・デ・マリアにあの奇怪な屋敷を建てさせたんだ。

では、コンサルボ・デ・マリアとは何者か？　調べたところ、一九三五年から一九五〇年の時点で、ロンバルディア州内にデ・マリアという姓は一家族しかいない。

それがどういう意味だか分かるかい？

デ・マリア家は、トレメッツォ村の近隣にあるメッツェグラ村から来た、あのデ・マリア一家だったんだ」

ローレンは家系図と住所記録を示して言った。

「はあ？　誰のことだ？　サッパリ意味が分からんな」

アメデオは首を捻《ひね》った。

「やれやれ……。君は歴史を学んだことはないのかね」

「歴史だと？」

「デ・マリア家……。確かにその人物そのものは、歴史上に登場しない。だが、その人物の屋敷といえば、イタリアでもとびきりの有名人が、幽閉されながら処刑を待った家として、つとに有名じゃないかい？」

「有名人が処刑を待った家……デ・マリア……。どこかで聞き覚えがある……。ああ、そうか、もしかして、ムッソリーニか……」

フィオナが囁《ささや》くように呟いた。

「そうとも。その有名人とは、ベニート・アミルカレ・アンドレア・ムッソリーニ、国家ファシスト党の総帥だよ。

ファシスト政権衰退後の彼の晩年は、なかなかに悲劇的だ。ムッソリーニは愛人でローマ教皇庁侍医の娘だったクラレッタ・ペタッチ、少数のSS隊員、援助者と共にスイスへ脱出し、ファシスト政権が未《いま》だ継続中のスペインへ向かおうとしていたらしい。

だが、一行を乗せた車両は、コモ湖付近でガリバルディ旅団のパルチザン部隊に捕捉《ほそく》され、パルチザン本部のあるメッツェグラ村へと護送された。そしてムッソリーニはデ・マリア家に監禁され、裁きを待つことになる。

裁きといっても、もとよりパルチザン側は裁判などするつもりはなく、既に拘束していたファシスト政府の要人と共に、ムッソリーニを公開処刑することにしたんだ。

一九四五年四月二十八日。ムッソリーニ、クラレッタ、他十六名の政府要人達は、メッツェグラ郊外の広場で全員あえなく射殺された。

ちなみにクラレッタという女性は、最後までムッソリーニから離れず邪魔だった為、最初の一斉射撃を浴びせられて死んだそうだ。彼女が倒れると、ムッソリーニは自らの胸元を示して『心臓を撃て』と言ったんだとか。

ともあれ、日暮れまでには全員の処刑が執行された。

ガリバルディ旅団は自軍の勝利を称《たた》える為、またムッソリーニの生存説を払拭《ふっしょく》してその死を公布する為、大都市であるミラノのロレート広場へと遺体をトラックで運んだ。

ムッソリーニ達の死体は広場に投げ出されて晒《さら》し者となり、集まったパルチザン達は遺体に罵声《ばせい》を投げかけ、銃弾を浴びせ、広場の屋根からロープで逆さに吊《つ》り下げた。数万人もの群衆がそれを見て熱狂したというね。

その後、ムッソリーニの遺体はミラノ郊外の墓地に埋葬されたが、戦後、ネオファシストによって密《ひそ》かに掘り起こされ、別の土地へと持ち出されたそうだ」

ローレンはそこで一息を吐き、言葉を継いだ。

「ただね、この話にはどうにも腑《ふ》に落ちない箇所がある。

当時の情勢からすれば、ムッソリーニの残党が、処刑を待つばかりの彼を奪還する目的でいつパルチザン側を奇襲してもおかしくなかった。なのに何故、彼らはムッソリーニをただの民家なぞに幽閉したんだろう。不思議じゃないかね？」

「確かに……。言われてみれば奇妙だ」

アメデオとフィオナは、各々頷《うなず》いた。

「その理由は、デ・マリア家が高利貸しで、何度か危険な目に遭い、しかもユダヤ系と噂されていたことから分かる。そんな家族にとって必要なものとは何だ？」

「分からん。何だ？」

「巧妙に作られた隠し部屋だよ。

それがあったからこそ、デ・マリア家はムッソリーニの監禁場所に選ばれたんだ。ムッソリーニは、通常では人目につかない隠し部屋に幽閉されたんだ」

ローレンの言葉に、フィオナは忙《せわ》しなく瞬きを繰り返した。

「成る程……。もし、あのトレメッツォ村の屋敷にも同じ仕掛けがあったとすれば、犯人が神出鬼没の動きをしたり、エンリカ少尉の死体が忽然《こつぜん》と現われたのも頷けるね」

「だが、メッツェグラ村の屋敷に隠し部屋があったとしても、トレメッツォ村に新しく建てられた屋敷にもそれがあるとは限らないだろう？」

アメデオは懐疑的に言った。

「けど、以前の家でトラブルに見舞われたデ・マリア一家が、新しく家を建てたんだ。より一層安全な隠し部屋を作ろうと思う方が、心理的には自然じゃないかな」

フィオナの呟きを、ローレンは遮るように言った。

「というよりね、あの幽霊屋敷こそ、ムッソリーニを監禁していたメッツェグラ村のデ・

マリア邸そのものなんだよ」

「何だって？」

「どういう意味だい？」

アメデオとフィオナは声を揃えた。

「写真館のエルモが祖父から聞いたと言ってたじゃないか。『あの家は生き物みたいに歩く』と……」

「馬鹿を言うな。屋敷が歩く筈《はず》がないだろう」

アメデオは大笑いした。

「そうかい？　だが、これが証拠だ」

ローレンは資料の山から一枚の写真を手に取った。

映りの悪いその写真は、暗い森の中に建つデ・マリア邸を写したものだ。一見すると、何の変哲もない、ただの古びた写真だ。

「これがどうしたってんだ？」

「屋敷の周囲を注意深く見るんだ。これはトレメッツォの森ではない。周りの木の種類が違う。そして、この写真がいつ撮影されたかというとだ」

ローレンは写真を裏返し、『一九三八年』の文字を示した。

アメデオとフィオナは、食い入るようにそれを見つめた。

「一九三八年？　つまりそいつは、メッツェグラ村のデ・マリア邸なのか？」

「けど、今とそっくり同じですね」

「そうさ。デ・マリア邸はね、メッツェグラからそっくり曳家《ひきや》されたんだ」

「曳家？　屋敷を丸ごと、新しく買った土地へ運んだってことかい？」

「何故、わざわざそんな事を……」

「正確な理由は本人にしか分からんから、推測するしかないが、恐らくコンサルボ・デ・マリア氏は、歴史も愛着もある自分の屋敷を手放したくなかったんだろう。だが、襲撃を受けた家族の安全を思えば、引っ越しせざるを得ない。そこで家ごと引っ越すという方法を採ったのではないかな。あの屋敷は木骨造だし、曳家は可能だ。屋敷の土台部分を調べれば、その痕跡《こんせき》が見つかるだろう」

ローレンは淡々と言った。

「それが本当なら、今のあの屋敷にも隠し部屋や隠し通路があるんだな？」

「ああ。私に測量図を見せてくれ」

ローレンは図面を眺め、何カ所かを指さした。アメデオがそこに印を打つ。

「ここの壁をぶちぬいて、隠し部屋を暴いてやるよ。そこにいるのが真犯人だ」

アメデオは興奮して拳《こぶし》を握った。

「……ボクとボーアが見た幽霊も、隠し通路を使って、消えたり現われたりしていたんだろうか……。彼は人間だったのかな？　けど、それも妙だね」

フィオナは不思議そうに呟《つぶや》いた。

「何が妙なもんか。その幽霊って奴が真犯人なんだ。なあ？」

アメデオはローレンに同意を求めた。

「ある意味ね。だが、同時に彼は本物の亡霊でもある」

ローレンは意味深に答えた。

「何だと？　一体、そいつは何者なんだ？」

アメデオが詰め寄った。

「彼の正体。それは、フェルナンデ・ベルトーニが殺害された日付から推測できる」

「フェルナンデの？」

「そうだ。フェルナンデを殺害したのはクレート・アダーニだ。だが、クレートが屋敷からフェルナンデを追い出したのは、それより半年前の六月だった」

「それがどうした」

「クレートはプロの殺し屋だ。相手を殺《や》るだけの理由があったなら、六月の時点で殺しておく方が自然だ。なのに、その時点では屋敷を追い出しただけだ。つまり、二人の間に起こったトラブルは一度解決し、その半年後に、一層酷《ひど》い形で再燃した。そうは思わないかね？」

「半年経って再燃するトラブルだと？」

アメデオが首を捻《ひね》った時、フィオナが「そういうことか……」と呟いた。

「分かったよ。ボクにはピンと来た」

「何だと？」

「ズバリ、妊娠だよ。写真館の夫婦は言ってたよね、クレート氏がマフィアの人間とは思えないほど紳士的で、敬虔《けいけん》なクリスチャンだったと。そんな彼が起こした暴力事件は二度。フェルナンデと妻のエルダに対してだけだ。つまり、あの二人は浮気をしていたんだよ。

クレート氏は、間男を殴って屋敷から追い出し、全てを忘れようとした。だけどその時、エルダは既に身ごもっていたんだ。半年も経てば、相当腹も目立つ。エルダも隠しきれなくなり、罪を白状する。そしてクレート氏は復讐《ふくしゅう》の念に駆られたんだ」

フィオナの言葉に、ローレンは頷いた。

「だろうね。カソリックでは堕胎が禁じられている以上、クレートもエルダも、他にどうする事もできなかったんだろう」

「つまり、エルダは不義の子を産んだのか？　その子はどうなったんだ」

アメデオは眉《まゆ》を顰《ひそ》めた。

「要するに、その子は幽霊になったんだ」

「殺されたのか？」

「いや、違うね。クレート氏はそのプライドの高さから、子供の存在を受け入れることもできず、存在そのものを無視しながら、幽霊として育てたんだよ」

「幽霊として育てた……だと？」

アメデオはオウム返しに訊《たず》ねた。

「そうか……。幼いボーアが幽霊に会った時、両親は『誰もいない』と彼女に言い聞かせ、誰もいないように振る舞った。だから、ボーアは自分にだけ霊感があると信じた。けど本当は、クレート夫妻は、不義の子が存在するという現実を受け入れられず、その子の存在そのものを無視していたのか。残酷な話だね……」

フィオナは悲しげに呟いた。

「クレート夫妻はその子に最低限の餌だけを与え、飼い殺しにした訳だ。あの屋敷には、それにうってつけの隠し部屋もあった。

恐らくクレート・アダーニがあの家を買ったのは、不意の襲撃に備えられる隠し部屋の存在を知っていた為だが、それが図らずも意に添わない妻の子を隠す場所となったんだ。

冷凍マウスは、その子にとってご馳走《ちそう》だったのさ。普段は森の木の実や虫を採り、飢えをしのいでいたんだろうね」

ローレンの言葉に、アメデオは絶句した。

「フィオナ、そんな『幽霊』が何故、エンリカ少尉を殺害したのか、分かるかね？」

不意に訊ねられたフィオナは、神経質な瞬きを繰り返した。

「……まず、エンリカ少尉の殺害現場は、隠し部屋に違いない。他に彼女を監禁したり、殺害する場所はなかったからね。あの日、エンリカ少尉はアメデオ大尉を監視する為に屋敷の付近を彷徨《さまよ》っていて、『幽霊』と出会った筈なんだ。

その時、彼は何を思ったのかな……。思わず彼女を監禁してしまうような、何かを感じた筈《はず》なんだ。

それは多分、愛……のようなものだったんじゃないかな。エンリカ少尉の死体を囲むように置かれていたフクロウの羽が、そう告げている……。敬虔で純粋な想い……死を悼み、弔うような感情……」

「いいね。続けてくれ」

「『幽霊』は、両親の望み通り、或《あ》るいは躾《しつ》け通りに、徹底的に人目を避けて暮らしていた筈なんだ。あの屋敷には何代もの住人がいたのに、彼をハッキリ見た者がいないというのがその証拠だ。恐らく彼は人間を恐れ、避けていたんだ。まるで野生動物のように……。

でも、それほど慎重だった彼が、例外的に何度か人前に現われたことがある。その例外とは、ボーア・アダーニだ。

クレート氏は『幽霊』に対し、ボーアの前に姿を現わすなと厳しく躾けていた筈だ。あの魔除《まよ》けの儀式からも、容易にそれが想像できる。言うことを聞かなければステッキで打擲《ちょうちゃく》するといった虐待も、行っていただろう。

それでも『幽霊』は、ボーアに会いに行った……。それは、やはり血の繋《つな》がった兄妹《きょうだい》だからかな。年の近い妹に、不思議な親しみを覚えたんだと思う。この世でたった一人、自分をぶたない、無視しない、同族の仲間のように思っていたのかも……。

そして彼は、エンリカ少尉にも似た何かを感じた。だから、ボクからは逃げたのに、エンリカ少尉からは逃げなかった。うん、少尉の前に自ら、姿を現わしたのかも。ボーア・アダーニと、エンリカ少尉。この二人には、少しの共通点がある。上背が高く、痩《や》せ型で、髪はブルネットだ。もしかすると、『幽霊』は、エンリカ少尉をボーアだと勘違いしたのかも……」

「いや、あの二人は全く違うタイプだろう。顔や雰囲気が似ても似つかない」

アメデオが横から言った。

「けど、『幽霊』は、少なくとも十八年間、ボーアの姿を見ていないんだ。仮に彼が、ずっとボーアが帰ってくるのを待っていたんだとしたら……衝動的にエンリカ少尉の前に現われたとしても、おかしくないよ。

エンリカ少尉がいつものようにカラビニエリの制服を着ていたら、彼も二人を見間違えなかっただろう。けど、あの日の少尉は非番で私服姿だった。

恐らく『幽霊』は、ボーアと自分を引き裂く父親がもう居ないという解放感から、少尉に交流を求めようと近づいたんだ。エンリカ少尉は驚き、抗《あらが》い、逃げようとしただろう。

『幽霊』は彼女を手放したくない一心で、思わず彼女を……」

フィオナはぶるりと身体を震わせた。

「まあ、そんな所だろうね。『幽霊』を逮捕し、隠し部屋を鑑識が調べれば、あの日起こったことが、少しは明らかになるだろう」

ローレンは興味なげに言った。

「なら、パウロ・オーティやドメニコ・アクアフレスカの死は、どうなんだ？　やはりその幽霊野郎の仕業なのか？」

アメデオが訊ねる。

「ああ、あれは事故だよ」

「事故ぉ？」

「そうさ。

クレート・アダーニの逮捕によって、妻のエルダは夜逃げ同然で屋敷を去った。家族写真、トロフィー、人形、猛禽《もうきん》類のケージ……多くの物品がそのまま残された。

普通ならそんな物はガラクタにしか見えない。だが、次に屋敷を借りたドメニコはホーダーだった。彼にはそれらが、いつか将来役に立つ宝物の山に見えたんだ。

あの屋敷に積まれた古新聞や雑誌もそうだ。それを捨てたら、そこに書かれた情報が二度と手に入らないという恐怖から、整理ができない。いつでもその情報にアクセスできることで安心できる。だから、目につく場所に置きっぱなしにしてしまう。

彼らにとってモノは人生の一部だ。とりわけ、クレート氏が残していった猛禽のケージとの出会いは、ドメニコやパウロにとって運命に感じられただろう。此処《ここ》こそが自分の居場所だとね。

そうして物はさらに溢《あふ》れ、掃除もされぬまま、あちこちに積み上げられ、埃《ほこり》まみれのシックハウスが完成する。

そんな部屋で、数十羽ものフクロウとその抜け毛やダニに囲まれていれば、病気にならない方がおかしい。ドメニコとパウロは、二人とも重度の喘息《ぜんそく》持ちだったんだ」

「喘息？　それは確かなのか？」

「パウロ・オーティは鎮咳《ちんがい》効果の高い小児用の風邪薬を常備薬にしていたし、彼の皮膚はぱさぱさと乾いた感じで、表皮が剝《は》がれ落ちた痕《あと》がいくつか見られた。肘《ひじ》の裏側には発疹《はっしん》の痕があった。ドメニコの首の辺りにも同様の湿疹《しっしん》があった。それらは喘息患者によくあるアトピー性の皮膚炎だよ。

　ここで問題になるのが、彼らが服用していた薬の成分だ。

　パウロの薬には、クロラムフェニコールが含まれていた。この成分は、多くの微生物に対して有効に働くが、再生不良性貧血を含む骨髄の損傷などの副作用がある。大抵の先進国では腸チフスなど重大な感染症を除いて処方されない薬だ。

　だが、イタリアではまだ製薬会社の古い処方が存在し、安価な代替品が存在しないため、少量のロットが生産され続けている。

　ドメニコも恐らく同じ薬を常用していた。十数年前なら、このシロップは鎮咳薬、風邪薬などとして、一般に大量販売されていたからね。

　そして薬の副作用によって再生不良性貧血になれば、内出血による紫色の痣《あざ》が出来やすくなったり、出血がなかなか止まらないといった症状を引き起こす。例えば、軽く皮膚を打っただけでも内出血を起こしてしまうんだ」

「それが、被害者の胸に残った手形の痣の原因という訳かい？」

フィオナが訊ねた。

「だが何故、そんな事が起こったんだ？　それに、あの手形は巨人の大きさだったぞ」

アメデオが言った。

するとローレンは資料の中から、『フクロウの飼い方』という本を取って開いた。

「巨大な手の正体は、ファルコングローブだ」

そこには左手に革のグローブをはめ、そこにフクロウを留まらせた人物の写真が載っていた。フクロウの足元からは紐《ひも》が伸び、それがグローブに繋がっている。

「ファルコングローブは、鋭い爪を持つフクロウの飼育には必須《ひっす》のアイテムだ。このグローブには金属製のリングが縫い付けられていて、フクロウの足につけた革のアンクレット、足紐《ジェス》、繋留紐《リーシュ》という部品とそのリングを繋ぐことで、フクロウを逃がさずグローブの上に繋留《けいりゅう》することができる。そして、このグローブは普通の人間の手のサイズより二回りほども大きく、革は猛禽の爪を通さないように分厚く、硬いんだ。

フクロウの飼い主にとって、グローブにフクロウを留まらせ、手の上で餌をやるという行為は、フクロウを人馴《ひとな》れさせる、いわばコミュニケーションタイムだ。

さて。ここで、ドメニコとパウロの身に起こったことを考えてみよう。

彼らはフクロウに餌をやるため、テーブルに餌を置き、グローブを装着した。ケージを開いてフクロウの繋留紐をグローブの金具に結ぶ。

フクロウは少しばかり興奮して羽ばたき、羽が舞った。そこで被害者は喘息の発作を起こしたんだ。

止まらない咳《せき》。フクロウには主人の肩越しに餌が見えている……」

そう言いながら、ローレンはボードにそれらの位置関係と放物線、数字を書き込んだ。

「暫《しばら》くは主人のグローブ上で大人しくしていたフクロウも、咳き込みが止まらず動かない主人を無視して、餌に飛びかかろうとする。

ベンガルワシミミズクのような大型フクロウなら、飛行速度は毎時七十二キロ、力もかなり強い。そんな個体が喘息発作に踠《もが》いている被害者を飛び越えようとするとだ」

ローレンが描いたのは、フクロウの勢いに引っ張られたグローブが、被害者の胸を打っている絵であった。

「被害者の胸にかかった圧力は、およそ三キロと推定される。さて、激しい喘息の発作を起こしている人間の心臓にこのような負担をかけると何が起こる？」

「心臓発作か？」

「そう、心臓発作だ。喘息患者の多くの死因は、喘息そのものではなく、呼吸困難によって負荷のかかった心臓が止まることだ。特に、喘息の治療薬であるプロカテロール塩酸塩の大量摂取は、心臓に重い負荷をかけ、心不全を引き起こしやすい。

グローブの当たった痕は一瞬にして痣になり、フクロウは倒れた主人をよそに餌を食べただろう。

パウロとドメニコの死はそっくりだ。現場写真を見ても、置かれた物の位置、フクロウの餌皿の位置、被害者の体型、倒れていた位置までほぼ同じだった。物理的条件が同じ場所では、同じ現象が起きてもおかしくない。十二年の時を経て、まるで物理の再現実験のように、同一の事象が起こったんだ」

「そういう事か……。だが、待てよ。そのグローブはどうなった？　そんな物は現場になかったぞ。そんな物があったら、死因の判明も可能だったろうに」

　アメデオは悔しげに言った。

「『幽霊』が持って行ったんだ。そうだよね、ローレン」

　フィオナが嬉《うれ》しそうに言った。

「ああ。だが、私にはその理由がよく分からない。君には分かるかな？」

「多分ね……。

　人が倒れた大きな音に驚いた『彼』は、そっと様子を見に行き、倒れている被害者を発見した。だけどその死体には関心はなく、彼は死体からグローブを抜き取った。

　一方、グローブの繋留から放たれたフクロウは、自分のケージに飛んで戻った。そこが彼女の住み慣れた縄張りだから……。

　そして『幽霊』は、グローブを大切そうに部屋に持って帰った……」

　フィオナは目の前でその情景が繰り広げられているかのように、ありありと語った。

「それは何故？」

「ただ欲しかったから……。その子は、存在を無視され、人生の殆《ほとん》どを隠し部屋で過ごすよう強要されていた。両親は彼と話すこともなく、腹も常に空《す》かせていた。だから、こっそりとフクロウたちのネズミを食べて育った。

だけど、餌を取ろうとすると、鷹《たか》やフクロウたちは激しく反抗する。手をつつかれるのは痛い……。だから、安全に餌を取る為に、グローブが欲しかった。

それに、彼にはそれが戦利品で、宝物だったんだ。隠し部屋を調べれば、パウロとドメニコと父親の三つのファルコングローブが大切に保管されているだろう」

「よし、早速現場調査だ。じゃあな、ローレン、また報告に来る」

アメデオは立ち上がった。

「好きにしたまえ」

ローレンは素っ気なく答えた。

＊　＊　＊

アメデオ達が取り壊した壁の向こうからは隠し部屋が発見され、髪も髭《ひげ》も伸び放題の半裸の男が逮捕された。

男の栄養状態は酷《ひど》く悪い様子で、その背格好は少年のようだったという。

人の言葉も話せないその男への尋問は、フィオナ・マデルナと精神医のチームにゆだねられることとなった。

それらを嬉々《きき》として報告するアメデオを眺めながら、私は憂鬱《ゆううつ》であった。

推理が完了した時点で、パズルはその輝きを失う。

そしてアメデオは、模範的な凡夫であるところの彼の日常へと戻っていく。

事件解決という結果は彼の社会的評価を向上させ、いずれ昇給も有り得るだろう。同僚や妻子は彼を賞賛し、心づくしのパーティを開いてくれるかも知れない。

アメデオがそれらを幸福と感じるだろうことは頭で理解できても、私にはその幸福というものが理解できない。

私は次のゲームをまた貪《むさぼ》るだろう。

願わくは、次のゲームが面白いものであるように。

私と対等にやり合える犯罪者が現われるように……。

私はこの独房で、アメデオが手に負えない事件を持って来るのを待っている。

初出

左記作品を加筆修正のうえ収録

シンフォニア　天使の囁き　「小説屋 sari-sari」二〇一三年二～五、七～十、十二月号

ペテロの椅子、天国の鍵　「小説屋 sari-sari」二〇一四年二、三、五、六月号

魔女のスープ　「小説屋 sari-sari」二〇一五年一～五月号

独房の探偵　「小説屋 sari-sari」二〇一四年九～十二月号

バチカン奇跡調査官《きせきちょうさかん》　独房《どくぼう》の探偵《たんてい》
藤木《ふじき》　禀《りん》

角川ホラー文庫　19239

平成27年6月25日　初版発行
令和7年5月30日　7版発行

発行者———山下直久
発　行———株式会社KADOKAWA
〒102-8177　東京都千代田区富士見2-13-3
電話 0570-002-301(ナビダイヤル)
印刷所———株式会社KADOKAWA
製本所———株式会社KADOKAWA
装幀者———田島照久

●お問い合わせ
https://www.kadokawa.co.jp/ (「お問い合わせ」へお進みください)
※内容によっては、お答えできない場合があります。
※サポートは日本国内のみとさせていただきます。
※Japanese text only

ISBN978-4-04-102937-4　C0193

角川文庫発刊に際して

角川源義

第二次世界大戦の敗北は、軍事力の敗北であった以上に、私たちの若い文化力の敗退であった。私たちの文化が戦争に対して如何に無力であり、単なるあだ花に過ぎなかったかを、私たちは身を以て体験し痛感した。西洋近代文化の摂取にとって、明治以後八十年の歳月は決して短かすぎたとは言えない。にもかかわらず、近代文化の伝統を確立し、自由な批判と柔軟な良識に富む文化層として自らを形成することに私たちは失敗して来た。そしてこれは、各層への文化の普及滲透を任務とする出版人の責任でもあった。

一九四五年以来、私たちは再び振出しに戻り、第一歩から踏み出すことを余儀なくされた。これは大きな不幸ではあるが、反面、これまでの混沌・未熟・歪曲の中にあった我が国の文化に秩序と確たる基礎を齎らすためには絶好の機会でもある。角川書店は、このような祖国の文化的危機にあたり、微力をも顧みず再建の礎石たるべき抱負と決意とをもって出発したが、ここに創立以来の念願を果すべく角川文庫を発刊する。これまで刊行されたあらゆる全集叢書文庫類の長所と短所とを検討し、古今東西の不朽の典籍を、良心的編集のもとに、廉価に、そして書架にふさわしい美本として、多くのひとびとに提供しようとする。しかし私たちは徒らに百科全書的な知識のジレッタントを作ることを目的とせず、あくまで祖国の文化に秩序と再建への道を示し、この文庫を角川書店の栄ある事業として、今後永久に継続発展せしめ、学芸と教養との殿堂として大成せんことを期したい。多くの読書子の愛情ある忠言と支持とによって、この希望と抱負とを完遂せしめられんことを願う。

一九四九年五月三日

バチカン奇跡調査官

黒の学院

藤木 稟

天才神父コンビの事件簿、開幕！

天才科学者の平賀と、古文書・暗号解読のエキスパート、ロベルト。２人は良き相棒にして、バチカン所属の『奇跡調査官』――世界中の奇跡の真偽を調査し判別する、秘密調査官だ。修道院と、併設する良家の子息ばかりを集めた寄宿学校でおきた『奇跡』の調査のため、現地に飛んだ２人。聖痕を浮かべる生徒や涙を流すマリア像など不思議な現象が２人を襲うが、さらに奇怪な連続殺人が発生し――!?

角川ホラー文庫
ISBN 978-4-04-449802-3

ISBN 978-4-04-449803-0

バチカン奇跡調査官

闇の黄金

藤木 稟

首切り道化師の村で謎の殺人が!?

イタリアの小村の教会から申告された『奇跡』の調査に赴いた美貌の天才科学者・平賀と、古文書・暗号解読のエキスパート、ロベルト。彼らがそこで遭遇したのは、教会に角笛が鳴り響き虹色の光に包まれる不可思議な『奇跡』。だが、教会の司祭は何かを隠すような不自然な態度で、2人は不審に思う。やがてこの教会で死体が発見されて――⁉『首切り道化師』の伝説が残るこの村に秘められた謎とは⁉　天才神父コンビの事件簿、第3弾！

角川ホラー文庫

ISBN 978-4-04-449804-7

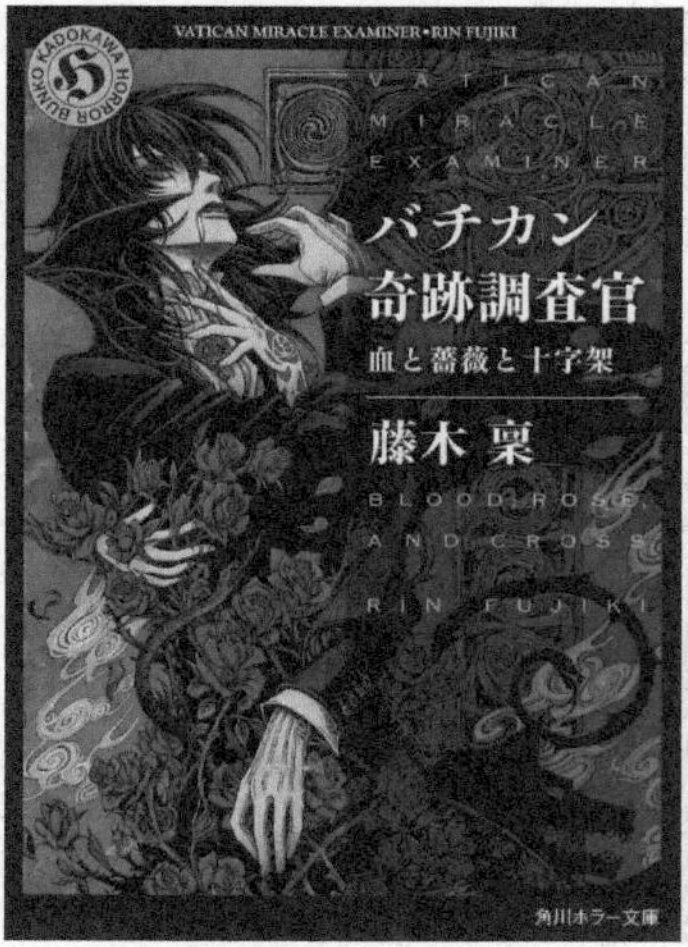

バチカン奇跡調査官

血と薔薇と十字架

藤木 稟

美貌の吸血鬼の正体をあばけ！

英国での奇跡調査からの帰り、ホールデングスという田舎町に滞在することになった平賀とロベルト。ファイロン公爵領であるその町には、黒髪に赤い瞳の、美貌の吸血鬼の噂が流れていた。実際にロベルトは、血を吸われて死んだ女性が息を吹き返した現場に遭遇する。屍体は伝説通り、吸血鬼となって蘇ったのか。さらに町では、吸血鬼に襲われた人間が次々と現れて…⁉『屍者の王』の謎に２人が挑む、天才神父コンビの事件簿、第５弾！

角川ホラー文庫

ISBN 978-4-04-100034-2

バチカン奇跡調査官

天使と悪魔のゲーム

藤木 禀

ファン必読の1冊!! 彼らの過去が明らかに

奇跡調査官の初仕事を終えた平賀は、ある少年と面会することに。彼は知能指数測定不能の天才児だが、暇にあかせて独自に生物兵器を開発するなど危険行為を繰り返し、現在はバチカン情報局で軟禁状態にあるという。迷える少年の心を救うため、平賀のとった行動とは……(表題作) ほか、ロベルトの孤独な少年時代と平賀との出会いをえがいた「日だまりのある所」、ジュリアの秘密が明らかになる「ファンダンゴ」など計4編を収録！

角川ホラー文庫

ISBN 978-4-04-100629-0